LEGĂTURI RELATIVE
ROXANA NĂSTASE
SCARLET LEAF
2018

Scarlet Leaf a permis ca acest roman să rămână exact așa cum a intenționat autorul.

PUBLICAT DE SCARLET LEAF
TORONTO, CANADA

Pentru informații adresați-vă editurii Scarlet Leaf la adresa de email: scarletleafpublishinghouse@gmail.com

Cuprins

Mamei mele
La Mulți Ani

CAPITOLUL UNU

SONERIA UNUI TELEFON mobil destrămă liniștea nopții, trezindu-l din somn pe McNamara. Bărbatul se înfurie cumplit și, frecându-și ochii cu degetele, își mormăi frustrarea.

Aceea era prima noapte întreagă pe care avea ocazia să o petreacă în patul lui Bryony. Nici măcar nu-i trecuse prin gând că cineva l-ar fi putut deranja, chiar dacă în trecut se bucurase ori de câte ori se întâmpla așa ceva.

În general, bărbatul era în stare să dispară din patul unei femei mai rapid decât o vulpe hăituită de câini. Și totuși, în ciuda acestui fapt, acum nu mai simțea acel impuls, iar acest lucru chiar îl surprinse.

Aparent, lucrurile se schimbaseră sau poate că el era cel care se schimbase. McNamara nu știa cu siguranță, dar oricum, nu încerca nici cea mai mică dorință să reflecteze prea mult asupra comportamentului său nefiresc. În fond, se temea să afle care era, de fapt, adevărul.

Bryony murmură ceva în somn, dar bărbatul nu îi înțelese cuvintele. Simți trupul cald al femeii lipit de el îi aduse un surâs pe buze și ceva îl împinse să se aplece și să-i sărute acesteia creștetul capului.

Bryony dormea tolănită aproape pe jumătate peste el. Femeia își urcase un picior peste al lui, dar, în mod ciudat, nu se simțea încolțit din cauza poziției ei, așa cum se simțise în rarele ocazii când împărțise patul cu o femeie peste noapte. Dimpotrivă, McNamara se simțea satisfăcut.

Bărbatul îi alintă spatele femeii cu vârfurile degetelor și o sărută din nou.

— Răspunde o dată la nenorocitul acela de telefon, Artair, îi porunci ea, strecurând cuvintele printre dinții strânși, iar vorbele ei îi readuseră aminte de ce era el treaz la acea oră din noapte.

Omul simți impulsul de a-i răspunde *Da, să trăiți*, iar cuvintele aproape că îi zburară de pe buze, dar McNamara le opri la timp. Un surâs și mai larg îi apăru în colțurile gurii. Bărbatul se îndoia că femeia i-ar fi apreciat ironia, iar în ultimele zile cam simțise el mânia lui Bryony pe propria lui piele ori de câte ori o provoca.

Femeia spunea întotdeauna ceea ce gândea, nefiindu-i teamă că i-ar fi stârnit iritarea, iar bărbatul își învățase deja lecția până atunci. Nici măcar încruntăturile lui faimoase nu păreau să aibă darul de o intimida, ceea ce chiar îi stârnise acestuia uluirea. Omul putuse întotdeauna conta pe o încruntătură zdravănă atunci când dorea să facă pe careva să i se supună.

McNamara o înlănțui pe femeie strâns lângă el cu brațul său stâng și, întinzându-se, aprinse lumina pentru a-și lua telefonul mobil pe care îl lăsase pe noptieră cu câteva ore în urmă. Răspunse la apel cu o voce dură, destul de aspră pentru a-și îngheța interlocutorul până la oase.

— McNamara.

Inspectorul Șef își aruncă rapid ochii spre ceas și își dădu seama că dormise numai vreo două ore, iar surâsul său satisfăcut se metamorfoză într-o grimasă. Acum înțelegea el supărarea lui Bryony mai bine, mai ales că deja o ținuse trează mai mult de jumătate de noapte.

— Îmi cer scuze că vă deranjez, șeful, se auzi vocea apologetică a lui Mike pe linie. Din păcate, avem o problemă, domnule, aici, în Newington, pe Salisbury Road. Știți, în apropiere de Salisbury Arms, omul continuă cu o vagă ezitare în voce.

Detectivul nu știa niciodată cum va reacționa McNamara când unul dintre inspectori îl suna în timpul nopții. În cea mai mare parte a timpului, Inspectorul Șef s-ar fi bucurat de apelul lor, dar în ultima vreme, lucrurile păreau să se fi schimbat cumva.

Mike ar fi preferat ca altcineva să-i fi telefonat lui McNamara, dar, din nefericire, nimeni nu era disponibil în afară de el. El o rugase pe Jo să îl sune, iar ea îl refuzase deja.

— Ce fel de problemă? îl întrebă McNamara pe același ton aspru.

LEGĂTURI RELATIVE

McNamara nu era omul care să se poarte cu mănuși cu nimeni, iar Mike nu făcea excepție de la regulă, chiar dacă Inspectorul Șef îl considera ca fiind unul dintre cei mai buni detectivi ai Diviziei de Crime Speciale.

— Ei bine, poliția a fost chemată la o scenă care părea să fie o sinucidere banală, începu Mike să-i explice, dar apoi se opri din nou, reticent să își continue relatarea.

— Și... McNamara îl îmboldi să-și continue explicația, iar nerăbdarea i se strecură în voce.

— Ofițerii în uniformă au crezut că este o sinucidere, șefule, și nu au tratat scena cu prea multă grijă, oftă Mike profund. În apărarea lor, chiar arată ca sinucidere, știți. Oricine ar fi putut fi indus în eroare, presupun... Nu că o sinucidere le-ar fi garantat o oarecare lejeritate în tratarea scenei... Ar fi trebuit să știe mai bine, în fond... Oricum, domnule, apoi au venit medicul legist și experții criminaliști... spuse Mike și se opri din nou.

— Chiar trebuie să te implor pentru fiecare amărâtă de propoziție, Mike? se răsti McNamara, glasul lui mustind de sarcasm.

Inspectorul Șef deja se săturase de ezitările detectivului. Mai mult decât atât, simțea și degetele lui Bryony bătând darabana cu nerăbdare pe pieptul lui așa că nu-și dorea decât să încheie acea conversație cât mai repede cu putință.

— Nu, domnule. Desigur că nu, domnule, se grăbi Mike să-l asigure.

Imediat după aceea, începu să vorbească pe cât de repede posibil.

— Când a venit medicul legist, acesta a declarat că nu era sinucidere. Pare să fie sută la sută convins, iar dacă el spune așa, atunci așa este. Îl știți doar pe David Stewart. Când acesta a declarat că avem, de fapt, o crimă, vă imaginați cam ce s-a întâmplat, spuse Mike.

McNamara intui supărarea lui Mike din tonul vocii sale.

— De ce? întrebă McNamara vexat.

— După cum am mai spus, oamenii nu prea au dat mare atenție la scenă înainte ca doctorul să elimine posibilitatea unei sinucideri. Acum toți țipă unul la altul... Este o ceartă dată naibii acolo, domnule, explică Mike. Am încercat să calmez apele dar... până la urmă a trebuit să ies din apartament pentru a putea să vă dau telefon. Nu-mi auzeam nici propriile mele gânduri acolo, înăuntru, mărturisi el cu amărăciune. Un apel telefonic ar fi fost imposibil.

— Înţeleg, concluzionă McNamara şi îşi închise ochii cu resemnare. Va trebui să vin la locul crimei din câte înţeleg. Trimite-mi coordonatele, ordonă el, iar apoi deconectă convorbirea nepoliticos, fără să mai aştepte replica lui Mike.

McNamara nu mai simţea aceeaşi nerăbdare pe care o resimţea în trecut ori de câte ori era chemat la locul unei omucideri. Ar fi preferat să rămână alături de Bryony şi să continue să împartă patul cu ea. Cu toate acestea, aceea nu era o opţiune valabilă pentru el în acel moment.

Acel fir al gândirii îl luă prin surprindere şi îl uimi, dar McNamara nu pierdu timpul să îşi analizeze reacţia sa neobişnuită. Nu dorea să sape prea adânc pentru a vedea despre ce era vorba, chiar dacă răspunsul se găsea chiar sub nasul său. Erau anumite lucruri pe care prefera să nu le ştie.

Palma sa aspră mângâie părul blond roşcat al lui Bryony cu tandreţe, iar femeia îşi ridică capul de pe pieptul lui. Îl privi adânc în ochi cu înţelegere. Şi totuşi, el remarcă şi o urmă de regret înnotând în ochii ei de un albastru închis. Ea îi murmură:

— Nu-ţi fă griji pentru mine, Artair. Ştiu că trebuie să pleci.

Atunci când decisese să se implice într-o relaţie cu el, femeia făcuse acea alegere cu ochii larg deschişi. Ştiuse că McNamara era detectiv şi nu avea o slujbă obişnuită cu un program fix de la nouă la cinci. De aceea, chiar de la început, îşi promisese ei însăşi să nu intervină şi să nu devină o povară pentru el. Bărbatul avea destule pe cap şi nu mai avea nevoie şi de o prietenă care l-ar fi cicălit constant în legătură cu plecările şi absenţele lui sau care s-ar fi plâns de munca lui.

Degetele ei îi alintară pieptul, iar el opri imediat mişcarea mâinii ei rătăcitoare. Bărbatul era conştient că trebuia să se îmbrace şi să părăsească casa lui Bryony, iar degetele ei mângâietoare făceau totul mult mai dificil pentru el. Îi făceau să-i încolţească gânduri nerezonabile în minte. Bărbatul o privi şi el şi îi răspunse:

— Da, trebuie. Dar mi-ar fi plăcut să nu fiu obligat să plec.

Femeia citi în ochii lui că îi spunea adevărul, dar ea deja ştia lucrul acesta. McNamara nu era omul care să îndulcească pilula, ci mereu zicea ceea ce gândea. Bărbatul putea fi descris în orice fel, dar nu ca fiind un bărbat cu mult tact.

LEGĂTURI RELATIVE

Bărbatul îi sărută tandru buzele şi coborî din pat. Îşi adună mai întâi lucrurile pe care le lăsase pe noptieră în seara precedentă, iar apoi îşi strânse şi hainele. După ce stinse lumina, se îndreptă spre baie, pentru a face un duş înainte de plecare.

Nu dorea să-i mai deranjeze somnul femeii atunci când va pleca. O ţinuse trează mult timp după ora ei obişnuită de somn, iar el ştia că şi Bryony trebuia să meargă la muncă de dimineaţă.

— Culcă-te, îi spuse el pe un ton poruncitor, întorcându-şi capul spre ea înainte de a intra în baie.

Lumina lunii pătrundea printre draperiile uşor despărţite şi reliefa silueta femeii întinse în pat.

— Te voi vedea după-masă, îi promise el, iar apoi închise uşa de la sala de baie în urma sa.

Ha! Nu cred, se încruntă Bryony în întuneric, holbându-se spre uşa care tocmai se închisese în urma lui.

Chiar dacă mai era încă pe jumătate adormită, se dădu şi ea jos din pat. Nu se mai obosi să aprindă lumina pentru că îşi amintea că lăsase un tricou larg pe fotoliu cu o zi înainte, aşa că se îndreptă direct spre el.

Femeia se împiedică şi îşi lovi degetele de la picioare în fotoliul care se găsea într-un con de umbră, dar cu toate acestea, găsi tricoul şi îl trase peste cap cu mişcări rapide. În mod obişnuit, ea nu răspundea la ordine prea bine, mai ales când acele ordine contraziceau ceea ce simţea ea.

Artair ar fi trebuit să mă cunoască mai bine până acum, mormăi ea cu iritare.

Mai apoi, desculţă, Bryony se îndreptă înspre bucătărie, coborând cu paşi înceţi scările şi sprijinindu-se greoi cu mâna de balustradă. În mod normal, ar fi avut nevoie de mai mult de două ore de somn pentru a se simţi umană din nou. Căscă şi îşi frecă faţa viguros pentru a se trezi, dar, cu toate acestea, ceaţa ce îi inundase creierul nu dădea nici un semn că ar fi avut vreo intenţie să se risipească.

În ciuda somnolenţei şi uşoarei ameţeli, tot avea de gând să-i pregătească bărbatului nişte cafea şi un sandviş. Dacă omul credea că ea îl va lăsa să meargă la muncă fără a-i pregăti un mic dejun acolo, atunci va vedea curând cât de mult se înşela în presupunerile lui. Bryony era clădită dintr-o stofă mult mai zdravănă decât atât.

CÂND IEŞI DIN BAIE, McNamara nu observă că femeia nu se mai găsea întinsă în pat. Complet îmbrăcat şi gata de plecare, ezită în faţa uşii de la dormitor câteva momente, dar dorinţa lui de a o mai atinge încă o dată îndepărtă orice altă consideraţie.

Ştia că ar fi trebuit să o lase să doarmă, dar nu putea pur şi simplu să plece. Îşi promise să-i sărute doar creştetul capului, fără să o deranjeze mai mult decât atât.

Bărbatul se îndreptă cu paşi furişaţi spre pat şi se aplecă să o sărute pe Bryony numai pentru a descoperi că femeia nu se mai găsea acolo.

Acum acest lucru chiar îl surprinse. Se îndreptă şi îşi puse mâinile pe şolduri, apoi se încruntă şi îşi scutură capul. Se părea că Bryony era mult mai încăpăţânată decât crezuse el iniţial. Bărbatul ridică din umeri şi părăsi camera, îndreptându-se spre scările pe care apoi le coborî cu paşi zgomotoşi.

După cum se aştepta, o găsi pe femeie în bucătărie. Aceasta părea ocupată să aşeze masa cu ceşti de cafea şi o farfurie umplută cu sandvişuri făcute la grătar. Îşi scutură din nou capul, dar în acelaşi timp, simţi cum i se încălzeşte inima la gândul că femeia depusese atât de mult efort pentru el.

Bryony se întoarse spre el când paşii lui o avertizară că acesta a intrat în bucătărie. Se măsurară unul pe celălalt în tăcere timp de câteva momente, deşi Bryony se aştepta ca el să înceapă să protesteze împotriva acţiunilor ei în orice clipă.

Artair o privi cu ochi indescifrabili, nesigur de ce ar fi trebuit să spună. Nu i se întâmpla tot timpul ca o femeie să se obosească pentru el într-atât de mult încât să-i pregătească micul dejun, mai ales dacă nu ar fi dormit suficient înainte. Se gândi să-i mulţumească, dar nu consideră că un simplu *mulţumesc* ar fi acoperit tot ceea ce gândea sau simţea, aşa că păstră tăcerea.

Tăcerea se întinse până ce Bryony hotărî că a fost mai mult decât suficient. În tăcere, cu un gest, îi indică bărbatului să se aşeze la masă, invitându-l astfel să-şi ia micul dejun, iar Artair îi acceptă invitaţia fără să spună nici un cuvânt.

LEGĂTURI RELATIVE

Oricum, omul tot nu ar fi știut ce să îi spună. Nu mai avusese ocazia să trăiască nici un fel de experiență similară, așa că nu avea de unde extrage niciun fel de informații, iar după cum îi funcționa mintea în acel moment, nu se părea că ar fi reușit să se gândească la ceva cât de cât folositor. Mintea i se golise pur și simplu, fiind copleșită de uluire.

Femeia i se alătură la masă și amândoi sorbiră din cafea într-o tăcere prietenoasă, chiar dacă el nu înțelegea de ce Bryony bea și ea cafea. Știa că, în scurt timp, femeia se va duce înapoi în pat ca să doarmă, dar se abținu să-i pună vreo întrebare.

McNamara mușcă dintr-unul din sandvișurile fierbinți, privind-o pe Bryony pe furiș. Tot nu putea trece peste faptul că femeia se obosise atât de mult pentru el.

CAPITOLUL DOI

STRIGĂTELE AJUNSERĂ la urechile lui McNamara imediat ce acesta coborî din maşină. Ochii îi trecură rapid peste ferestrele luminate ale clădirilor înconjurătoare, iar mai apoi peste oamenii adunaţi în faţa clădirii unde i se spusese că se găsea scena crimei. Acei oameni păreau mult prea animaţi pentru acea oră din noapte şi discutau între ei zgomotos.

Când păşi pe trotuar, aceştia îl priviră piéziş, dar nimeni nu îndrăzni să-l abordeze. Atitudinea lui neprietenoasă nu invita pe nimeni să îl salute sau să îi pună vreo întrebare.

McNamara tocmai pătrunsese în scara imobilului când un strigăt furios mai puternic străpunse noaptea. Ochii i se îngustară ameninţător şi îşi strânse în pumni mîinile pe care şi le înfundase în buzunare mai devreme din cauza vântului îngheţat ce şuiera pe lângă el.

Bărbatul ardea de nerăbdare să ajungă la etajul clădirii şi să-i spună acelei adunături de găini cotcodăcitoare exact ce gândea. Indivizii strigau din toţi bojocii, fără să le pese defel că cineva i-ar fi auzit sau că ar fi trezit întrebări neplăcute în minţile oamenilor din cauza comportamentului lor complet neprofesional.

Acum înţelegea McNamara de ce se adunaseră atât de mulţi oameni jos în stradă, chiar dacă nu erau decât orele mici ale dimineţii. Se îndoia că ar fi putut cineva dormi cu toată acea comoţie în clădire.

Când ajunse pe palier, ochii îi căzură pe Jo şi Mike. Aceştia se sprijineau de perete resemnaţi, cu capetele apropiate. Îşi şopteau ceva, dar sunetul vocilor lor era înnecat de toate strigătele care se scurgeau dintr-un apartament de pe palier.

— Ce se întâmplă înăuntru? îi întrebă el pe un ton dur, arătând cu bărbia spre apartamentul unde avea loc toată tevatura.

Ambii detectivi tresăriră auzindu-i cuvintele şi se îndreptară imediat. Jo păşi spre McNamara cu curaj pentru ca să îi explice ce se întâmpla.

— Băieţii din echipa criminalistică au un meci de urlete cu ofiţerii de la patrulă, domnule.

Încruntarea de pe chipul lui McNamara se adânci şi mai mult. El sperase ca aceştia să fi terminat cu scandalul până atunci pentru că el, unul, nu avea nici un chef să facă pe arbitrul, mai ales că îi lipseau aptitudinile necesare pentru aşa ceva.

Inspectorul Şef îşi coborî capul cu iritare şi şi-l scutură mânios. După aceea, fără să le mai adreseze vreun cuvânt, trecu pe lângă cei doi detectivi, care îl priveau temători, şi intră în apartament.

Maxilarul inspectorului era încordat, iar ochii îi fulgerau. Inspectorul Şef intenţiona să-i ia la trei păzeşte pe toţi cei ce să găseau înăuntru pentru atitudinea lor neprofesională.

Jo şi Mike îl urmară, dar păstrară o oarecare distanţă de el. Nu simţeau că le-ar prii să se afle prea aproape de centrul exploziei şi astfel să se ardă şi ei.

Oamenii adunaţi în grup în micul apartament erau atât de concentraţi să se certe unul cu celălalt încât nici măcar nu remarcară că DCI (Detectivul Inspector Şef) sosise, iar detectivul îşi strânse buzele de neplăcere. Ochii acestuia trecu peste ei, iar o lucire metalică apăru în pupilele lui.

Inspectorul Şef era tocmai pe punctul de a se implica şi el în scandal când ochii îi căzură pe David Stewart, medicul legist. Acesta părea să îşi fi încheiat examinarea cadavrului şi îşi strânsese deja lucrurile.

Stewart îşi lăsase geanta medicală pe podea ca să îşi pună haina pe el. După ce şi-a luat geanta, s-a îndreptat şi a început să discute despre transportul corpului la morgă cu cei doi tehnicieni ai morgii. Când legistul îşi aruncă privirea peste capetele acestora, îl observă pe McNamara. DCI privea direct spre el, fără să acorde nici cea mai mică atenţie scandalului care încă mai continua.

Dar doctorul îl cunoştea pe Inspectorul Şef bine, aşa că simţi o vagă compasiune pentru ceilalţi indivizi din încăpere. Ştia că acestora le vor arde urechile până la finalul întâlnirii lor cu McNamara, dar, în fond, şi-o făcuseră singuri cu mâna lor.

LEGĂTURI RELATIVE

Medicul îi făcu semn cu mâna Inspectorului Şef, invitându-l să avanseze şi să discute cu el. Ochii mânioşi ai DCI mai trecură încă o dată peste grupul de oameni care se ciondăneau zgomotos, iar apoi, ridicând din umeri cu nepăsare, se îndreptă spre medicul legist.

McNamara ajunsese la concluzia că va avea destul timp să intervină în acea discuţie animată mai târziu. Scandalul deja trezise întreaga stradă, iar el ştia că nu mai conta prea mult dacă ar mai fi continuat câteva minute.

Cu toate acestea, paşii lui hotărâţi şi apăsaţi prin odaie atraseră, într-un final, ochii oamenilor. Unul câte unul, aceştia se opriră din ţipat şi începură să-l privească pe DCI cu oarecare teamă. Părea evident că nu se gândiseră că acesta îşi va face apariţia la faţa locului pentru că altfel s-ar fi comportat cu totul altfel.

— Hei, David, care este verdictul? îl întrebă McNamara pe medicul legist, satisfăcut că acum domnea tăcerea în încăpere, astfel putând şi el să-şi audă atât gândurile cât şi vocea.

— McNamara, îl salută David Stewart cu o mişcare a capului, pentru ca mai apoi să îi strângă mâna inspectorului. Este crimă, nu mai încape nici o îndoială, spuse el, arătând cu bărbia spre sala de baie. Flăcăul a fost ţinut cu forţa până ce i-au tăiat venele. Se pot observa vânătăile ce dovedesc acest lucru atât pe braţele cât şi pe bustul lui. Iniţial l-au ameţit cu o lovitură în falcă din ceea ce am văzut. De altfel, poţi vedea şi tu însuţi, acum că eşti aici. Nu mă gândisem că ai fost chemat, omul recunoscu, conducându-l pe inspectorul şef spre baie.

Şi nici ei nu s-au gândit, pentru că altfel ar fi oprit tot haosul acesta mai curând, reflectă el.

— Mai mult de un ucigaş? întrebă McNamara, trecând peste ultimele cuvinte ale doctorului şi arătând spre corpul din cada de baie.

Medicul legist ridică din umeri.

— Aceasta chiar nu-ţi pot afirma acum. Probabil că nici măcar după autopsie nu o să fiu capabil să determin acest lucru. Şi orice alte indicii ai fi putut găsi... se opri el cu mâhnire în mijlocul propoziţiei, ridicându-şi mâinile cu palmele întoarse în sus.

— Înţeleg, dădu McNamara din cap. Când crezi că vei termina autopsia? întrebă el, deschizându-şi nasturii de la haină pentru că avea senzaţia că se afla într-un furnal şi nu putea respira cu uşurinţă în apartament.

— Azi am prins schimbul de noapte, așa că o voi începe imediat ce transport cadavrul la morgă. Din fericire pentru tine, nu mai am alte autopsii pe lista mea pe moment, doctorul îi surâse.

Mai apoi le făcu semn tehnicienilor să-și facă treaba după ce McNamara ar fi terminat de analizat corpul. Doctorul o porni spre ușă, încheindu-și nasturii de la haină.

— Vorbim mai încolo, flăcău, îi spuse el detectivului cu același surâs răutăcios pe buze.

Știa că DCI va fi ocupat să medieze argumentul dintre oamenii săi, iar doctorul nu îl invidia de fel. Nu îi invidia nici pe ceilalți, pentru că îl știa el bine pe Inspectorul Șef.

Mânia lui McNamara era bine cunoscută în secția de poliție și probabil că zvonurile despre aceasta făcuseră deja înconjurul altor secții, de asemenea.

De fapt, medicul legist știa cu certitudine că anumite zvonuri circulaseră pentru că luase parte la o conferință în urmă cu câteva săptămâni, iar un coleg din Insula Skye îl întrebase cu uimire despre DCI.

McNamara deja devenise faimos în forța de poliție scoțiană. Acesta era cel mai tânăr detectiv inspector care reușise să devină DCI în forțele de ordine scoțiene și era renumit pentru câteva lucruri, printre care cea mai înaltă rată de arestări făcute de un detectiv și așteptările ridicate pe care le avea acesta de la subordonații săi. Dar, cu toate acestea, nimeni nu ar fi îndrăznit să spună că omul cerea mai mult de la alții decât de la sine însuși.

McNamara dădu din mână spre medicul legist, iar apoi își întoarse din nou atenția spre cadavrul din cada de baie. Remarcă tinerețea bărbatului ale cărui încheieturi fuseseră tăiate cu sălbăticie și își scutură capul cu mâhnire. Flăcăul era probabil student, dată fiind localizarea apartamentului, și nu avea mai mult de optsprezece ani.

Inspectorul Șef luă notă de faptul că victima era dezbrăcată și își puse întrebarea dacă aceasta își scosese hainele de bună voie. Părea posibil ca omul să fi fost ajutat să se dezbrace pentru că nu se vedea că ar fi avut intenția să facă baie. Nu exista nici măcar o picătură de apă în cadă.

Și cu toate acestea, flăcăului nu i-ar fi stricat o baie. Părul tânărului bărbat atârna în dezordine în jurul chipului său și era clar că nu folosise săpun sau șampon de mai bine de o săptămână dacă nu mai mult. Aparent, igiena nu prea se regăsea pe lista sa de priorități.

LEGĂTURI RELATIVE

Ochii tânărului rămăseseră deschişi, iar pupilele îi invadaseră albastrul irişilor, ca şi cum ar fi suferit un şoc chiar înainte de a-şi fi dat răsuflarea. McNamara nu avea nici o îndoială că moartea sa prematură reprezentase o lovitură serioasă pentru tânărul bărbat.

Privirea lui McNamara zăbovi pe chipul flăcăului, observând lângă gura sa o vânătaie mare, cam de mărimea unui pumn, precum şi tăietura de pe buza sa inferioară, unde încă se puteau observa urme de sânge. Detectivul îşi scutură capul cu mâhnire pentru că nu putea pricepe cum de le scăpaseră toate acele semne ofiţerilor de patrulă. Măcar sângele din colţul gurii tot ar fi trebuit să le trezească unele întrebări în minte. Când cineva îşi tăia venele, nu se observa nici un fel de sânge în jurul gurii.

După aceea se întoarse spre tehnicienii de la morgă şi le făcu semn să pună cadavrul în sac pentru ca să îl ia de acolo. Aşteptă până ce aceştia părăsiră încăperea cu cadavrul învelit în plastic, iar apoi, în sfârşit, se întoarse spre oamenii săi, care deja îl priveau cu diverse grade de teamă.

— Vrea careva să mă lumineze şi pe mine în legătură cu ce s-a întâmplat aici şi de ce aţi simţit nevoia să treziţi întregul cartier cu urletele voastre? îi întrebă el pe un glas voit blând.

Tonul său nu prosti pe nimeni însă. Ochii săi aspri îi fulgerau de mânie, iar buzele i se strânseseră într-o linie subţire. Acela era un semn clar că detectivul era mai mult decât furios din cauza comportamentului lor.

Steven Gilchrist, şeful echipei criminalistice, îşi drese vocea şi făcu un pas în faţă.

— Este destul de simplu, domnule, îşi începu el explicaţia pe un ton tăios. Când am ajuns aici, am aflat că băieţii în uniformă nu au avut grijă să păstreze scena crimei neatinsă. După cum vedeţi, sunt patru ofiţeri şi au călcat peste tot, tună el când ajunse la finalul discursului său. Nici nu ştiu dacă mai există vreo dovadă pe care am putea-o folosi pentru a face un caz, adăugă el cu mânie în voce şi îşi desfăcu braţele ca şi cum ar fi şi renunţat să mai încerce.

— Înţeleg, observă McNamara şi privi pieziş spre ofiţerii de patrulă. Aveţi ceva de adăugat, feciori? se interesă el, iar sprâncenele i se ridicară pe frunte.

Trei dintre cei patru bărbaţi nu îndrăzniră să-l privească în ochi, ci continuară să privească intens spre podeaua de lemn. Al patrulea îl privi drept în ochi pentru o clipă, iar apoi îşi întoarse privirea spre zidul din dreapta sa. Colţurile gurii i se curbară în sus, într-un rânjet trecător, ca şi cum ar fi ştiut ceva de care ceilalţi nu aveau habar.

Inspectorul Şef luă notă de străluciurea de triumf din ochii bărbatului, chiar dacă aceasta durase doar o secundă, dar nu dădu nici un semn că ar fi observat ceva. Cu toate acestea, îşi făcu o notă mentală să-i cerceteze viaţa omului cu mai multă atenţie.

De asemenea, McNamara mai observă că ofiţerul prezenta unele semne ce indicau că acesta că ar fi fost implicat într-o bătaie, la fel ca un altul dintre ceilalţi trei, aşa că se gândi să nu cumva să uite să îi întrebe despre vânătăile şi tăieturile de pe chipul şi mâinile lor.

Inspectorul Şef îi cunoştea pe ofiţerii de patrulă din vedere şi după nume, dar niciodată nu crezuse că ar fi fost necesar să pună întrebări şi să afle mai mult decât atât. Pe el îl interesase felul cum îşi făceau slujba şi nimic altceva, dar acum consideră că atitudinea deosebită a ofiţerului merita câteva momente din timpul său. Îşi aminti că numele acestuia era Bryce Fergusson şi se hotărî să-i ceară lui James să arunce o privire în trecutul şi activităţile lui.

Unul dintre ceilalţi ofiţeri de patrulă, un bărbat roşu la faţă şi mai îndesat, care părea să fi fost în jur de patruzeci de ani, răspunse pe un ton apologetic:

— Am crezut că este sinucidere, domnule.

— Şi ce dacă? îl întrebă McNamara pe acelaşi ton blând care începuse deja să-i calce pe nervi pe toţi cei din încăpere.

Oamenii ar fi preferat ca Inspectorul Şef să strige la ei. Oricum, ştiau foarte bine că vor suferi urmările mâniei lui curând. McNamara nu era cunoscut pentru sufletul plin de compasiune şi nici nu credea că ar trebui să-şi ascundă dezamăgirea atunci când venea vorba despre oamenii din subordinea lui.

— Ei bine..., ofiţerul solid, Graham Fraser, încercă să găsească o explicaţie pentru comportamentul lor.

Ochii lui căprui se întoarseră spre stânga şi spre dreapta, căutând o sursă de inspiraţie pe undeva, în timp ce DCI aştepta cu răbdare, chiar dacă ştiau cu toţii că răbdarea lui era doar de ochii lumii.

LEGĂTURI RELATIVE

Aflaseră ei cu mult timp în urmă că McNamara nu avea nici o noțiune despre ceea ce însemna pacienţa. Aceasta reprezenta un concept străin pentru Inspectorul Şef.

Brusc, Fraser își dădu seama că nu avea nici un fel de explicație sau scuză. Indiferent dacă ar fi fost sinucidere sau nu, ei tot ar fi trebuit să păstreze scena intactă, iar la acel gând îi veni să-și dea palme. Nu era ca şi cum ar fi fost un flăcău verde, abia ieşit de pe băncile şcolii, aşa că ar fi trebuit să ştie mai bine ce era de făcut. Şi cu toate acestea, urmase acțiunile colegilor săi fără nici un fel de întrebări. *Ca şi cum aş fi o nenorocită de oaie, la naiba!*

— Nu mai sunt alte scuze, atunci? trecu McNamara în revistă chipurile ofiţerilor de patrulă.

Nici unul nu îndrăzni să-l privească în ochi, nici măcar Fergusson, care acum, aparent, era mai interesat de motivul floral al tapetului de pe perete decât de subiectul pe care-l discutau.

— Înţeleg, remarcă DCI din nou. A mai rămas ceva neatins? îi întrebă el pe un ton şi mai aspru apoi.

Tot Fraser îi răspunse la întrebare pentru că ceilalţi păreau să-şi fi înghiţit limba.

— Am intrat în baie, dar nu am atins cadavrul din cadă sau cada, domnule. Nu am pus mâna pe nici un obiect din baie. Desigur, dacă ar fi existat amprente plantare pe podeaua sălii de baie..., se opri el încruntându-se.

Ofiţerul privi fix spre podeaua de lemn pentru câteva clipe. Apoi, îşi ridică din nou privirea spre McNamara şi continuă.

— Problema este că am atins biroul de aici, arătă el cu capul spre masa pe care se găsea un laptop şi spre cele două rafturi de cărţi suspendate şi aranjate cu grijă pe partea dreaptă a biroului. Am vrut să vedem dacă există vreo scrisoare care ar fi explicat sinuciderea... Şi am găsit una, scrisă pe computer... Ecranul era încă aprins... Nu am atins rafturile de cărţi, spuse el, iar acum îşi apleacă capul pentru a indica rafturile construite deasupra biroului. Şi numai ce am trecut rapid prin bucătărie... Atâta tot, recunoscu el.

Chipul îi devenise din ce în mai stacojiu pe măsură ce îşi prezenta raportul.

McNamara mai aşteptă câteva clipe să vadă dacă vreunul dintre ceilalţi ofiţeri mai dorea să adauge ceva. Când îşi dădu seama că nimeni nu era dornic să îşi aducă aportul la raportul lui Fraser, le ordonă pe un ton sever:

— Puteţi pleca cu toţii acum. Mâine, înainte să vă începţi tura, vă veţi prezenta cu toţii la biroul Sergentului pentru a-i da raportul. Acum mergeţi şi întrebaţi oamenii de afară dacă au văzut sau au auzit ceva în seara aceasta, iar apoi, sunteţi liberi să vă întoarceţi la secţie şi să scrieţi un raport amănunţit privind tot ce aţi făcut şi de ce, bineînţeles, se gândi el să adauge, pentru că, în fond, ofiţerii nu îi spuseseră încă ce îi determinase să se comporte atât de bizar.

— Da, domnule, ofiţerii răspunseră într-un glas şi se întoarseră să plece.

McNamara îi opri şi îi întrebă pe Fergusson şi Dunbar:

— Voi doi de ce arătaţi atât de bătuţi?

Dunbar se codi, foindu-şi picioarele pe loc, dar Fergusson răspunse imediat.

— Am dat peste un grup de cinci oameni, domnule. Erau beţi şi au devenit agresivi. Din păcate, au fugit înainte să putem chema întăriri. Ceea ce vedeţi este rezultatul altercaţiei pe care am avut-o cu ei înainte să fugă, ridică ofiţerul din umeri.

— Înţeleg, spuse McNamara, deşi se cam îndoia el că ofiţerul îi spusese adevărul. Sunteţi liberi, le spuse Inspectorul Şef.

Cei patru ofiţeri părăsiră apartamentul în grabă, sub ochii iscoditori ai lui McNamara, al cărui instinct îi trezise unele întrebări destul de supărătoare în minte. Fie avea nişte oameni incompetenţi în trupele din subordine, ceea ce nu prea îi venea să creadă pentru că lucrase cu ei în trecut şi îi dovediseră că îşi cunoşteau meseria, sau altceva era la mijloc. Ceea ce citea în ceea ce se întâmplase, îi stârni furia şi îi puse o lucire metalică în ochi.

— Treceţi la treabă, lătră el la Steven şi, imediat după aceea, îi întoarse spatele pentru ca acesta să nu i se mai poată plânge.

DCI ştia că indiferent cât de mult s-ar fi plâns criminaliştii, lucrurile tot nu s-ar mai fi putut îndrepta. Ochii săi îi găsiră pe Jo şi Mike în apropiere de uşa de la intrare şi Inspectorul Şef le făcu semn să i se alăture lângă fereastră.

Acesta dorea să obţină unele răspunsuri şi nu ar fi dorit să deranjeze echipa criminalistă de la treaba lor. Cu toate acestea, nu putea nici să iasă afară pentru a discuta cu detectivii. Se îndoia că spectatorii îşi părăsiseră deja locurile din faţa clădirii.

Este uimitor cât de curioşi au devenit oamenii în zilele acestea, reflectă el.

— Deci, Jo, dă-mi un raport clar. Vreau să ştiu cum am fost informaţi de această crimă şi despre ce s-a întâmplat după aceea, o invită el pe detectivă să vorbească atunci când cei doi ajunseră lângă el.

— Da, domnule, dădu ea din cap, dar inima i se strânse cu teamă.

Știa că, de obicei, îi mergea gura în legătură cu detalii neimportante, iar DCI nu părea să fie în toane prea bune în seara aceea, dornic să îi asculte toate digresiunile. Ar fi preferat ca Inspectorul Șef să-i fi cerut lui Mike să prezinte raportul.

— Dispecerul a primit un apel în jur de două dimineața. Flăcăul care împarte apartamentul cu victima tocmai venise înapoi acasă și mai că a căzut peste cadavru în cada de baie. Luase la bord câteva băuturi – puțin mai multe decât numai câteva, după părerea mea, menționă ea, dar când observă că ochii lui McNamara s-au îngustat, se întoarse imediat la fapte. Puștiul nu s-a mai obosit să aprindă lumina, știți, și s-a dus direct în sala de baie, explică ea, fluturându-și mâna.

Brusc, se opri, își îndreptă umerii și apoi, înclinându-și capul, reflectă pentru o clipă. După aceea remarcă:

— Acest lucru este chiar ciudat, domnule. Puștiul a spus că nu era nici o lumină în baie și de aceea s-a împiedicat de papucii victimei și a căzut peste cadavru în cada de baie. Cămașa lui este pătată cu sânge unde a atins una dintre încheieturile victimei.

— Și a menționat acest lucru și ofițerilor de patrulă? o întrebă McNamara, iar gura i se strânse într-o linie aspră.

— Așa cred, interveni Mike. Prima dată când am auzit despre acest lucru a fost de la ofițerii de patrulă. Noi am vorbit cu puștiul abia după aceea. Așa că da, este adevărat. La naiba, știau acest lucru, explică el pe un ton hotărât și dădu din cap pentru a își sublinia cuvintele.

— Deci nimeni nu s-a întrebat de ce flăcăul a decis să se sinucidă pe întuneric? îi întrebă McNamara cu uimire.

— Nu prea, ezită Jo să spună, dar când am întrebat exact acest lucru, unul dintre ofițerii de la patrulă a avansat ideea că flăcăul s-a sinucis când mai era încă lumină afară... Dar știți ce, eu totuși nu am văzut nici un fel de fereastră în sala de baie. Ar fi trebuit să aprindă lumina oricum, observă ea, iar o încruntare îi apăru între sprâncene. Iar medicul legist chiar a spus că totul s-a petrecut în timpul nopții, spuse ea, dând din cap.

Mike îi aprobă cuvintele, iar apoi remarcă și el:

— Cineva a făcut o greșeală, șefule. Au stins lumina înainte să fi părăsit apartamentul. Este posibil ca ucigașii să nu fi știut că flăcăul avea un coleg de apartament și nu locuia singur. Este de asemenea posibil ca ei să se fi temut că lumina ar fi atras atenția cuiva. Cred că intenția lor a fost ca să fie găsit corpul mai târziu, probabil într-o zi sau două. În mod sigur ar fi mirosit până atunci cu căldura asta din apartament. Din câte văd, victima ținea două radiatoare aprinse. Oricum, așa cum a menționat Jo deja, medicul legist a decretat că puștiul nu a murit decât cu două sau trei ore înainte să fi fost găsit de către prietenul său așa că...

— Unde-i flăcăul acela? Colegul de apartament? întrebă McNamara pe un ton aspru.

— Este cu James, într-una dintre mașinile de patrulă de jos, îi explică Jo. Bietul puști era speriat rău de tot. Încă mai se smiorcăia când am ajuns aici, iar nouă, lui Mike și mie, ne-a luat mai mult de jumătate de oră să ajungem în partea aceasta a orașului, recunoscu ea.

Apartamentul lui Mike se găsea în Leith și numai traficul lejer din timpul nopții îi ajutase să ajungă pe Salisbury Road într-un timp atât de scurt. Jo spera ca McNamara să nu îi ceară să-i explice de ce i-a luat atât de mult timp să ajungă la fața locului. Inspectorul Șef știa că ea nu locuia atât de departe de Newington. Detectiva nu avea nici un chef să își expună activitățile ei extracuriculare cu Mike.

— Eram convinși că va trebui să-l ducem la spital până la urmă, dar, din fericire, James, care a ajuns numai cu puțin înaintea noastră, a reușit să-l liniștească suficient și să-l ia cu el afară la mașinile de poliție. De fapt, acolo am și vorbit cu el puțin, își termină ea explicația și trase adânc aer în piept.

— În regulă, Jo, voi vorbi cu el curând. Acum continuă.

— Deci când am ajuns aici, medicul legist și echipa criminalistică ajunseseră deja. Nici după cinci minute de la sosirea noastră, medicul a declarat că nu era sinucidere, iar Steven a început să urle la ofițerii de patrulă. Se certau ei deja, înainte ca medicul legist să declare crima, dar după aceea... Ce a urmat, domnule... ați văzut și singur, ridică ea din umeri și gura i se strânse, nefiind în stare capabilă să găsească cuvintele potrivite pentru a-i explica Inspectorului Detectiv Șef tot ce se întâmplase.

LEGĂTURI RELATIVE

— Înțeleg, spuse McNamara, iar apoi începu să patruleze prin fața ferestrei, gâdindu-se la tot ce aflase de la detectivii săi. În regulă, Jo, se întoarse el spre detectivă. Voi doi rămâneți aici să monitorizați echipa criminalistică. De obicei, Steven este atent la detalii, dar în seara aceasta este prea furios și s-ar putea să nu gândească taman cum trebuie. Nu mai vreau nici un fel de greșeli. Mike, ține-ți ochii pe laptopul acela, îi indică cu degetul laptopul victimei de pe birou detectivului. Vreau ca unul din experții noștri să îi arunce o privire și să vadă dacă se găsește ceva acolo care să arunce vreo lumină asupra acestei încurcături. Întreabă-i dacă există vreo cale să determine cine a scris nota de sinucidere. Dacă există ceva specific care ar indica spre cineva sau ceva, ridică el din umeri, cu toate că se îndoia el că ar ieși ceva din chestia aceea. De asemenea, mai trebuie să vedem dacă există ceva care ne-ar indica motivul pentru aceastǎ crimǎ. Nu se știe niciodată, mai spuse el, iar apoi se îndreptă spre ușa de la intrare. Sunt în continuare disponibil pe telefonul mobil dacă mai aveți nevoie de mine, se gândi DCI să menționeze.

Nu era ca și cum ar mai fi putut să se întoarcă la Bryony, așa că acum nu-l mai deranjau intruziunile.

Detectivii îl priviră părăsind apartamentul, iar apoi, se priviră unul pe celălalt. Mike oftă, iar apoi strigă:

— Steven, dă-mi una din pungile acelea pe care le ai pentru probe. Trebuie să vâr laptopul ăsta de aici într-o pungă.

CAPITOLUL TREI

MCNAMARA CIOCĂNI ÎN fereastra mașinii de poliție, iar James imediat ieși din automobil, lăsându-l pe tânărul bărbat, pe care îl dădăcise de-a lungul ultimei ore, în compania propriei sale dispoziții mohorâte.

În mod obișnuit, James reprezenta un izvor de răbdare, dar cu toate acestea începuse să își cam piardă calmul în ultimele cincisprezece minute. Omul scâncea constant și-și trăgea nasul, iar James își folosise toate rezervele de platitudini pe care le avea.

— James, îl salută McNamara pe un ton grav.

— Domnule, replică James, închizând portiera de la mașină în urma sa pentru ca omul dinăuntru să nu le audă discuția.

Detectivul Sergent își ridică privirea spre McNamara și imediat observă lipsa de somn de pe chipul Inspectorului Detectiv Șef și i se strânse inima. Atitudinea lui McNamara era mai mult decât dificilă atunci când acesta era extenuat.

— Sunt încântat că ați venit, domnule, simți el impulsul să menționeze, deși își dădea seama că noțiunea lui de mulțumire nu se prea potrivea cu cea a lui McNamara, mai ales pentru că acesta urma să discute cu tânărul bărbat care încă mai plângea fără nici un fel de control în mașină.

— Eu, unul, nu sunt foarte fericit, James, replică McNamara pe un ton de voce dur. Înțeleg că flăcăul care a găsit cadavrul se găsește în mașină, mai adăugă el, înclinându-și capul spre mașina de poliție.

— Da, domnule. Din nefericire, nu este foarte coerent, nici măcar după atâta timp, aşa că nu prea ştiu cât de multe putem obţine de la el. Eu nu l-am putut face să vorbească până acum. De-a lungul ultimei ore, nu a făcut altceva decât să plângă. Mi-e teamă că maniera în care a dat peste cadavru l-a şocat profund. Lucrul bun este că acum este aproape complet treaz. Ar trebui să ştiţi că era beat pulbere când am ajuns la locul crimei, îi explică James. I-ar face bine o cafea, cred, dar nu este nimic deschis în apropiere. M-am uitat prin jur, dar..., ridică el din umeri cu neputinţă.

McNamara privi de-a lungul străzii, iar apoi înapoi spre James.

— Bine atunci. Adu-l la maşina mea. Vom merge înapoi la birou şi vorbim cu el acolo. Putem face şi nişte cafea pentru că am cafea în biroul meu şi vom fi mult mai comfortabili acolo decât aici în maşină.

Inspectorul Şef abia îşi termină ordinul că o şi porni înapoi spre maşina sa. James oftă profund şi îl privi îndepărtându-se cu paşi mari. Maniera lui McNamara de a conduce maşina în timpul zilei era un adevărat coşmar. Noaptea, când drumurile nu erau atât de pline, era mult mai rău.

James îl scoase pe tânărul bărbat din maşina de poliţie şi îl conduse spre maşina lui McNamara. Îl ajută să intre în maşina Inspectorului Detectiv Şef, iar apoi, îl informă pe McNamara pe scurt că trebuia să se ducă să returneze cheile de la maşină.

Sergentul se grăbi să-l găsească pe ofiţerul de patrulă a cărui maşină o folosise pentru că deja observase că McNamara începuse să bată darabana cu degetele pe volan cu nerăbdare când auzise că va trebui să mai aştepte o vreme.

MCNAMARA ÎL CONDUSE pe tânărul complet şocat în biroul său, fiind urmat de James, care era doar uşor şocat. Detectivul Sergent avusese dreptate în prezumţia sa. Într-adevăr, cursa cu maşina prin Edinburgh noaptea, avândul pe DCI la volan fusese un adevărat coşmar.

Inspectorul Şef profitase din plin de străzile goale. Ca urmare, reuşise să-şi doboare propriul său record. În timpul zilei, ar fi făcut acel drum de-a lungul oraşului în cel puţin douăzeci de minute. McNamara îi adusese înapoi la secţia de poliţie în aproape cinci minute.

LEGĂTURI RELATIVE

De-a lungul călătoriei, peisajul din exterior pur şi simplu se estompase într-atât de mult încât DS James nu fusese capabil să recunoască ruta pe care DCI o alesese.

James îi aruncă o privire piezişă martorului. Se îndoia că flăcăul va fi în stare să spună vreun cuvânt prea curând. Era alb ca hârtia, iar ochii aproape că-i înghiţiseră jumătate de faţă. Şi totuşi, tânărul bărbat se oprise din plâns. Acela era un lucru bun, iar James întâmpină schimbarea cu bucurie.

Puştiul îşi petrecuse întreaga călătorie spre secţia de poliţie ţinându-se strâns, cu toată puterea, de mânerul de la uşă. Ochii îi ieşiseră din orbite, iar gura i se deschisese într-un ţipăt mut şi îi rămăsese astfel.

Poate că James ar fi făcut acelaşi lucru, dar pentru el era mai importantă impresia lui McNamara despre el. Ştia că ar fi fost în situaţia să lucreze cu DCI în continuare şi chiar nu se făcea să fie considerat o mâţă fricoasă.

Dar de ce naiba a trebuit să ne grăbim atât de tare? Secţia de poliţie nu s-ar fi mutat şi nu e ca şi cum am fi rezolvat cazul imediat după ce am fi vorbit cu puştiul acesta, reflectă el cu amărăciune.

McNamara nu făcu nici un comentriu legat de felul în care arăta tânărul bărbat sau privind gura strânsă a lui James. Le aruncă o privire oarecum confuză, dar nimic mai mult. El unul nu înţelegea ce li se întâmplase.

DCI nu îşi dădu seama de sentimentele pe care cei doi le nutreau pentru el în acel moment şi nu le ghici nici gândurile. El pur şi simplu îşi aruncă haina în direcţia unuia dintre cuierele din biroul comun al detectivilor. Era cu siguranţă o mişcare pe care o practicase pentru că nu îşi rată ţinta. Cu paşi supli, îi conduse pe James şi pe martorul lor în birou, iar după aceea, se îndreptă direct spre raftul unde îşi păstra filtrul pentru ca să prepare cafeaua.

James îl ajută pe martorul lor să ia loc într-unul din scaunele din faţa biroului Detectivului Inspector Şef, iar apoi, după ce reflectă câteva clipe, îi aduse un pahar cu apă de la distribuitorul cu apă. Tânărul bărbat îşi tot lingea buzele şi înghiţea din greu, ca şi cum gura i-ar fi fost uscată.

Mâna flăcăului tremura îngrozitor aşa că acesta reuşi să verse marea parte a apei pe pantalonii săi. După aceea înghiţi ce mai rămăsese din apă dintr-o înghiţitură, încercând să scape de nodul pe care îl simţea în gât. James îl privea fix şi când îi remarcă comportamentul, îşi scutură capul uşor şi oftă.

McNamara, care tocmai terminase cu pregătirea filtrului de cafea şi revenise la birou, observă mişcarea din cap a lui James şi îl privi întrebător. James se mulţumi să ridice din umeri şi îşi înclină capul spre martorul lor. DCI se aşeză pe scaunul său, ochii săi evaluându-l pe tânărul bărbat în acelaşi timp.

La fel de tânăr precum şi băiatul găsit mort în apartament, flăcăul era subţire şi înalt. Părul său creţ roşcat şi ochii săi de un verde deschis contrastau cu chipul său alb. Nasul şi pomeţii îi erau pudraţi cu pistrui, iar McNamara avu sentimentul ciudat că avea sub ochi o versiune a lui Peter Pan, aşa cum îşi imaginase el personajul când era copil.

Gura puştiului avea colţurile întoarse în sus, trădându-i firea jucăuşă, iar DCI presupuse că acestuia îi plăcuse să joace o mulţime de feste în timpul şcolii şi că probabil încă îi mai placea să le facă şi acum.

McNamara se abţinu să-i pună orice fel de întrebări la început. Decise să aştepte să se termine ciclul de fierbere a cafelei şi să-i dea flăcăului şansa de a-şi reveni înainte de a începe să-l intervieveze.

Aşteptară în tăcere mai multe minute. McNamara se lăsă pe spate în scaunul său şi privi ţintă spre fereastră, gândindu-se la noaptea pe care o petrecuse cu Bryony. Între timp, ceilalţi doi se uitau fix la el, iar tensiunea lor crescu în loc să se diminueze.

Când filtrul de cafea fluieră, anunţând că în sfârşit cafeaua era gata, atât James cât şi flăcăul oftară uşuraţi, iar McNamara îşi întoarse ochii întrebători spre ei. Imediat, James începu să privească tavanul cu o privire intensă, iar flăcăul îşi îndreptă privirile spre covor.

McNamara îşi îngustă ochii, dar decise să nu le comenteze acţiunile şi se ridică de pe scaun pentru a aduce cafeaua la masă.

— Pot aduce eu cafeaua, domnule, sări James din scaun imediat, dar McNamara îşi flutură mâna către el pentru a-l opri.

— Şi eu pot să o fac la fel de bine, replică el pe un ton dur, fără să se oprească din mers.

De fapt, inspectorul simţea nevoie să se mişte. Se trezise la ora şase dimineaţa cu o zi înainte şi se dusese la culcare la orele mici ale dimineţii. După cele două ore de somn cu care trebuise să se mulţumească, avea mare nevoie să facă puţin exerciţiu fizic. Îi era teamă că altfel i-ar fi căzut capul pe masă şi acel lucru nu ar fi reprezentat defel o manieră profesională pentru începutul unui interviu.

LEGĂTURI RELATIVE

James se aşeză înpoi în scaunul său cu regret. Se aflase în apropierea flăcăului pentru prea mult timp şi simţea nevoia de ceva spaţiu. Se cam săturase de mirosul de sudoare şi băutură care emana dinspre tânărul bărbat.

In nici două minute, McNamara se reîntoarse cu cafetiera şi trei căni.

— Vrea careva zahăr sau lapte? îi întrebă el.

Atât James cât şi puştiul îşi scuturară capul. DCI se aşeză şi turnă cafeaua aburindă în ceşti. Aşeză două ceşti în dreptul detectivului sergent şi în faţa flăcăului. Mai apoi îşi luă ceaşca şi sorbi din cafea, chiar dacă i-ar fi plăcut să o dea pe gât dintr-o dată, dar lichidul era prea fierbinte pentru a-şi face pofta.

Îşi băură cafeaua în tăcere timp de câteva minute, iar apoi McNamara îşi schimbă poziţia în scaun şi se uită ţintă la flăcău.

— Cum te cheamă? se interesă el brusc.

Flăcăul îşi vărsă cafeaua pe cămaşă şi ţipă. Nu se aşteptase ca DCI să îi mai pună vreo întrebare. Tânărul se pierduse în propria sa lume şi uitase cu totul de prezenţa celor doi detectivi şi de posibilitatea de a fi intervievat.

Atât McNamara cât şi James îşi dădură ochii peste cap şi îşi aruncară privirile spre cer cu grade diferite de uimire. Acel flăcău chiar se dovedea a fi o adevărată provocare.

James se ridică şi se duse să aducă nişte prosoape de hârtie pentru băiat. Ştia că McNamara ţinea o rolă de prosoape de hârtie lângă filtrul de cafea. Detectivul se întoarse cu câteva fâşii şi i le înmână flăcăului. După aceea, DS îşi luă locul încă o dată şi oftă din nou.

Flăcăul îşi şterse cămaşa cu mare atenţie, numai pentru a evita să privească înspre poliţişti. Se dovedi foarte metodic, iar sprâncenele lui McNamara i se arcuiră pe frunte.

Grija puştiului pentru acea cămaşă nu se prea potrivea cu neglijenţa dovedită în a se îngriji de sine, iar DCI ghici că băiatul pur şi simplu încerca să câştige mai mult timp. Fără a menţiona că, de fapt, cămaşa era oricum pătată cu sânge, iar câteva picături de cafea puteau numai să îi îmbunătăţească aspectul.

— E o simplă întrebare, flăcău, se răsti el la băiat. Ce este atât de dificil să-mi spui numele tău? se miră el.

Mâna puştiului îngheţă, iar ochii i se ridicară spre McNamara încet. Tânprul avu nevoie de câteva secunde pentru a face o minge din prosoapele de hârtie, pe care apoi o aşeză cu grijă pe masă.

— James Campbell, domnule, replică el până la urmă, iar detectivul surprinse sâsâiala ușoară din vocea lui.

Tonalitatea vocii băiatului sunase atât de copilăroasă, încât McNamara aproape că zâmbi. Colțurile gurii Detectivului Inspector Șef se ridicară puțin, iar acel fapt îl surprinse pe DS. Se așteptase ca Inspectorul Șef să reacționeze diferit.

— Spune-ne un pic despre tine, flăcău, îl invită McNamara pe tânăr cu un gest nepăsător, iar apoi mai sorbi puțin din cafeaua ce se găsea în cana sa.

— Nu sunt prea multe de spus, replică flăcăul cu o ridicare din umeri neglijentă. Sunt din Dundee și urmez universitatea aici la Edinburgh.

— Înțeleg, dădu McNamara din cap. Și de cât timp locuiești în acel apartament?

— Nu de mult, domnule, doar de la începutul anului școlar. Peter și cu mine, noi am venit împreună. Părinții lui sunt tot în Dundee, iar spre mâhnirea lui McNamara, lacrimi proaspete se revărsară pe obrajii băiatului.

— Deci vă știați unul pe celălalt de ceva vreme deja, remarcă McNamara.

— Ne știm dintotdeauna. Familiile noastre stau pe aceeași stradă, dădu puștiul din cap. Ne despart doar două case. Nu știu ce îi voi spune tatălui său, se jelui el, iar sprânceana stângă a lui McNamara se arcui.

Până la urmă, puștiul avea mai mult de cinci ani, iar detectivul nu se aștepta la o astfel de reacție din partea lui. James doar își ridică privirea spre ceruri pentru că deja cunoștea repertoriul flăcăului pe de rost.

— Petreceați timp împreună și aici în Edinburgh? încercă McNamara să-l aducă înapoi la subiect.

Băiatul dădu din cap atât de viguros încât cei doi detectivi se temură pentru integritatea gâtului său.

E atât de al naibii de tânăr, reflectă McNamara în trecere, dar apoi îl întrebă:

— Deci în seara aceasta a fost o excepție că se găsea singur acasă și nu era împreună cu tine?

— Ne-am dus împreună la tavernă mai devreme și ne-am întâlnit cu niște prieteni, le explică James. El a plecat pe la miezul nopții, chiar înainte ca barul să se închidă. A spus că trebuie să lucreze la un proiect de dimineață. Eu am plecat cu niște prieteni și m-am dus la apartamentul lor. M-am întors acasă în jur de două dimineața.

— Le-ai spus ofiţerilor de patrulă că nu ai aprins lumina în apartament, menţionă McNamara, sprijinindu-se pe coate de tăblia mesei şi ţinându-şi cana în căuşul mâinilor.

— Ştiam că lui Peter nu îi plăcea când îl deranjam noaptea, răspunse puştiul ridicând din umeri.

Lacrimile i se uscaseră deja, iar efectul cafelei asupra lui era de asemenea vizibil. Acum, puştiul nu mai părea să fie atât de beat.

— Ştiu apartamentul destul de bine şi mă gândisem că pot ajunge la baie, iar apoi la patul meu, fără să mai fie nevoie să aprind lumina. Am făcut-o şi în trecut, iar atunci eram mai beat decât sunt astăzi, şi nu am avut nici un fel de probleme.

— Deci ce s-a întâmplat? McNamara îl invită să vorbească liber, ceea ce se dovedi a fi o eroare.

Puştiul începu să tremure vizibil şi puse cana înapoi pe masă.

— M-am dus la baie, începu el să spună, dar apoi se văzu nevoit să înghită cu greutate. Cred că m-am împiedicat de papucii lui Peter şi am căzut în faţă, îşi aminti el. Am vrut să mă sprijin cu mâinile de marginea căzii de baie, să nu-mi sparg nasul, ştiţi, îşi frecă el mâinile, iar apoi îşi trecu degetele prin păr cu gesturi nervoase. Cred că m-am prins de braţul lui Peter şi asta m-a speriat, mărturisi el. Cred... cred că am ţipat şi m-am târât înapoi pe podea... Nu ştiam ce era... Pentru o clipă m-am gândit să fug repede la Peter şi să-l trezesc... Doar atunci mi-am dat seama că ar fi trebuit să se fi trezit deja şi să fi venit la baie... Auzeam deja pe cineva pe palier. Vecinii se treziseră când am ţipat, aşa că... şi Peter ar fi trebuit să se trezească, trase el concluzia şi nu mai spuse nimic altceva.

McNamara aşteptă câteva minute, dar când puştiul nu mai continuă, îi dădu un mic impuls:

— Deci ce ai făcut atunci?

— M-am gândit să aprind lumina, recunoscu el, dar din nou nu îşi mai continuă povestirea.

— Deci ai aprins lumina sau nu? îl întrebă McNamara pe un ton nerăbdător pentru că se săturase să îl cocoloşească. Băiatul avea deja optsprezece ani.

Puştiul mai că sări din scaun, iar DS se luptă să îşi ascundă surâsul.

— Da, domnule, am aprins-o, replică puştiul.

— Şi? întrebă McNamara cu exasperare atunci când James Campbell nu mai continuă.

— L-am văzut... pe... Peter, replică el pe un ton cutremurat. Cred că am strigat din nou.

— Aşa crezi? se interesă McNamara, iar DS observă că DCI părea supărat acum.

Flăcăul dădu din cap de câteva ori, iar apoi spuse:

— Da, domnule, aşa cred, pentru că vecinul nostru, Thomas Dunbar, a început să bată cu pumnul în uşă în mod repetat, întrebând ce se întâmplă.

— Înțeleg, murmură McNamara, iar apoi sorbi din nou din cana sa. Şi tu ce ai făcut?

— Am deschis uşa, răspunse flăcăul pe un ton malițios şi ridică din umeri.

Ce altceva să fi făcut? Dunbar ăla nu este el un băiat prea calm nici în zilele lui bune. Ar fi spart uşa. Tata m-ar fi jupuit de viu dacă ar fi trebuit să plătească pentru uşa aia.

McNamara aproape că îşi dădu ochii peste cap. *Trebuie să îi smulg fiecare cuvânt din gură,* reflectă el nemulțumit de felul în care decurgea interviul. Detectivul nu era în toane suficient de bune pentru ca să-l implore pe puşti să vorbească.

— Şi după aceea, ce s-a întamplat? întrebă el printre dinții strânşi.

DS abia îşi suprimă un rânjet. Era mai mult ca sigur că DCI va exploda curând, iar el unul nu ar fi vrut să fie în papucii puştiului atunci.

— A intrat ca furtuna în apartament, strigând din toți bojocii. Când a văzut sângele de pe cămaşa mea, s-a oprit şi s-a albit, îşi aminti James Campbell, iar satisfacția i se citi în voce şi îi străluci în luminițele jucăuşe din ochi. I-am spus să arunce o privire în baie, continuă el. Chestia asta l-a potolit mai repede decât orice, spuse el cu un surâs îngâmfat pe buze acum. Dunbar a tulit-o din apartament, ținându-şi mâna pe gură. Numai când a ajuns pe hol, mi-a spus să chem poliția, mai adăugă el.

De parcă nu m-aş fi gândit şi eu la asta, se gândi el uşor amuzat.

— Şi ai chemat poliția imediat? îl întrebă McNamara, aproape uşurat că a ajuns la finalul povestirii.

— Da, imediat, dădu băiatul din cap. I-am aşteptat pe holul apartamentului... Nu cred că aş mai putea să mă întorc în casă acum, recunoscu el.

— Oricum, nu te poți întoarce acolo pe moment, îl avertiză McNamara. O dată ce s-a trecut tot locul prin sită..., începu el să spună, dar puștiul îl întrerupse.

— Nu mă mai întorc acolo niciodată. Îl voi suna pe tata să mă ia acasă acum... Iar într-o săptămână, două, îmi găsește el alt loc, dădu el din cap cu convingere. Nu mă forțează el să stau acolo, sunt sigur de asta.

— Bine, atunci, spuse McNamara pe care nu îl interesa defel viitorul puștiului. Înțeleg că atât tu, cât și Peter, erați studenți. Ce studia Peter?

— Amândoi eram în programul de contabilitate. Tatăl meu este contabil și are propria lui companie în Dundee, îl informă băiatul. Se presupunea că vom lucra pentru el după ce am fi absolvit, spuse James Campbell și își termină cafeaua.

Până în acea clipă, flăcăul își revenise destul de mult, iar acum mâinile nu îi mai tremurau atât de rău. De asemenea, avea mai multă culoare în obraji, iar pistruii nu-i mai ieșeau în evidență atât de flagrant.

— Asta-i bine, asta-i bine, aprobă McNamara. Ai vreo idee de ce ar fi fost ucis Peter? întrebă el brusc.

Ochii lui James Campbell se rotunjiră de uimire.

— A fost ucis?

— Avea vreun motiv să se sinucidă? i-o întoarse DCI .

Flăcăul se gândi la întrebare timp de câteva clipe, iar apoi își scutură capul.

— Nu din câte știu eu... Nu, nu cred să fi avut. Peter era mulțumit de absolut tot... A fost un ticălos norocos, își aminti James cu un zâmbet nostalgic pe buze. Întotdeauna a avut noroc la fete și lua note bune... Nu, nu îl văd capabil să își ia viața... Chiar deunăzi zicea că era mulțumit cu toate, le spuse el.

— Deci, atunci, de ce ar vrea cineva să-l ucidă? se întoarse McNamara la întrebarea sa inițială.

— Nu știu, își scutură James capul. Toată lumea îl plăcea. Nu era băgăcios sau afurisit sau îngâmfat... Nu, nimeni nu l-ar fi ucis, flăcăul repetă.

— Înțeleg, scrâșni McNamara din dinți. S-a întâmplat ceva în ultima vreme? A spus ceva care ar prezenta vreun interes?

James se gândi câteva clipe, iar apoi, își scutură capul din nou.

— Nimic. Lui Peter nu-i păsa de nimic altceva decât de întâlnirile lui cu fetele și orele de curs, explică el.

McNamara își dădu seama că nu mai putea scoate nimic mai mult de la el și se întoarse spre DS.

— James, condu-l, te rog, pe flăcău în biroul diviziei și lasă-l să-și sune tatăl, îi spuse el. Dacă găsești acoloe pe cineva care ar putea să stea cu el, întoarce-te aici.

James dădu scurt din cap, semn că i-a auzit ordinul, iar apoi se întoarse spre martorul lor și, cu un semn al mâinii, îl invită pe băiat să îl urmeze.

Flăcăul se uită la McNamara chiorâș, apoi se ridică și îl urmă pe DS.

Bătrânul e ceva de groază, reflectă el și își scutură capul imperceptibil.

Cu toate acestea, DS James îi observă privirea și ușoara scuturare a capului și ghici fără prea multă greutate ce-i trecea prin minte flăcăului. Un surâs îi apăru sergentului la colțul gurii și acesta își apleacă capul pentru ca McNamara să nu-l vadă.

După cei doi părăsiră încăperea, McNamara se ridică și el de pe scaun și se îndreaptă spre fereastră. Privi spre cerul gri și își dădu seama că deja veniseră zorile. Își aruncă ochii la ceas și se strâmbă când observă că era aproape șapte dimineața.

McNamara se gândi că probabil Bryony deja se trezise, dar nu dorea să o deranjeze dacă încă mai dormea pentru că, în fond, femeia nu avusese o noapte prea liniștită. Inspectorul hotărî ca în loc să o sune să îi trimită un mesaj scurt și se întoarse la birou ca să își caute telefonul mobil.

McNamara tocmai își luase telefonul mobil de pe masă când brusc se încruntă

La naiba? De ce ar trebui să îi scriu? se întrebă el.

Detectivul nu reuși să găsească o explicație pentru impulsul său de a-i trimite un mesaj lui Bryony. Își aruncă telefonul înapoi pe masă încruntându-se și decise să reflecteze la acea problemă puțin mai mult înainte de a face ceva. O secundă mai târziu, un ciocănit scurt în ușă îl făcu să tresară și avu nevoie de câteva secunde pentru a-și regăsi vocea și a striga:

— Acum ce mai e? Intră, pentru Dumnezeu.

Ușa se deschise și DS James intră. În ochii lui se putea citi surpriza față de reacția Detectivului Inspector Șef pentru că el unul înțelesese că ar fi trebuit să se întoarcă în birou.

CAPITOLUL PATRU

MCNAMARA OBSERVĂ ULUIREA din ochii Detectivului Sergent, dar preferă să nu facă nici un comentariu. Se întoarse la scaunul său și îi indică și lui James să ia loc.

— Deci până la urmă ai găsit pe cineva disponibil să-l lași cu flăcăul, spuse el, luând loc în scaunul său din spatele biroului și lăsându-se mai apoi pe spate.

— Da, domnule, într-un fel, ridică James din umeri. L-am lăsat cu Thomson. Acesta scria un raport așa că mi-am imaginat că ar putea și să stea cu ochii pe puști până ce vine tatăl său.

— Și-a sunat tatăl deci, observă McNamara. Ai vorbit și tu cu omul?

— Desigur, domnule, aprobă James cu o aplecare a capului. L-am avertizat să nu le spună nimic părinților lui Peter sau altcuiva. I-am explicat că va trebui ca mai întâi să trimitem un ofițer să discute cu ei.

— Te-ai gândit foarte bine, James. Am avut intenția să-ți spun chestia asta, dar mi-a zburat pur și simplu din cap, recunoscu McNamara necăjit, pentru că, de fapt, nu îi stătea în obicei să piardă din vedere astfel de detalii. Știi ce, ia sun-o tu pe Jo și cere-i ei și lui Mike să-i viziteze pe părinții lui Peter Ross în Dundee chiar acum, în dimineața aceasta, se trase McNamara brusc pe marginea scaunului. Pot să le pună și câteva întrebări cu ocazia aceasta. Poate că au ei vreo idee dacă fiul lor a fost implicat în ceva, deși mă cam îndoiesc. Între timp, eu voi mai face niște cafea, hotărî el.

Luă carafa de cafea de pe masă şi se îndreptă spre filtrul de cafea, lăsându-l pe James să se ocupe de sarcinile indicate. McNamara rămase lângă raftul cu filtrul de cafea şi aşteptă să se fiarbă cafeaua, privind cu nerăbdare cum picura lichidul în carafă.

DCI îşi înfipse mâinile în buzunare şi se balansă pe vârfuri şi călcâie, reflectând că ar fi putut face ceva mai productiv, aşa că începu să caute cea mai bună cale de abordare a investigaţiei. Nu ascultă la conversaţia lui James cu Jo decât cu jumătate de ureche, dar tot reuşi să prindă câteva din replicile acestuia, iar acestea îl convinseră că James îi trimisese pe detectivi la Dundee.

Se întoarse cu carafa la birou şi turnă cafea în cana detectivului sergent mai întâi. Când terminâ cu aceasta, McNamara înconjură masa spre scaunul său şi îşi umplu şi ceaşca lui. După ce observă cu satisfacţie că şi-a umplut-o până la buză, puse carafa deoparte şi luă loc pe scaun cu un oftat mulţumit.

— Ai terminat cu Jo şi Mike? întrebă el, luându-şi cana şi sorbind din ea.

James dădu din cap afirmativ şi îi urmă exemplul. După o altă noapte nedormită, avea nevoie de tot combustibilul disponibil pentru a fi capabil să funcţioneze. Nici DCI nu părea să o ducă mai bine. James putea zări umbrele întunecate de sub ochii şefului său.

— Înainte de toate, James, vreau să îl cercetezi pe Bryce Fergusson, ofiţerul de patrulă, spuse DCI, bătând darabana cu degetele pe tăblia mesei.

Toată noaptea, Inspectorul Şef se tot gândise la comportamentul omului. Ceva nu părea în reguă cu el şi acel lucru îl sâcâia pe DCI nespus.

Auzindu-i cuvintele, ochii lui James se măriră, iar una dintre sprâncene i se arcui interogativ pe frunte. Nu-l ştia pe Fergusson bine şi probabil că schimbase doar în jur de douăzeci de cuvinte cu omul de-a lungul anilor în care lucraserâ în acea secţie de poliţie împreună, dar cu toate acestea nu observase nimic nelalocul lui în legătură cu el.

— Ceva nu-mi miroase a bine, insistă McNamara de parcă i-ar fi putut citi gândurile Detectivului Sergent. Nu prea pot să-ţi explic ce şi cum, îşi scutură el capul. Este mai mult intuiţie dacă vrei, dar mi s-a părut că acesta părea extrem de satisfăcut de toate încurcăturile produse la locul crimei, iar rânjetul lui m-a făcut să citesc multe în atitudinea lui, explică el şi se încruntă, strângând din buze în acelaşi timp pentru câteva secunde. Doar verifică-l pe individ, McNamara comandă apoi pe un ton care nu mai lăsa loc la argumente pentru că, în fond, nu-i făcea niciodată plăcere să-şi explice deciziile în faţa nimănui.

— Da, domnule, voi avea grijă să-l anchetez, dădu James din cap.

— Dar nu pe față, îl sfătui McNamara. Știu că știi cum să-ți faci treaba, își ridică el mâna pentru a-i opri cuvintele când văzu că sergentul încerca să spună ceva. Dar cu toate acestea, de data aceasta este necesar ca investigația să fie făcută pe furiș, dacă știi ce vreau să spun, se uită el la sergent cu subînțeles.

— Da, domnule, înțeleg. Nu vreți ca Fergusson să afle că se află sub microscop, din câte îmi dau seama, replică Detectivul Sergent pe un ton foarte pragmatic.

— Exact, James. Am sentimentul că individul nu este altceva decât un șobolan râios și vreau să-l prind în flagrant delict, dacă este posibil, spuse el și mai luă o gură mare din cana sa, mulțumit că a terminat cu acea sarcină neplăcută.

McNamara nu își imaginase vreodată că se va găsi în situația de a-și ancheta unul dintre proprii săi oameni într-o zi.

James își luă și el cana și sorbi gânditor. Întotdeauna îi displăcuse să-și bage nasul în viețile colegilor, dar înțelegea că uneori era imposibil să se evite așa ceva. DS nu avea nici cea mai mică îndoială că ceva era în neregulă cu Fergusson dacă McNamara avea vreo bănuială în legătură cu el. DCI rareori se înșela când intuia ceva despre cineva. De fapt, nu se înșela niciodată.

— Acum, hai să organizăm această investigație, propuse McNamara. Vom avea mai mult de lucru acum pentru că marea parte a probelor criminalistice a dispărut, observă el. Deci cred că ar trebui să..., începu el să spună, dar un bip îl întrerupse.

Inspectorul Șef mai că mârâi și îi aruncă o privire acuzatoare lui James, dar sergentul își scutură capul.

— Nu e telefonul meu celular, domnule. Al meu numai vibrează, explică el.

La începutul carierei sale, DS uitase să-și pună telefonul pe modul silențios o dată, iar McNamara îl muștruluise bine de tot. Niciodată după aceea James nu a mai făcut acea greșeală. Își verifica întotdeauna telefonul mobil înainte să pornească spre secție.

McNamara se uită chiorâș la propriul său telefon și observă că, într-adevăr, pe ecran strălucea o luminiță, anunțându-l că avea un nou mesaj.

La naiba? Acum ce mai e? reflectă el cu necaz.

În același timp, își dădu seama brusc că limbajul i se cam deteriorase din seara precedentă, dar nu se obosi să reflecteze prea mult la acel lucru. Dacă ar fi fost să se gândească la tot ce se întâmplase, maniera în care vorbea nu era prea importantă. Își scutură capul cu mâhnire și își luă telefonul mobil de pe masă.

Spre surpriza Detectivului Sergent, încruntarea dispăru imediat de pe chipul Detectivului Inspector Șef, iar urma unui surâs îi luă locul. Lui James i-ar fi plăcut să vadă mesajul pe care îl citea McNamara. Pe sergent îl furnicau deja degetele și acesta se foi în scaun. Desigur, nu putea pur și simplu să-i ceară Detectivului Inspector Șef să-i arate mesajul. Probabil că inspectorul l-ar fi pulverizat în mii de bucățele dacă ar fi îndrăznit să facă așa ceva.

McNamara citi mesajul, iar o lumină caldă îi apăru în ochi. Răspunse la mesaj, apăsând cu stângăcie pe butoanele telefonului, ceea ce denota că nu prea avea experiență cu scrierea mesajelor. Apoi, puse telefonul deoparte și își întoarse privirea spre James.

— Doar o chestiune personală, James, spuse el, fluturându-și degetele când văzu expresia de pe chipul Detectivului Dergent, dar nu se obosi să îi explice acestuia despre ce era vorba.

Deci este adevărat atunci. McNamara chiar are o iubită! Cine ar fi crezut că așa ceva ar fi posibil? reflectă James.

James lucrase cu DCI de mai bine de trei ani și în tot acel timp, niciodată nu-și văzuse șeful făcând schimb de mesaje sau de apeluri telefonice cu nicio femeie. Arăta el ceva interes pentru o femeie sau alta din când în când, dar totul era trecător, și nici măcar o singură dată nu i se îmbânziseră ochii așa cum se întâmplase în acel moment.

— Hai să ne întoarcem la ancheta noastră, propuse McNamara. Va trebui să lucrezi în continuare cu mine uneori pentru că altfel Fergusson va suspecta că ceva nu este în regulă. Mai întâi vom merge la universitate să discutăm cu unii dintre prietenii și colegii de grupă ai lui Peter, spuse McNamara bătând cu degetele în masă.

Bărbatul reflectă pentru câteva clipe, iar abia apoi continuă.

— După aceea, vom vedea, dar mai mult ca sigur tu îți vei începe ancheta privind ofițerul de patrulă când ne vom întoarce. Le voi cere Donnei și lui Angus să citească rapoartele ofițerilor de patrulă și să urmărească orice fir ce ar apărea de acolo și ar părea interesant. Da, vom vedea atunci, spuse el și se ridică.

Vom lua maşina mea, decise el şi îşi flutură degetele, făcându-i semn lui James să-l urmeze, iar pe drumul spre ieşire din încăperea comună a detectivilor, îşi luă şi haina din cuier.

James îl urmă oftând în sinea sa. *Oh, nu din nou maniera ta de a conduce,* reflectă el cu mâhnire şi scrâşni din dinţi. De două ori în acea zi părea puţin cam prea mult ca să repete experienţa. DS îşi aruncă ochii la ceas şi se strâmbă. Era deja oră de vârf, aşa că ştia că urma să fie o cursă obositoare.

— Ne vom opri să mâncăm ceva înainte de a ajunge la universitate, propuse McNamara înainte de a-şi conduce maşina afară din parcarea subterană a secţiei de poliţie. Ştiu că cel puţin mie, unuia, mi-ar prii acum un mic dejun scoţian zdravăn, cu budincă neagră şi nişte cârnaţi. Ce părere ai James? îi aruncă el o privire Detectivului Sergent pentru a vedea dacă acesta ar fi avut o opinie diferită de a lui, dar de data aceasta, era prima dată în ultimele zece minute când James era în sfârşit de acord cu decizia detectivului inspector şef.

Un mic dejun sănătos părea numai potrivit în acel moment.

CAPITOLUL CINCI

DUPĂ CE IEȘIRĂ DIN bistrou, James observă că pasul lui McNamara era mult mai vioi. În unele zile, un mic dejun zdravăn avea un astfel de efect asupra dispoziției Detectivului Inspector Șef. Se părea că aceea era una dintre acele zile.

Cu toate acestea, un McNamara mai vioi însemna și că acesta își conducea mașina cu și mai multă îndrăzneală. James consideră că dezavantajele bunei dispoziții a lui McNamara depășeau cu mult avantajele, dar se resemnă să mai suporte alte zece sau cincisprezece minute de coșmar. Se îndoia că i-ar fi luat mai mult timp decât atât lui McNamara pentru a ajunge de acolo la universitate.

Până la urmă se dovedi că James fusese destul de precis în estimarea sa. Nici cincisprezece minute mai târziu, DCI își și parcă mașina într-unul din loturile din parcarea universității, iar James îl aruncă o privire piezișă. DS avea senzația că tensiunea Detectivului Inspector Șef îl copleșea.

McNamara, pur și simplu, clocotea vizibil când coborî din mașină. Un luciu metalic îi apăruse în ochii verzi, iar maxilarul i se încleștase. Era evident că nu îi prea plăcuse călătoria cu mașina până acolo, cel puțin nu atât de mult pe cât se așteptase, iar răbdarea lui se risipise de ceva vreme. Buna lui dispoziție de mai înainte nu mai era decât o amintire acum, iar omul se cufundase într-o posomoreală adâncă.

James mustăci cu satisfacție și își întoarse capul pentru ca McNamara să nu îi poată vedea chipul. Nu avea el nici cea mai mică dorință să îi simtă limba ascuțită pe piele în dimineața aceea.

DS nici măcar nu trebuia să se obosească pentru a observa atitudinea șefului său pentru a știi ce se întâmpla cu el. Era deja conștient că omul era negru de mânie. James nu avea probleme cu auzul, așa că își dăduse de îndată seama cam de unde bătea vântul. Ar fi fost imposibil să ignore înjurăturile care se rostogoleau din gura lui McNamara cu atât de multă agerime în timpul cursei lor spre universitate. Inspectorul Șef considera că-i pria să-și exprime vexația privindu-i pe ceilalți șoferi de pe drum, ba chiar tare și cu dicție.

— Hai să vedem unde îi putem găsi pe colegii lui Peter, mârâi DCI printre dinți, îndreptându-se spre biroul de înregistrare al universității cu pași furioși, încrezător că James îi va urma direcția.

De aceea, nici măcar nu se obosi să mai privească în urma sa pentru a se asigura că acesta se găsea într-adevăr în spatele său.

Douăzeci de minute mai târziu, cei doi detectivi ajunseră în sfârșit într-un coridor ce conducea spre încăperea unde li se spusese că îi vor putea găsi pe colegii lui Peter. Zgomotul de pe coridor aduse o altă încruntare între sprâncenele Detectivului Inspector Șef deși acesta abia se mai calmase.

Cu mâhnire, DCI privi spre tinerii care vorbeau unul cu celălalt ca niște gaițe, iar după o evaluare atentă, alese să abordeze un flăcău subțire și înalt, care se ținea mai la o parte de ceilalți. Aplecat peste telefonul său mobil, puștiul citea cu interes ceva pe ecranul telefonului. Un smoc de păr negru îi ascundea ochii, dar oricum nu culoarea ochilor lui îl interesa pe McNamara.

— Pot să discut ceva cu tine? îl întrebă el pe puști, și chiar pe un ton destul de politicos, în opinia Detectivului Sergent.

— Nu chiar acum, veni răspunsul iritat al tânărului, care nici măcar nu se obosi să-și ridice ochii de pe ecran ca să privească spre detectivi. Nu vezi că sunt ocupat? mai adaugă el pe un ton mojic.

Flăcăul îi concedie fără să mai adauge nimic altceva, iar apoi continuă să frunzărească ecranele ca și cum nu s-ar fi întâmplat nimic.

McNamara rămase surprins pentru câteva clipe, pentru că un astfel de răspuns era ceva nou pentru el. Nu se mai întalnise cu o astfel de primire atunci când aborda pe cineva. Oamenii răspundeau cu totul altfel la tonul său, chiar și atunci când era politicos.

DCI oftă în gând, iar apoi își scoase legitimația din buzunar, împingând-o sub ochii puștiului imediat. După aceea, încruntându-se, remarcă pe un ton acid:

— Poate că nu mai ești atât de ocupat acum. Ce părere ai, flăcău?

Ochii puștiului se ridicară imediat, iar băiatul se holbă la McNamara cu teamă. Totuși, în ciuda spaimei care i se citea în ochi, tânărul tot nu se grăbi, ci își închise telefonul mobil cu gesturi măsurate și îl îndesă în buzunar înainte de a-și îndrepta umerii.

— Nu știam că sunteți... știți, dumneavoastră, domnule, spuse el gesticulând neglijent cu mâna. Deci cu ce pot să vă ajut? Din câte știu, eu, personal, nu am făcut nimic ce ar putea provoca o vizită a poliției, dădu tânărul din umeri cu nonșalanță, iar apoi, cu un gest ce părea să-i fi intrat în obicei, își împinse ciuful de păr de pe frunte, dar acesta se dovedi destul de încăpățânat pentru a reveni în aceeași poziție imediat.

Ochii Detectivului Inspector Șef se îngustară ușor, iar gura i se strânse înt-o linie dură pentru câteva clipe. Chiar dacă flăcăul folosise toate cuvintele corecte atunci când i-a răspuns la întrebare, i se putea percepe impertinența cu ușurință, iar detectivului îi displăcu insolența acestuia. Umerii lui se tensionară din nou, iar James se așteptă ca DCI să-i spună câteva cuvinte bine alese tânărului bărbat.

Este doar un puști, reflectă McNamara după numai o clipă. *Nu ar trebui să mă aștept la mai mult de la unul ca el,* se gândi el, amintindu-și cum era și el la acea vârstă și lăsând tensiunea să i se disipeze din trup.

— Peter Ross, spuse el pe un ton uluitor de calm, astfel uimindu-l nespus pe James cu reținerea sa. Ce ne poți spune despre el și evident, dacă este posibil, poți să ne arăți care sunt prietenii săi?

Întrebarea Detectivului Inspector Șef îl uimi pe puști, iar ochii acestuia se lărgiră, tânărul nefiind capabil să-i răspundă la întrebare pentru câteva momente. Nici nu i-ar fi trecut prin minte gândul că detectivii ar fi venit să-i pună întrebări despre Peter, pentru că acesta niciodată nu făcuse nimic greșit din câte știa el și părea să fie unul dintre cei care urmau calea dreaptă în absolut orice. Peter Ross nici măcar nu arunca gunoi pe stradă și avea un respect sănătos față de autorități.

— Întrebare grea, hmm? se interesă McNamara pe un ton blând, dar cu toate acestea, ironia ce îi strălucea în ochi demonstra că, de fapt, îl lua pe tânăr peste picior.

Flăcăul își scutură capul și replică:

— Nu prea, domnule, doar că nu m-aş fi aşteptat vreodată ca un poliţist să îmi pună întrebări despre Peter. Ştiţi, el nu face nici o greşeală. Înţeleg că părinţii lui sunt profesori şi cu siguranţă l-au inoculat cu noţiunile privind ce este bine şi ce nu este, din câte am putut vedea până acum. Peter nu pare să prezinte nici un fel de interes în discuţiile obişnuite. Ştiţi, despre probleme sociale sau politice... Nu s-a alăturat nici unuia dintre diversele grupuri care există în campus. Sunt convins că ştiţi despre ele, rânji el.

Printre studenţi, era bine cunoscut faptul că poliţia ţinea unele asociaţii studenţeşti sub supraveghere. Acela era de fapt şi unul dintre motivele pentru care el însuşi evitase să se alăture vreunei asociaţii. Tânărului bărbat i-ar fi displăut să se fi aflat sub supraveghere constantă.

Nu că ar fi avut el vreunele păreri sau convingeri ferme. El era unul dintre puţinii studenţi care considerau că, în fond, omul reprezintă o insulă, în ciuda eforturilor tuturor celorlalţi din jur care, de-a lungul anilor, au încercat să-i dovească că se înşela.

— Şi mai mult decât atât, niciodată nu-i vorbeşte de rău pe profesori sau pe oricine altcineva, să o spunem pe a dreaptă, puştiul îşi scutură capul şi îşi strânse buzele. Aş spune că nu are şira spinării, dar totuşi are şi unele calităţi care te fac să-i scuzi lipsa de curaj, ridică el din umeri cu nonşalanţă. Nu facem parte din acelaşi grup de prieteni, mai remarcă el aşa în treacăt. Este apropiat de James Campbell şi cred că împart un apartament împreună sau, cel puţin, aşa am auzit, le explică el cu o altă ridicare din umeri, iar, după aceea, înclinându-şi capul, păru să cântărească problema puţin mai mult. În afară de James, cred că cel mai mult îşi petrece timpul cu alţi trei tipi şi, evident, cu câteva fete, mai menţionă el.

Încă o dată, se opri să se gândească la ce avea de spus. După aceea, îşi scutură capul şi îşi edită propriul răspuns.

— Cred că mai degrabă cu patru sau cinci fete. Lui Peter îi place să aibă două sau trei prietene în acelaşi timp şi le schimbă des, dar, destul de interesant, nici una dintre ele nu pare să păstreze resentiment faţă de el, din câte am văzut. Vorbesc cu el şi după ce se despart. Este un adevărat afurisit de Don Juan, îşi încheie el discursul pe un ton aspru.

McNamara era sigur că a recunoscut o tentă de invidie în cuvintele tânărului. Probabil că acesta nu se descurca la fel de uşor cu fetele precum colegul său.

Cu toate acestea, referința la Don Juan era cea care îl surprinsese cel mai mult pe inspectorul șef. Nu era ceva ce s-ar fi găsit în mod curent în vocabularul unui puști de vârsta aceea.

— Poți să n-i arăți pe acei trei prieteni? îi ceru DCI și își aruncă privirea spre grupul de oameni care abia le acorda atenție.

Aparent, prezența celor doi polițiști în mijlocul lor nu le stârnise prea mult curiozitatea.

James își pregăti carnetul ca să noteze numele și așteptă răbdător ca flăcăul să vorbească.

— Aș vrea eu, dar nu sunt aici... Acum aș putea spune că asta este chiar ciudat, observă flăcăul, trăgându-și umerii în spate, iar ochii i se rotunjiră de mirare. Ei niciodată nu lipsesc de la acest curs. Nici măcar James, căruia îi mai place să chiulească de la un curs din când în când, mustăci el, ochii săi plimbându-se peste oamenii adunați pe coridor, temându-se că poate nu-i observase de la început.

— James este în Dundee acum, îl informă McNamara pragmatic pentru că nu îl interesa să mai audă ceva despre James. Dar avem nevoie de numele celorlalți trei oameni și poate că știi și unde i-am putea găsi, spuse el.

— Nu știu unde i-ați putea găsi, ridică flăcăul din umeri, iar ciuful de păr întunecat îi săltă pe frunte încă o dată. Știu că doi dintre ei împart un apartament împreună, dar nu știu unde. Pot însă să vă dau numele lor, concedă el. Și ați putea să îi puneți întrebări fetei aceleia de acolo, spuse el, arătând cu bărbia spre o fată roșcată.

Fata spre care arătase se sprijinea de perete la ceva distanță de celelalte grupuri și vorbea în surdină cu un puști a cărui față era acoperită de coșuri furioase roșii.

— Este prietena lui Cullum, se gândi el să adauge. Cullum este unul dintre cei trei, mai adăugă el când observă că McNamara își ridicase o sprânceană.

— Deci unul dintre ei este Cullum, se aventură McNamara să ghicească. Ai și un nume de familie care să meargă cu prenumele? întrebă el pe un ton malițios.

— Oh, da, am uitat, recunoscu flăcăul. Numele este Cullum Murray. El este cel ce împarte apartamentul cu Neil Blair. Al treilea este Gordon McGowan, mai explică el sârguincios, iar James scrise numele pe hârtie.

— Iar tu ești? se gândi McNamara să-l întrebe pentru referință viitoare.

— Liam MacDuff, se prezentă tânărul ridicând din umeri pentru că nu înțelegea de ce detectivul ar fi avut nevoie și de numele lui.

— Și de unde ești tu? se interesă McNamara, curios să-l plaseze geografic pe tânăr.

— Din Insula Bute, răspunse acesta. Mai aveți nevoie de mine pentru altceva? întrebă el doar de formă, deja scoțându-și telefonul mobil din buzunar.

Aparent puștanul își pierduse interesul să mai continue acea conversație.

— Nu, poți să te întorci la joacă, mormăi McNamara, iar apoi se îndreptă spre fata cu părul roșu, care-i explica ceva prietenului ei, însoțindu-și cuvintele cu gesturi animate.

James îl urmă și el după ce dădu scurt din cap spre Liam. Numai după aceea, își dădu seama că nu ar mai fi trebuit să se obosească. Liam pierduse orice interes față de detectivi și era deja ocupat să scrie ceva pe tastatura telefonului său.

Detectivul Sergent îl prinse pe McNamara din urmă când acesta se opri lângă cei doi tineri, care păreau să discute meritele unui serial televizat despre care James nu auzise niciodată. Timpul liber al ofițerului era destul de limitat și acesta prefera să și-l petreacă altfel, nu uitându-se la televizor.

— Bună dimineața, îi salută McNamara, iar cei doi tineri îl priviră cu diverse grade de curiozitate.

De data aceasta, McNamara era pregătit și le arătă acestora acreditarea sa de polițist de la început. Nu avea nici un chef să mai treacă și cu ei prin același scenariu prin care trecuse cu Liam mai devreme.

— Suntem de la poliție, se gândi el să-i informeze, deși își dădea seama că ei ghiciseră acel lucru în momentul în care îi văzuseră legitimația. Am dori să discutăm cu tine, se adresă el direct tinerei femei, ai cărei ochi verzi se rotunjiseră atunci când căzuseră pe legitimația lui.

— Este vreo problemă? îl întrebă ea pe un ton demn, făcându-i semn prietenului ei să plece în același timp.

Flăcăul se înroși, iar coșurile de pe fața sa ieșiră și mai mult în relief din cauza sângelui care îi inundase chipul. Omul păru că ar fi dorit să spună ceva, dar privirea din ochii fetei îl opriră. Băiatul dădu din cap și se îndepărtă în grabă, iar tânăra rămase singură cu detectivii.

— Cum te cheamă? o întrebă McNamara.

— Deirdre Buchanan, îi răspunse ea pe un ton liniștit, așteptând mai apoi ca ei să-i pună întrebări.

LEGĂTURI RELATIVE

Tânăra nu părea deloc dornică să le ofere voluntar vreo informaţi, atâta timp cât o întrebare nu era pusă, iar acel lucru stârni unele întrebări în mintea Detectivului Inspector Şef.

— De unde eşti, domnişoară Buchanan? o întrebă el.

— Din Dornoch, îi răspunse ea mereu pe acelaşi ton liniştit.

McNamara o evaluă cu ochi şireţi. O fată de statură mică, cu păr roşcat, des, lung şi cârlionţat, aceasta arăta doar puţin mai bine decât media, ceea ce probabil se datora siluetei ei băieţeşti, ce îi dădea un aer eteric. Cu toate acestea, McNamara luă notă de seriozitatea din ochii ei, care nu se prea observa în mod obişnuit la o fată de numai optsprezece ani.

— În regulă, domnişoară Buchanan, spuse el. Ştii cumva unde l-am putea găsi pe Cullum?

Fata îi cercetă chipul, încercând să ghicească despre ce era vorba, dar părea evident că nu a ajuns la nici o concluzie. Îşi muşcă buza inferioară vreo câteva secunde, gândindu-se la întrebarea lui, iar numai după aceea, îi răspunse:

— Nu aş putea spune că ştiu. Se presupunea că ar fi aici, dar după cum puteţi vedea, nu este.

— Deci ar trebui să înţelegem că nu ţi-a spus pe unde ar putea fi? se interesă McNamara.

— Nu m-a sunat şi nici nu mi-a trimis vreun mesaj... Am încercat să-l sun, dar nu mi-a răspuns la apel, le explică ea gânditoare. Nu ştiu unde este, îşi scutură ea capul, strângând din buze.

— S-a mai întâmplat ca el să nu vină la cursuri? întrebă DCI.

— Nu, el niciodată nu chiuleşte de la ore, îşi scutură ea capul viguros. Şi întotdeauna îmi spune dacă întârzie sau s-a întâmplat ceva, remarcă ea cu necaz în glas. Este chiar neobişnuit, trase ea concluzia, fluturându-şi mâna. L-am întrebat şi pe Matthew, tipul cu care discutam. Voiam să văd dacă l-a văzut pe Cullum sau pe prietenul lui. Locuiesc pe aceeaşi stradă, îi explică ea detectivului. Şi nimic. Matthew mi-a spus că nu i-a mai văzut deloc de ieri, după-masă târziu. Se pare că am fost în acelaşi pub aseară. Eu, una, nu l-am observat pe Matthew, ridică ea din umeri.

— Bine, atunci, spuse McNamara. Poţi să ne dai adresa flăcăilor?

— Ştiu numele străzii. Dar nu ştiu la ce număr stau. Dacă trebuie să mergeţi acolo, vă pot arăta eu unde, se oferi ea. Cunosc bine clădirea.

McNamara o privi câteva secunde, iar apoi îi acceptă oferta.

— Nu e o idee rea. Dar poți să chiulești de la acest curs?

— Da, nu vă faceți nicio grijă, își flutură ea mâna cu indiferență. Dați-mi numai o secundă, spuse ea.

Tânăra nu mai aşteptă aprobarea Inspectorului Șef, ci, cu pași hotărâți, se îndreptă spre flăcăul cu coşuri. Detectivii observară că fata i-a cerut acestuia ceva, dar nu reuşiră să-i audă cuvintele. Îl văzură doar pe puști dând din cap cu entuziasm, fericit că putea să-i ofere ajutorul. După aceea, ea îl bătu pe braț în semn de mulțumire şi se reîntoarse la ei.

— Matthew mi-a promis să-mi dea notițele de la curs mai târziu. De obicei, el ia notițe cu mare grijă, aşa că va fi ca şi cum aş fi fost în sala de curs, îi asigură ea cu convingere.

— În care parte a orașului locuiește Cullum? o întrebă McNamara îndreptându-se spre locul unde îşi parcase maşina.

— Mai jos de Lothian Road. Împarte un apartament împreună cu prietenul său, Neil, care, apropo, este de asemenea absent astăzi, replică ea încruntându-se. Aceasta este chiar surprinzător. Nici unul dintre ei nu are obiceiul de a lipsi de la cursuri, observă ea, iar gura i se încreți pentru câteva clipe. În fine, apartamentul este pe strada Grindlay, deasupra unui magazin, continuă ea după aceea.

CAPITOLUL ȘASE

FAPTUL CĂ TÂNĂRA CĂLĂTOREA în mașină cu ei nu însemna că McNamara trebuia să își schimbe obiceiurile, așa că acesta nu se obosi să conducă moderat. DCI nu își pierdea nicioadată timpul reflectând la astfel de probleme neimportante atunci când urmărea un țel specific.

Imediat după ce DCI își începu sprintul prin trafic, sprâncenele tinerei săriră în sus, până sub breton, și rămaseră acolo pe tot drumul parcurs până pe strada Grindlay. Șocată, fata abia mai putea să tragă aer în piept.

Atât ochii rotunjiți ai fetei cât și uluirea reflectată în ei l-ar fi amuzat pe James dacă acesta nu ar fi fost mult prea ocupat să apese cu piciorul stâng în podea tot timpul. Cel puțin, când făcea acel gest, detectivul nutrea iluzia că avea un oarecare control atât asupra vitezei cât și a traiectoriei mașinii.

Se părea că, într-adevăr, McNamara se găsea într-o dispoziție cu adevărat *bună* de-a lungul acelei călătorii. Inspectorul Șef își arătă toate abilitățile în a conduce mașina, însoțindu-le pe acestea cu înjurăturile inerente spuse pe sub barbă.

Într-un final, mașina ajunse la destinație, ceea ce de fapt se întâmplă mult mai curând decât oricare călător din mașină ar fi crezut, deși fiecare dintre ei avea motive diferite.

Când DCI o privi interogativ, Deirdre doar arătă cu un deget cam tremurător spre casa pe care o căutau. În acel moment, tânăra femeie nu era în stare să mai și vorbească. Dinții i se înfipseseră în buza de jos în momentul în care când DCI luase prima curbă și nu-i mai dăduseră drumul de atunci.

După ce McNamara își parcă mașina pe coasta drumului, Deirdre coborî din mașină clătinându-se, pentru a se sprijini mai apoi de capotă câteva momente, înainte de a-și regăsi tăria să închidă portiera. Picioarele îi tremurau și fata avea nevoie de suport pentru a nu se prăbuși la pământ.

Lui Deirdre nu-i plăcuseră niciodată riscurile inutile. Mai mare decât frații săi cu cel puțin cinci ani, tânăra se văzuse pusă în situația de a-și ajuta mama să-i crească pe frații săi mai mici. Din acea cauză, fata mai mereu se dovedise puțin mai serioasă decât alte fete de vârsta ei.

Deirdre rareori avusese șansa de a lua parte în anumite activități pe care prietenii săi le preferau, dar niciodată nu li se alăturase în întreprinderi care erau chiar și numai marginal riscante. Atât părinții săi, cât și viața pe care o dusese, o învățaseră ce însemna responsabilitatea.

Tânăra femeie nu găsea nici o plăcere în cursele de viteză cu mașina prin oraș, așa cum nu o atrăgea nici parașutismul sau alpinismul. În acel moment, Deirdre era convinsă că și dacă drumul cu mașina ar fi luat câteva minute mai mult, acel lucru nu ar fi făcut o prea mare diferență. Tot ar fi ajuns acolo mai devreme sau mai târziu.

McNamara o privi chiorâș și se întrebă ce i se întâmplase fetei. Paloarea chipului ei îi scotea în evidență pistruii, iar buza ei inferioară îi purta amprenta dinților. Inspectorul Șef observă că fetei îi tremurau degetele, dar cu toate acestea, nu se obosi să și afle motivele pentru care fata arăta astfel, ci doar ridică din umeri. Îi mai oferi câteva momente să se adune, după care o întrebă:

— La ce etaj?

Fata arătă cu degetul spre clădire, trăgând adânc aer în piept de câteva ori. Numai după aceea, reuși să îi răspundă:

— La primul etaj. Dacă mă lăsați o secundă sau două, vă pot arăta, se oferi ea pe o voce pierită, care suna ciudat chiar și în urechile detectivului, care se gândi că vocea aceea era departe de ceea ce auzise el când femeia vorbise cu ei mai devreme.

Surprins, McNamara o studie câteva secunde, dar după aceea o aprobă cu o mișcare a capului și își înfipse mâinile în buzunare. Se balansă pe tălpi câteva clipe, în timp ce ochii lui cercetară strada, iar după aceea, DCI privi înspre clădire din nou.

— Nu ar trebui să mergem înăuntru acum? o întrebă el pe Deirdre din nou, nerăbdător să termine cu acea vizită cât mai repede posibil.

LEGĂTURI RELATIVE

Pe detectiv nu-l prea încânta gândul că trebuia să intervieveze alți doi puști, care, probabil, îl vor ajuta la fel de mult ca și cei cu care vorbise până atunci.

Deirdre se mulțumi numai să dea din cap și o porni spre ușa de la intrare. Îi conduse pe cei doi detectivi la primul etaj, în dreptul unei uși negre de pe partea stângă a coridorului. Apăsă pe butonul soneriei din dreapta intrării și așteptă, dar nu se iscă nici o mișcare din interior, așa că McNamara se întoarse spre ea cu nerăbdare în ochi.

— Ai spus că ai numărul de telefon al prietenului tău, observă el.

Deirdre aprobă dând scurt din cap și îl privi cu ochii mustind de întrebări.

— Atunci sună-l o dată, se răsti McNamara la tânăra femeie, deși nu intenționase să sune atât de dur pentru că, până la urmă, nu era vina fetei că puștii nu răspunseseră la ușă încă.

Cu toate acestea, sperase ca tânăra să înțeleagă de ce o întrebase despre numărul de telefon.

Fata își scoase telefonul mobil din rucsacul pe care îl căra în mână și formă numărul. O sonerie se auzi din apartament, iar ochii ei se rotunjiră de uimire.

— Care e problema? întrebă McNamara. Poate că și-a uitat telefonul acasă, ridică el din umeri. I se întâmplase așa ceva și lui o dată sau de două ori.

Ea își scutură capul emfatic și îl informă:

— Cullum nu-și uită telefonul acasă niciodată, dar mai ales nu ar face-o acum. Bunica lui este grav bolnavă, iar el se așteaptă să primească vești triste de acasă în orice moment. De aceea se asigură mereu că are telefonul cu el. O iubește foarte mult pe bunica lui, înțelegeți, le explică ea pe un ton sfătos.

Convingerea din ochii ei îi schimbă părerea Detectivului Inspector Șef, iar ochii lui se îngustară. Se întoarse spre James și-i spuse:

— Ar trebui să intrăm în apartament acum.

James îi împărtăși opinia și își aruncă ochii de-a lungul holului.

— Ar trebui să existe cineva care are acces la apartament în caz că s-ar întâmpla ceva, remarcă el, iar Deirdre îl aprobă dând din cap.

— Da, este. Cullum mi-a spus că proprietarul magazinului de la parter are o cheie. Ei au închiriat apartamentul de la el, așa că omul are într-adevăr o cheie, îi răspunse ea. Pentru ca să poată intra înăuntru dacă se produce vreo inundație sau ceva în interior, iar băieții nu sunt acasă, le explică ea gesticulând agitată.

McNamara dădu din cap spre James, iar DS imediat coborî scările din nou ca să discute cu proprietarul. Se reîntoarse după câteva minute însoțit de acesta.

— Domnul Galbraith a dorit să fie prezent când intrăm în apartament, domnule, explică el când văzu lumina inchizitorială ce apăruse în privirea lui McNamara atunci când ochii acestuia căzuseră pe noul venit.

DCI dădu din cap şi îi făcu semn proprietarului să descuie uşa. Imediat după ce uşa a fost descuiată, McNamara şi James preluară conducerea şi intrară în apartament primii. DCI privi peste umăr şi spuse:

— Poate că mai bine aştepţi aici pe moment, domnişoară Buchanan.

Inspectorul Şef îşi formulase cererea politicos, dar cu toate acestea, toată lumea înţelesese că era, de fapt, un ordin. Vocea îi fusese destul de aspră.

McNamara nu se obosi să privească în urmă şi să verifice dacă Deirdre i-a ascultat ordinul sau nu. El pătrunse cu paşi hotărâţi în holul apartamentului, iar apoi, se îndreptă spre încăperea care se vedea drept în faţă, gândindu-se că aceea ar fi trebuit să fie camera de zi.

Inspectorul Şef se opri brusc în prag, aşa că James se văzu nevoit să facă un pas în spate pentru ca să nu se ciocnească de McNamara. DS se trase mai la o parte ca să privească dincolo de McNamara în cameră.

Brusc, un strigăt ascuţit veni din spatele lor:

— Oh, Dumnezeule, ce s-a întâmplat aici? Culluuum!

Doar atunci, McNamara îşi dădu seama că Deirdre nu îi ascultase ordinul şi îi urmase înăuntru. Inspectorul se îndoia că fata va fi în stare să îşi păstreze firea, ţinând cont de ce se găsea în faţa ochilor lor.

Chiar şi respiraţia şuierătoare şi întretăiată a proprietarului îl alarmă pentru că ştia ce va urma mai apoi. Bărbatul se afla deja în pragul unui atac de panică.

McNamara se întoarse spre cei doi şi, imediat, observă ochii lărgiţi şi îngroziţi ai fetei, precum şi felul în care aceasta înghiţea din greu, şi se temu că aceasta va vomita, chiar dacă fata îşi apăsase mâna peste gură. Tânăra femeie se clătină pe picioare, iar el o prinse imediat de braţ ca să o susţină.

Ochii proprietarului ieşiseră din orbite, iar omul îşi acoperise gura cu degete tremurătoare. Un bărbat zdravăn, de peste 1,80 înălţime, acesta avea lacrimi în ochi.

— James, ia-i pe domnişoara Buchanan şi pe domnul Galbraith la parter cu tine, iar apoi, te rog, sună la secţie, îi ordonă McNamara Detectivului Sergent cu un ton calm şi îi făcu semn să o susţină pe fată.

LEGĂTURI RELATIVE

Nici o secundă mai târziu, McNamara îl văzu pe James punându-şi braţul în jurul umerilor tinerei, îndemnând-o cu blândeţe să se îndrepte spre coridor. Cu un gest al mâinii, DCI îi indică domnului Galbraith să-i urmeze, iar omul îl ascultă, chiar dacă nici el nu mai era prea sigur pe picioare.

CAPITOLUL ȘAPTE

MCNAMARA PĂRĂSI APARTAMENTUL și închise ușa în urma lui, având grijă ca aceasta să nu se încuie automat în spatele lui. Detectivul luă hotărârea să-și aștepte oamenii pe coridor, chiar în fața intrării apartamentului. Fiind foarte cald pe coridor, omul se desfăcu la haină, pentru ca mai apoi să se sprijine de perete cu mâinile înfundate în buzunare și cu gleznele încrucișate.

Un cuplu trecu pe lângă el și, observând mânia ce sclipea în ochii lui McNamara, încercă să-l evite, însă, din păcate, lățimea holului nu le permise să pună prea multă distanță între ei și detectiv. McNamara profită din plin de aceasta. Omul le remarcase intenția, dar trebuia să le pună câteva întrebări și nu putea să-i lase să-l evite.

Cum deja își învățase lecția pe ziua aceea, DCI își scoase mai întâi legitimația din buzunarul hainei și le-o arătă. Numai după aceea îi întrebă:

— Locuiți în această clădire?

Tânăra femeie se trase mai aproape de bărbat, privindu-l pe DCI cu ochi prudenți. Prietenul ei, însă, aprobă cuvintele inspectorului dând din cap cu entuziasm, pentru ca mai apoi să arate spre apartamentul de lângă cel al lui Cullum.

— Acolo locuiesc. Prietena mea nu stă cu mine, explică el.

— Bun atunci, spuse McNamara. Ai auzit vreun zgomot din acest apartament în timpul zilei de ieri sau noaptea trecută? Sau poate mai devreme în dimineața aceasta? îl întrebă el, înclinându-și capul și indicând spre ușa ce dădea spre apartamentul lui Cullum.

Bărbatul își scutură capul cu regret, răspunzând:

— Îmi pare rău, dar nu am mai fost acasă de alaltăieri. Am plecat devreme dimineață la cursuri, iar apoi mi-am petrecut noaptea acasă la prietena mea, îi explică el pe un ton apologetic.

— Înțeleg, spuse McNamara cu o înclinare ușoară a capului. Îi cunoști pe cei doi tineri care locuiesc în acest apartament? îl mai întrebă el, ochii săi cercetându-i pe cei doi cu atenție.

Evident, aceștia erau foarte tineri, așa că detectivul trase concluzia că era posibil ca și ei să fie înscriși la universitate. Oricum, știa el că zona aceea era populată mai mult de studenți.

— Doar din vedere, domnule, îi răspunse flăcăul, scuturându-și capul. Știu că și ei merg la universitate, dar nu avem aceleași cursuri cu siguranță. Nu i-am întâlnit niciodată acolo, explică el pe larg. Nu am dat peste ei nici în vreunul din grupurile mele de prieteni și nici la vreuna din întâlnirile ținute de către asociațiile studențești la care m-am înscris încă de la începutul studiilor.

— În regulă atunci, acceptă DCI cu demnitate înfrângerea completă pe acel front. Locuiești singur sau cu altcineva? se interesă el, sperând ca măcar colegul de apartament al tânărului să fi auzit ceva.

— Sunt în căutarea cuiva cu care să împart chiria, domnule, replică puștiul cu o scuturare a capului. Tipul împreună cu care am închiriat apartamentul inițial a trebuit să renunțe la școală. A avut un accident de alpinism acum vreo două săptămâni și înțeleg că recuperarea fizică îi va lua cel puțin jumătate de an. Bietul de el abia de se poate mișca, așa că s-a retras de la facultate.

— Înțeleg, murmură McNamara, căruia nu-i venea să creadă că avea un asemenea ghinion și că nu reușea nicicum să găsească un martor sau pe cineva care ar putea să-i ofere vreo informație oarecare. Îi știi pe oamenii care locuiesc în celălalt apartament? mai întrebă el, arătând spre ușa de cealaltă parte de cel al lui Cullum.

Umbra unui zâmbet flutură trecător pe buzele tânărului, iar McNamara își ridică sprânceana stângă interogativ.

— Ce ți se pare atât de amuzant? se interesă DCI cu duritate în voce.

— Nu e amuzant, domnule, își scutură flăcăul capul cu mai multă vigoare decât ar fi fost necesar, dar tonul lui McNamara îl neliniștise. Nu este amuzant... e doar... al naibii de inconvenient pentru dumneavoastră, cred, spuse el cu îndrăzneală mai apoi.

— Ce anume? lătră McNamara, neplăcut impresionat de cuvintele alese de pușți.

— Cei doi tipi care locuiesc alături sunt americani. S-au întors acasă de Ziua Recunoștinței, acum vreo două zile. Sunt foarte deschiși și spun totul tuturor. Nu că ar fi prieteni cu mine. Din ce am putut vedea, nu erau prieteni nici cu aceștia doi, arătă el spre apartamentul a cărui ușă McNamara o păzea. Mă îndoiesc că ar fi putut să vă spună ceva semnificativ despre cei doi băieți care locuiesc în acest apartament, concluzionă el. Dar este vreo problemă, domnule? întrebă tânărul care nu mai putea să-și controleze firea curioasă, din moment ce i se stârnise interesul observând că DCI insista prea mult cu întrebările lui.

McNamara îl privi pieziș și răspunse:

— Nimic care ar trebui să-ți tulbure somnul acum.

Ochii celor doi tineri se lărgiră auzind răspunsul în doi peri ai polițistului. Cum imaginația sa începuse deja să se învârtă în jurul a tot felul de scenarii, puștiul ar fi dorit să-i mai pună Inspectorului Șef niște întrebări suplimentare. Cu toate acestea, sunetul de pași venind dispre scări îi distrase atenția, așa că tânărul își întoarse capul în direcția aceea, numai pentru a fi uluit de apariția mai multor oameni ce duceau truse negre în mână.

— Probabil vom vorbi mai încolo, observă McNamara neglijent, deși știa că nu mai avea nici o intenție să-i pună alte întrebări tânărului.

Flăcăul nu părea să aibă nici un fel de răspunsuri care să fi putut aduce oarecare lumină asupra cazului, așa că DCI nu prea vedea să fi avut vreun motiv să-și mai piardă timpul cu el.

Puștiul vru să mai spună ceva, dar prietena lui îl trase spre apartamentul său cu o hotărâre pe care McNamara nu o remarcase în ea mai devreme. Tânăra îi lăsase impresia că îi era frică și de umbra ei, iar noua ei atitudine îl determină să o privească cu uimire.

DCI le urmări retragerea celor doi tineri preț de câteva clipe, iar apoi se întoarse spre oamenii săi care deja i se alăturaseră în fața ușii.

— Știi despre ce este vorba? îl întrebă el pe Steven pe un ton coborât.

— Da, domnule, ne-a spus James, îl asigură acesta pe DCI.

— Bun atunci, știți ce aveți de făcut. Nu mi-ar fi surâs să vă dau indicații aici pe palier. Și apropo, unde este James? se încruntă McNamara pentru că el se așteptase ca DS să se fi întors până atunci.

— Este jos în stradă cu o tânără fată, domnule, îi răspuse Steven ridicând din umeri. Aceasta plânge amarnic pe umărul lui. Înțeleg că James a sunat-o pe MacKay să vină și să se ocupe de puștoaică. Dar nici o grijă, DS ar trebui să se întoarcă curând. Mi-a spus că MacKay este pe drum încoace cu câțiva ofițeri de patrulă. James a menționat că este necesar ca aceștia să pună câteva întrebări prin vecini.

— Asta este bine, aprobă McNamara cu o mișcare a capului. Începeți-vă treaba. Ah, văd că și David Stewart a venit, spuse el, iar ochii i se lărgiră de uluire când figura îndesată a medicului legist apăru pe palier. Nu mă așteptam să dau cu ochii de el, remarcă inspectorul.

David veni spre McNamara și îi strânse mâna.

— Am auzit că ai o nouă crimă de investigat, i se adresă medicul legist pe un ton întrebător.

— Ai auzit corect, îi răspunse DCI cu o scurtă aplecare a capului. Am crezut că dormi la ora aceasta, nu se putu el opri să menționeze.

— Așa ar fi trebuit, flăcău, îi dădu medicul dreptate. Dar vezi tu, i-am spus dispecerului să mă anunțe dacă ai vreo nouă omucidere. M-am gândit eu că ai prefera să lucrezi numai cu un medic legist de-a lungul acestui caz, mai ales după ce s-a întâmplat aseară, își arcui el sprâncenele cu subînțeles.

— Mulțumesc, spuse McNamara, te-ai gândit bine.

El prefera să lucreze cu David Stewart ori de câte ori ar fi avut un caz, dar mai ales în acea anchetă. Nu părea să fie un caz ce putea fi rezolvat cu ușurință, iar ei nu dăduseră peste nici un fel de răspunsuri până atunci. Cu fiecare oră ce trecea, se adunau tot mai multe întrebări și nu obțineau nici un rezultat.

Inspectorul Șef îl plesni pe doctor pe spate, iar apoi, cu un gest, îl invită să intre în apartament. Era pe punctul de a-l urma când apăru James, urmat de șase ofițeri de patrulă.

McNamara observă cu satisfacție că nici unul dintre ofițerii pe care îi văzuse în seara precedentă nu se găsea printre aceștia și se cam temuse el că unul dintre aceia va apărea acolo. După ce le răspunse ofițerilor la binețe, le ordonă:

— Nu vă obosiți cu cele două apartamente de pe lateralele acestuia. Deja am discutat cu flăcăul ce locuiește acolo, iar oamenii ce stau aici sunt plecați din țară de o vreme, arătă el spre apartamentele respective. Mergeți și puneți întrebări celorlalți și nu uitați să treceți și prin clădirile de peste drum. Cine știe?

Poate a văzut cineva ceva. Nu știm exact când a avut loc toată tărășenia, așa că întrebați dacă s-a întâmplat ceva de ieri după amiază și până astăzi dimineața devreme, își detalie el așteptările.

Ofițerii confirmară că i-au înțeles ordinele, iar apoi se împărțiră în două grupuri. Doi dintre ei începură să bată la ușile apartamentelor de pe palier, în timp ce ceilalți patru o luară spre scări, lăsându-l pe DCI cu DS.

— A fost noroc chior sau ai cerut tu anumiți ofițeri? îl întrebă McNamara pe James pe un ton coborât.

— Eu i-am cerut, domnule. M-am gândit că nu v-ar plăcea să vedeți pe vreunul dintre oamenii de la cealaltă crimă, în special din cauza lui Fergusson, James îi explică, tot pe un ton coborât. Și am considerat că nu ar fi fost o idee bună să îl exclud tocmai pe el. Cu siguranță ar fi auzit, iar investigația noastră legată în afacerile lui ar fi fost compromisă.

— Bine te-ai gândit, flăcău, îl bătu McNamara pe umăr cu entuziasm, iar James se holbă la el confuz. Ai lăsat-o pe MacKay cu Deirdre jos?

— Da, a preluat sarcina de a o calma pe fată, îi aprobă James cuvintele, iar o strâmbătură îi apăru pe chip.

DS nu avea nici cea mai mică idee despre cum ar fi trebuit să se comporte cu o femeie care plângea. Lacrimile aveau întotdeauna un efect ciudat asupra lui. Simțea impulsul de a o lua la goană exact în partea opusă.

DCI îi citi expresia de pe față corect și surâse. Și el reacționa la fel când se vedea pus în fața unei femei care izbucnea în lacrimi. Îl lovi pe James pe spate din nou pentru a-i arăta că înțelegea ce vrea să spună, iar ochii Detectivului Sergent se măriră. McNamara nu comentă, ci îi făcu semn să îl urmeze în apartament.

McNamara nu avusese șansa decât să arunce o privire fugară când intrase în apartamentul băieților mai devreme. Prezența martorilor se vădise un obstacol serios, dar acum, DCI analiză totul cu atenție, în timp ce James își scoase veșnicul său carnet și începu să ia notițe.

Camera de zi amintea de un câmp de luptă însângerat. Din păcate, apartamentul se găsea chiar deasupra magazinului de la parter, iar McNamara își imagina că nu ar fi fost nimeni în magazin în timpul nopții pentru a auzi ceva dacă bătaia dinăuntru avusese loc atunci când magazinul era închis.

McNamara era destul de sigur că lucrurile se întâmplaseră astfel, pentru că, altfel, proprietarul magazinului ar fi spus ceva. De fapt, având în vedere dezastrul din apartament, cu siguranță că acesta ar fi fost la ușa celor doi tineri imediat după ce începuse bătaia.

DCI ajunse la concluzia că își putea permite să presupună, fără nici cea mai mică îndoială, că totul se întâmplase noaptea sau foarte devreme dimineața. Lumina încă era aprinsă în interior, așa cum observase de altfel și când fusese acolo prima dată, așa că probabil fusese încă întuneric afară atunci când evenimentele avuseseră loc.

Absența draperiilor de la fereastra camerei de zi făcea să fie șanse ca cineva din clădirea de peste drum să fi văzut ceva. *Desigur, dacă era careva treaz la ora aceea din noapte*, se încruntă McNamara. Considerând recordul lor de până atunci, se cam îndoia el că s-ar fi aflat cineva în apropierea ferestrelor, pregătit să observe ce se întâmpla în acel apartament. I-ar fi plăcut lui să găsească un martor care își petrecea timpul privind prin binoclu în apartamentele din vecinătate.

Jumătate din mobilă, dacă nu mai mult, era distrusă. Puștii, sau cel puțin Cullum, pentru că celălalt nu era acolo, se luptase din toate puterile.

Cu buzele strânse, McNamara își scutură capul, nevenindu-i să creadă ce vedea. Urme de sânge pătau podelele de lemn, ba chiar unii stropi săriseră și pe pereți. El spera ca măcar o parte din acel sânge să nu îi aparțină lui Cullum, pentru că astfel ar fi avut dovezi incriminatoare împotriva vinovatului sau vinovaților atunci când cazul ar fi ajuns la tribunal.

Cullum zăcea pe ceea ce mai rămăsese din măsuța de cafea. Piciorul său drept era îndoit, iar cel stâng complet întins. Nasul îi fusese rupt și sângerase puternic, ceea ce însemna că tânărul rămăsese în viață pentru o vreme după acea lovitură. O tăietură îi marca pometele drept, iar o vânătaie se formase deja la unul din colțurile gurii.

— După cum poți vedea și tu însuți, arătă Stewart spre cadavru, nasul i-a fost rupt și buza de jos i-a crăpat și i-a sângerat, de asemenea. Încheieturile degetelor au pielea jupuită complet, ceea ce denotă că a fost implicat într-o luptă sângeroasă după părerea mea. A suferit mai multe lacerații pe brațe, doctorul arătă spre tăieturile în chestiune. Aș zice că s-a dovedit a fi un fecior curajos. Trebuie să menționez asta. Nu le-a făcut munca ușoară atacatorilor, își scutură medicul legist capul cu tristețe.

— Atacatorilor? se interesă McNamara, iar o lucire metalică îi apăru în ochi.

— Sunt mai mult decât sigur că trebuie să căutăm cel puțin doi indivizi pentru crima aceasta, doctorul îl privi pe McNamara drept în ochi. Aceste tăieturi de aici și aici, arătă el spre unele din lacerațiile de pe brațele tânărului, au fost făcute de o persoană stângace. Acestea, de aici și aici, arătă spre altele, au fost făcute de o lamă mânuită de un dreptaci. Chiar și tipurile de lame sunt diferite. Nu sunt prea sigur de lovitura finală încă, își încreți el buzele și își scutură capul din nou. I-a străpuns inima flăcăului, dar nu știu care dintre agresori a aplicat acea lovitură. Va trebui să fac niște măsurători mai întâi, iar apoi, îți voi putea spune, îl asigură David Stewart. Oricum, per total, o bătălie sângeroasă, flăcău. Băiatul are încheietura de la mână ruptă, uite aici, și un umăr dislocat. Nici măcar nu îmi pot imagina cum de a mai găsit tăria să continue după ce i-au fost provocate toate aceste leziuni, observă omul cu tristețe. Și totuși a continuat să se lupte.

— Deci un flăcău dat naibii, concluzionă McNamara, și mai mânios acum decât înainte.

În opinia lui, flăcăul se luptase mult prea mult și nu merita să-și piardă viața astfel.

— Asta este și părerea mea, dădu din cap medicul legist. Și ne va oferi destul de multe probe. Cu siguranță are sângele atacatorilor pe el și putem obține ADN. Lasă-mă să-i acopăr mâinile cu niște pungi de plastic, iar apoi mă voi duce să mă uit la celălalt, se îndreptă el.

— Deci și celălalt a fost acasă, concluzionă McNamara, care, când intrase în apartament, nu văzuse decât camera de zi.

— Din nefericire pentru el, da, medicul legist declară, iar după ce îi acoperi mâinile lui Cullum, se îndreptă spre unul dintre dormitoare. Steven l-a găsit aici, spuse el și-l conduse pe McNamara în încăpere.

Și acea cameră arăta de parcă s-ar fi aflat în calea unei tornade. Diverse lucruri de prin încăpere fuseseră distruse, ba chiar cineva aruncase la podea și câteva cărți și un laptop, care păreau să fi fost lovite cu picioarele și azvârlite de colo-colo.

Celălalt flăcău, Neil Blair, aducând cu o păpuşă stricată, zăcea peste pătura cu pătrate roşii şi negre de pe pat. O lampă se fărâmase în bucăţi lângă pat şi cineva învârtise cablul acesteia de mai multe ori în jurul gâtului băiatului, atât de strâns încât îi săpase în piele.

Medicul legist se aplecă deasupra trupului tânărului şi îşi începu examinarea. După câteva minute spuse:

— Şi acest tânăr s-a luptat zdravăn. Uită-te la încheieturile degetelor lui, flăcău. Atacatorii i-au fracturat maxilarul, precum şi osul nazal. Puştiul are diverse răni la nivelul feţei, spuse doctorul pe un ton practic, iar apoi continuă cu examinarea braţelor. Toate oasele de la mâna sa stângă sunt rupte. Aş putea spune că au fost efectiv sfărâmate, zise el.

Mai apoi, doctorul trecu la examinarea părţii inferioare a trupului lui Neil, numai pentru a-şi scutura capul după aceea.

— I-a fost sfărâmată rotula de la genunchiul stâng, probabil cu un obiect contondent, observă el.

— Îmi poţi da un posibil timp al morţii? îl întrebă McNamara.

— Ei bine, aş spune că pe undeva între ora nouă seara trecută şi ora unu azi de dimineaţă. Aceasta ar trebui să-ţi dea o perioadă cu care să poţi lucra, dar voi mai putea micşora acest interval după câteva teste, îl asigură doctorul pe McNamara. Şi apropo, raportul pentru autopsia lui Peter Ross este deja pe masa ta.

McNamara dădu din cap şi îl lăsă pe medicul legist să îşi continue examinarea. Cu paşi uriaşi, DCI se duse să discute cu Steven.

Expertul criminalist lătra ordine către echipa sa care lucra în camera de zi, iar vocea lui ajunsese la urechile Inspectorului Şef.

DCI privi în jur şi remarcă satisfăcut că tehnicienii criminalişti erau ocupaţi cu colectarea probelor.

— Steven, îl întrerupse el pe expertul criminalist în mijlocul unuia din ordinele lui. Presupun că ai totul sub control aici.

— Da, domnule. Vom avea grijă să colectăm fiecare fărâmă de evidenţă. Trebuie să compensăm pentru fiascoul din noaptea trecută, îşi mormăi el a doua parte a răspunsului.

McNamara îi aprobă cuvintele, iar apoi se întoase să îl caute pe James. Detectivul Sergent încă mai lua notițe, deși știa că întreaga scenă va fi prinsă pe peliculă de o cameră video pentru o analiză ulterioară. McNamara îl chemă pe acesta să vină la el, iar DS se grăbi să i se alăture Inspectorului Șef, îndesându-și carnetul în buzunar în același timp.

— Hai să ne întoarcem la secție, îi spuse DCI. Trebuie să vorbim cu Deirdre și să-l găsim și pe cel de-al treilea puști, Gordon. Sper că MacKay a reușit să o calmeze pe fată suficient de mult ca să o putem interviéva cum trebuie, adăugă McNamara, alergând în jos pe scări.

— Să îi cerem și proprietarului magazinului să vină, domnule? îl întrebă James. Este încă acolo cu MacKay, menționă el. Bărbatul a fost prea șocat ca să se întoarcă în magazin.

— Da, bineînțeles. Este destul spațiu pentru noi toți în mașina mea, remarcă DCI, neobservând grimasa de pe chipul Detectivului Sergent.

Era un adevărat record pentru James să călătorească în mașina lui McNamara de atâtea ori într-o singură zi. Iar acela era un record fără de care acesta ar fi putut trăi liniștit.

CAPITOLUL OPT

ERA POSIBIL CA MCNAMARA să fi fost prea îngândurat sau poate că nu dorea să o necăjească pe Deirdre și mai mult decât era, dar în orice caz, se părea că acesta decisese să conducă prudent. Lui James nu îi păsa care erau motivele lui. El era suficient de mulțumit că DCI abandonase gândul să decoleze și să zboare deasupra șoselei în orice moment.

McNamara arătă reținere și în comportament. Nu înjură decât pe sub barbă în așa fel ca femeile din spatele mașinii să nu îl audă.

Când pătrunseră în încăperea comună a detectivilor, fură întâmpinați de o activitate febrilă, iar McNamara îi privi pe toți cu suspiciune. Îl măcina ideea că cineva i-a avertizat pe detectivi că el era pe drum spre etaj.

Adevărul era că oamenii lui nu erau leneși, dar, cu toate acestea, detectivii săi rar arătaseră asemenea dedicație. Nici măcar nu se obosiră să-și ia ochii de la ecranele computerelor sau de pe foile pe care le citeau cu atât de multă atenție. Cel puțin inerenta lor curiozitate ar fi trebuit să-i determine să arunce o privire către oamenii care tocmai pătrunseseră în încăperea comună a diviziei.

Inspectorul Șef trecu în revistă întreaga încăpere cu ochiii îngustați, dar nu avea cum să-și mustre oamenii pentru că lucrau atât de intens. Oftă în sinea sa și decise să lase lucrurile așa cum erau.

— Cred că ar trebui să conducem interviurile în biroul meu, îi spuse el lui James pe un ton coborât, în așa fel ca ceilalți să nu îl audă.

Lui McNamara nu i se părea că atmosfera sternă dintr-o sală de interogatoriu ar fi ajutat prea mult, ținând seama de starea emoțională a martorilor lor. Ambii erau zdruncinați și nici nu păreau să fie prea stabili pe picioare.

— Cere-i mai întâi lui MacKay să îi ofere niște ceai sau cafea lui Deirdre. Văd că tot se mai smiorcăie și am nevoie ca ea să se concentreze la întrebările mele. Imediat după ce ai terminat cu treaba aceasta, revino în biroul meu. Vom discuta cu proprietarul de magazin mai întâi, decise el.

James aprobă cu un semn al capului, iar apoi se întoarse spre MacKay și îi indică să o aducă pe Deirdre în încăperea de odihnă a detectivilor. Claire MacKay o îndreptă pe fată în direcția pe care o luase James și, cu pași lenți, o porniră spre salonul detectivilor.

Claire își dădu seama că oamenii îi priveau pe sub gene, dar detectivii nu îndrăzneau să se uite la cei trei în mod deschis. Se temeau că DCI se va întoarce în biroul diviziei și îi va descoperi.

În salon, cei trei dădură peste doi DI (detectivi inspectori). Aceștia discutau un caz în timp ce savurau niște cafea, dar când observară privirea semnificativă a Detectivului Sergent, se grăbiră să își părăsească scaunele. După ce își adunară cănile și hârtiile, ieșiră din încăpere cu câteva cuvinte de binețe murmurate.

Deirdre părea să nu observe absolut nimic din ce se întâmpla în jurul ei, iar Claire MacKay se văzu nevoită să o conducă cu blândețe spre masă și să o ajute să ia loc, înainte de a se apuca să-i pregătească un ceai.

— Domnișoară Buchanan, spuse James și îi puse fetei o mână pe umăr.

Gestul său o determină pe Deirdre să-și ridice ochii spre el.

— Claire îți va face niște ceai acum, iar după puțină vreme, voi veni să te conduc la biroul Detectivului Inspector Șef. Atât el, cât și eu, trebuie să discutăm cu tine, îi spuse James pe un ton liniștit.

Fata dădu din cap și își șterse ochii cu podul palmelor. După aceea se uită în jur fără să pară a se concentra pe ceva anume și remarcă supărată:

— Cred că mi-am pierdut rucsacul.

— Probabil că l-ai uitat în mașina lui McNamara. Voi merge eu și ți-l voi aduce curând, îi promise James.

LEGĂTURI RELATIVE

Evident că detectivul se asigură să nu fie prea specific în ceea ce privea momentul în care i-ar fi putut aduce rucsacul. Nu știa cât de curând ar fi fost în măsură să ajungă la mașina Detectivului Inspector Șef, iar, pe deasupra, trebuia să mai și obțină de la McNamara cheile de la mașină.

— Ai nevoie de ceva anume chiar acum? se interesă el.

— Mă gândeam să-mi iau un șervețel din geantă, admise fata cu tristețe, privindu-l drept în ochi, iar James observă că încă mai avea lacrimi agățate de gene.

— Aceasta nu este o problemă, interveni Claire. Avem o cutie plină chiar aici, observă ea, iar apoi se grăbi să aducă cutia la masă, așezând-o în fața fetei.

Vrăjit, James o privi pe Claire, care se mișca cu pași agili prin încăpere. Ochii bărbatului zăboviră pe silueta femeii cu plăcere.

De-a lungul acelei ultime săptămâni, detectivul își petrecuse mai toate nopțile în patul micuței blonde, și, cu toate acestea, încă mai simțea nevoia să o aibă în apropierea sa tot timpul. Brusc, îi trecu prin minte ideea că ar fi trebuit să facă acea situație permanentă.

Nu este cel mai potrivit moment să aduc așa ceva în discuție, se mustră el mental. *Poate mai târziu în seara aceasta, dacă îmi dă McNamara drumul din lesă pe ziua de azi,* se strâmbă James. Când ochii săi îi întâlniră pe ai lui Claire, detectivul ridică din umeri evaziv.

— Te voi lăsa cu Claire pentru o clipă, îi spuse James lui Deirdre, amintindu-și brusc de McNamara care îl aștepta în biroul său.

Știa el bine că nu era niciodată o idee prea bună să îl facă pe DCI să îl aștepte.

— Probabil că mă voi întoarce curând, se mai gândi James să menționeze pentru că nu credea că proprietarul magazinului ar fi avut pre multe informații să le ofere.

DS așteptă ca Deirdre să îi dea semn că i-a înțeles cuvintele printr-o aplecare a capului, iar apoi ieși din salonul detectivilor și se îndreptă cu pași grăbiți spre biroul lui McNamara. Abia ce ciocăni scurt la ușa Detectivului Inspector Șef, că și auzi invitația nerăbdătoare a acestuia să intre.

— Ți-a luat ceva vreme să ajungi aici, DCI își tărăgănă cuvintele, încă înainte ca James să fi reușit să închidă ușa în spatele său.

James simți cum sângele îi invada chipul, dar apoi ridică din umeri și își flutură mâna pentru a lăsa să se înțeleagă că a fost reținut. McNamara dădu din cap, ca și cum i-ar fi înțeles mesajul mut, iar apoi îl invită să ia un loc.

Domnul Galbraith se așezase pe unul dintre celelalte scaune din fața mesei Inspectorului Șef și ținea deja o ceașcă de cafea în mâinile care nu păreau să fie prea stabile. Cu toate acestea, chipul lui rumen prezenta mai multă culoare decât mai devreme. James remarcă, de asemenea, că și ochii căprui ai bărbatului își pierduseră luciul sticlos, iar acest lucru era încurajator.

— Te așteptam numai pe tine înainte de a începe interviul, McNamara se gândi să menționeze, iar apoi se întoarse spre proprietarul magazinului. Înțeleg că flăcăii închiriaseră apartamentul de la tine, spuse el, dar tonul vocii lui dădea iluzia că de fapt îi adresa omului o întrebare și nu afirma ceva ce știa deja.

Omul dădu din cap, ochii săi fixându-l pe McNamara cu precauție. DCI avea impresia că omului îi era teamă și nu înțelegea de ce pentru că el fusese destul de politicos cu el până atunci, ba chiar îi oferise și cafea.

— Cât timp au locuit în acel apartament? îl întrebă Inspectorul Șef, lăsându-și gândurile deoparte.

— De la începutul anului școlar. Am câteva apartamente în clădire și, în mare parte, le închiriez studenților, le explică domnul Galbraith.

— Înțeleg, observă McNamara gânditor. Ai avut probleme cu acei doi flăcăi?

Omul își scutură capul și o șuviță din părul său creț de culoarea aramei îi alunecă pe frunte.

— Nu, nu au cauzat nici un fel de probleme nimănui. Erau băieți buni. Poate că erau chiar cei care se comportau cel mai frumos din toată clădirea, proprietarul se gândi să adauge. Am avut unele probleme cu americanii, vedeți voi. Sunt puțin cam... vioi, să spunem. Dar nu acei doi flăcăi, își scutură el capul din nou.

— Deci nu ai avut nici un fel de plângeri în legătură cu ei, nici un fel de probleme, trase McNamara concluzia.

— Nu, deloc. Nu știu ce făceau în afara clădirii, dar în clădire aveau un comportament exemplar, își repetă el cuvintele.

— Ai auzit vreun zgomot din apartamentul lor în ultima vreme?

— Nu am auzit absolut nimic, îşi scutură domnul Galbraith capul. Nu puneau muzică tare, nu se certau şi nici nu aveau petreceri zgomotoase. Aş fi auzit dacă se întâmpla aşa ceva, chiar dacă am avut grijă să izolez apartamentele fonic, spuse el ridicându-şi ochii spre cer cu exasperare.

— Cum aşa? îl întrebă McNamara, observându-i expresia de pe chip. Din câte am văzut, magazinul se închide la ora şase. Locuiţi în clădire? îl întrebă el aplecându-se în faţă.

DCI îşi rezemă braţele pe tăblia de la masă şi îşi înlănţui degetele.

— Nu, nu locuiesc acolo. Noi stăm în suburbie, îi răspunse domnul Galbraith. Dar am o chiriaşă mai în vârstă, doamna Gordon, spuse el, iar sprâncenele i se înnodară pe frunte, trădându-i neplăcerea. Nu am ştiut cum era femeia de la început, desigur, că nu i-aş fi închiriat apartamentul, îşi încreţi el nasul. Când a venit să-l vadă, părea o femeie de vârstă mijlocie, blândă şi dulce, îşi scutură omul capul de parcă nu ar fi putut nici acum înţelege cum de a reuşit femeia să îl înşele astfel.

— Şi cum este de fapt? se interesă McNamara, iar colţurile gurii i se ridicară, având sentimentul că proprietarul de magazin nu era prea mulţumit de chiriaşa lui.

— Este efectiv o harpie, dacă vreţi să ştiţi, mai că strigă omul. De fiecare dată când cineva are o petrecere în clădire, indiferent cât de civilizată este, imediat se duce şi le bate la uşă şi le cere să termine imediat. Iar după aceea, mă sună pe mine şi se plânge.... Este foarte... certăreaţă, îşi ridică el mâinile cu frustrare.

— Înţeleg, dădu McNamara din cap. Deci nici un fel de zgomote nu au fost auzite de la ei, spuse el gânditor. Dar cum de nu te-a sunat chiriaşa ta acum? Ar fi trebuit să audă zgomotul, spuse McNamara şi se uită urât la bărbat de parcă ar fi fost vina lui că doamna Gordon nu îl anunţase despre ce se petrecea în apartamentul puştilor.

— Ştiţi că aveţi dreptate, îl aprobă domnul Galbraith cu uimire, iar apoi rămase cu gura căscată câteva clipe. Presupun că o fi plecat pentru o vizită scurtă pe undeva, avansă el ideea după ce se gândi profund câteva clipe.

Bărbatul ridică din umeri, iar apoi se încruntă.

— Asta trebuie să fie, nu se poate să fie altceva. Numai că nu prea îi stă în obicei din câte ştiu eu, murmură el.

Şi cu toate acestea, McNamara tot îl auzi. Se întoarse imediat spre James şi îi ordonă:

— Sună-l pe unul dintre ofițerii de patrulă și vezi dacă au discutat cu doamna Gordon. Care este numărul apartamentului ei? se interesă el, întorcându-și ochii spre domnul Galbraith din nou.

— Apartamentul ei este cel de la numărul șapte, două uși mai jos de apartamentul flăcăilor, replică bărbatul.

McNamara își flutură mâna spre James cu nerăbdare, iar DS , fără să spună nici măcar un cuvânt, părăsi încăperea imediat să dea telefon. McNamara își întoarse ochii spre fereastră, adâncit în gânduri, în timp ce proprietarul de magazin profită de pauza în întrebări pentru a-și bea restul de cafea.

După numai câteva minute, James se întoarse și intră în birou fără să mai bată la ușă, știind că McNamara s-ar fi supărat altfel.

— Deci care este verdictul? îl întrebă McNamara.

— Nimeni nu a răspuns la ușa aceea, domnule. Au insistat o vreme când au trecut pe la toate ușile din clădire și au încercat din nou acum când am telefonat eu, dar probabil că nu este nimeni în interior, avansă James o presupunere.

— Ia-l pe domnul Galbraith cu tine și mergeți să vizitați apartamentul acestei doamne Gordon. Presupun că aveți și cheia de la acest apartament, își aruncă el privirea spre proprietar.

— Am un șperaclu care merge la toate apartamentele, îl informă el pe DCI. Dar credeți cumva că i s-a întâmplat ceva și doamnei Gordon? întrebă el pe un ton nesigur, iar fața i se albi din nou.

— Nu pot știi cu siguranță, răspunse McNamara pe un ton aspru, în timp ce sprâncenele i se adunară pe frunte din nou, iar gura i se strânse pentru câteva clipe. Dar, dacă ar fi să iau în considerare ceea ce ați spus până acum, chiar trebuie să ne asigurăm că femeia este în regulă. Doar o altă chestiune înainte să plecați, domnule Galbraith. Aveți adresele părinților lui Cullum și ai lui Neil?

— Da, desigur, replică omul. Amândoi provin din Inverness. Doar dați-mi o secundă, spuse el, scoțându-și telefonul mobil din buzunar.

Domnul Galbraith începu să caute prin lista sa de contacte, iar apoi îi dictă lui James cele două adrese, pe care acesta le notă cu atenție. După aceea, DS și domnul Galbraith se ridicară să părăsească biroul lui McNamara.

DCI se asigură să-l atenționeze pe James:

— Ține-mă la curent. Oh, să nu cumva să uiți, James. Înainte de a părăsi incinta, trimite-le pe MacKay și domnișoara Buchannan în biroul meu.

James dădu din cap și închise ușa în urma lui.

CAPITOLUL NOUĂ

McNamara le aşteptă pe MacKay şi pe Deirdre, bătând nerăbdător darabana cu degetele pe tăblia de la masă. Expresia i se îndârjise, iar un muşchi din maxilar îi zvâcnea. Bărbatul se gândea la implicaţiile a ceea ce aflase până atunci şi nu îi plăcea absolut deloc ceea ce bănuia că se întâmplase.

Încheierea cazului părea să se îndepărteze din ce în ce mai mult. DCI aduna numai întrebări şi nu obţinea nici un fel de răspunsuri care să-l ajute să dezlege ghicitoarea. Nu avea nici un fel de linie de anchetă, în fapt, iar McNamara spera ca măcar Deirdre să îi indice un fir de urmat.

Un ciocănit în uşă îl făcu să tresară şi lătră:

— Intră.

Când Deirdre şi Claire MacKay pătrunseră în birou, Inspectorul Şef îşi schimbă atitudinea complet. Se lăsă pe spate, iar orice expresie se şterse de pe chipul său. DCI îşi împinsese îngrijorarea undeva într-un colţ al minţii pentru moment, iar acum se pregăti să îşi înceapă interviul, invitându-le pe cele două femei să ia loc cu o fluturare a mâinii înspre scaunele din faţa biroului său.

Ochii lui cercetară chipul lui Deirdre şi DCI notă cu satisfacţie că fata căpătase mai multă culoare în obraji, chiar dacă ochii îi erau încă umflaţi şi înroşiţi. Dar aceasta era de înţeles pentru că, în fond, tânăra femeie abia ce îşi văzuse iubitul ucis cu sălbăticie în propriul său apartament.

El îşi aruncă ochii întrebători spre Claire MacKay, iar ofiţerul îşi înclină uşor capul ca să-i dea de înţeles că domnişoara Buchannan îşi revenise suficient de mult, iar acum era capabilă să-i răspundă la întrebări.

— Îmi pare foarte rău pentru pierderea pe care ai suferit-o, domnişoară Buchannan, se întoarse el spre Deirdre, vorbindu-i pe un ton blând şi sincer. Cullum pare să fi fost un flăcău de toată ispulava şi îmi pare foarte rău pentru ce i s-a întâmplat. Acum voi avea nevoie de ajutorul tău pentru a-i prinde pe oamenii care au făcut aceasta, îi spuse el pe un ton practic, iar tânăra dădu din cap cu determinare, dovedind că era gata să facă tot ce era necesar pentru a-l ajuta să îi prindă pe făptași.

— Știi cumva dacă Cullum era implicat în vreun grup? o întrebă el pe fată, sprijinindu-și coatele de marginea biroului.

Deirdre își scutură capul vehement când îi auzi întrebarea.

— Cullum nu credea în grupuri, îi replică ea la obiect. Mereu spunea că oamenii deseori se urmează unul pe celălalt precum oile, iar el prefera să-și formeze propriile opinii fără nici un fel de interferență, explică ea privindu-l pe McNamara drept în ochi. Iar eu, de fapt, sunt de acord cu el, declară ea, rdicând din umeri. Am aflat din experiență că grupurile nu sunt nimic altceva decât o adevărată bătaie de cap. Știți, am încercat să mă alătur uneia dintre organizațiile studențești atunci când am început cursurile la universitate, dar curând a devenit evident că aceasta presupunea ca eu să-mi însușesc toate opiniile lor, iar pentru raționamentele mele personale nu mai era loc defel. Așa că presupun că nici unul dintre noi nu era genul de om care îi urmează pe alții, concluzionă ea gânditoare, cu o sclipire îndepărtată în ochi.

— Îți înțeleg punctul de vedere, domnișoară Buchannan, se arătă McNamara de acord cu ea pe un ton blând.

Nici McNamara nu era dintre cei care-i urma pe alții și niciodată nu se alăturase nici unui grup. Motivele lui erau probabil de altă natură decât ale ei, dar rezultatul era același până la urmă.

— Dacă nu s-a implicat în nici una dintre organizațiile de la universitate, cum își petrecea timpul? o întrebă Inspectorul Șef.

— În cea mai mare parte studiând, îl informă tânăra cu un glas pragmatic, ridicând mai apoi din umeri. Nu își permitea să nu treacă vreun curs. Cullum știa că toată lumea se aștepta ca el să absolve facultatea la timp și să se întoarcă acasă la Inverness. Tatăl lui a murit în urmă cu câțiva ani, iar mama lui a rămas singură cu încă trei copii care sunt mai tineri decât el. Cel mai mare nu are decât paisprezece ani. Bunica lui este pe moarte... Mama lui are nevoie de ajutorul lui.

Vocea fetei devenise aproape o șoaptă spre finalul discursului ei. Lacrimi îi luceau în ochi, iar ochii lui McNamara se lărgiră când observă schimbarea din atitudinea ei. Inspectorul Șef se temea că tânăra va începe să plângă din nou, iar el, unul, nu ar fi putut discuta cu o femeie care plângea și care nu ar mai fi fost capabilă să îi răspundă la întrebări.

Cu toate acestea, Deirdre trase adânc aer în piept, iar apoi îşi înghiţi lacrimile. Numai degetele îi tresăreau spasmodic pe şerveţelul pe care îl făcuse ghem în mână. Fata îl privi pe McNamara printre gene şi îndrăzni să spună:

— DS mi-a promis că vă va cere cheile de la maşină ca să-mi aducă rucsacul. Am nevoie de şerveţele, îi explică ea lui McNamara când observă că acesta o privea confuz.

DCI păru uluit pentru o clipă din cauza schimbării bruşte a subiectului, dar apoi se ridică şi o porni cu hotărâre spre uşă. Sub ochii măriţi ale celor două femei din biroul său, bărbatul, pur şi simplu, părăsi încăperea fără să le arunce o privire sau un cuvânt.

Buimăcite, Claire şi Deirdre schimbară o privire surprinsă. Deirdre se aplecă spre Claire şi îi şopti:

— Ştiţi cumva de ce a plecat?

Claire îşi scutură capul, dar apoi se gândi mai bine şi spuse:

— Probabil să-ţi aducă şerveţele, cine ştie?

Câteva minute mai târziu, McNamara se întoarse şi cu paşi supli se îndreptă spre scaunul său. După ce se aşeză în spatele mesei, o informă pe Deirdre:

— I-am dat cheile de la maşină unui ofiţer. Îţi va aduce rucsacul curând.

Deirdre îl mulţumi, dar vocea îi tremură din cauza surprizei de a vedea că omul era atât de atent, în ciuda faptului că nu era deloc comunicativ.

— Acum să ne întoarcem la întrebările mele, spuse McNamara pe un ton pragmatic. Din câte înţeleg, Cullum nu s-a implicat în nici un fel de organizaţii. Ce poţi să ne spui despre Neil Blair?

— Neil era într-adevăr genul de om care îi urmează pe ceilalţi, dar el urma doar direcţiile lui Cullum, Deirdre îi răspunse dând din cap. Înţeleg că prietenia lor foarte strânsă a început încă din grădiniţă. Cullum întotdeauna a fost cel care a condus, iar Neil îi urma direcţiile. Chiar şi când Cullum a ales programul la universitate, Neil a ales acelaşi program, ridică ea din umeri.

— Deci nici Neil nu era implicat în nimic, trase McNamara concluzia.

Deirdre îşi scutură capul.

— Nu, nu era. Cullum a spus că pe el nu-l interesa aşa ceva, iar Neil i-a acceptat decizia.

— Deci hai să recapitulăm, spuse McNamara. Nici un fel de organizații, petreceri..., își ridică el sprâncenele, iar Deirdre dădu din cap că avea dreptate. S-a întâmplat ceva ieșit din comun în ultima vreme? o întrebă McNamara. Ceva trebuie să se fi întâmplat, mai că se răsti el la fată.

Umbra unui zâmbet apăru pe buzele lui Claire. Din fericire, McNamara era atent la Deirdre, așa că ofițerul se simți în siguranță să zâmbească.

Deirdre își ridică privirea spre tavan și se gândi profund. Își scutură capul, pentru că nu își aduse aminte de nimic important.

— Îmi pare rău, domnule, dar nu îmi amintesc de nimic... Aceasta dacă nu luăm în calcul ce s-a întâmplat ieri la pub, spuse fata, dar chipul ei trăda faptul că nu era sigură că acel lucru ar fi fost demn de menționat.

— Ce s-a întâmplat? întrebă DCI, sperând să găsească în sfârșit un punct de pornire pentru ancheta sa.

— Ei bine, ieri, târziu după masă, eram cu toții în pub. V-am spus despre aceasta, își flutură ea mâna. Ei bine, eram în pub, continuă ea, iar Peter s-a dus la toaletă. Când s-a întors la masă, a greșit drumul și a ajuns într-un colț destul de izolat al pubului. Știu că și noi am reușit de câteva ori să găsim locuri acolo, dar doar o singură dată, își aminti ea. Este un colț foarte căutat pentru că oferă multă izolare. În fine, din ce ne-a spus Peter, înțeleg că acesta s-a împiedicat și a căzut peste masa de acolo. În general, se pot așeza șase oameni la acea masă... Peter ne-a spus că a remarcat niște hârtii pe masă... Arătau ca niște planuri... Peter a încercat să nu se uite la hârtii pentru că remarcase deja că prezența sa îi supărase pe bărbații de la masă.

Deirdre s-a oprit și a respirat adânc. Apoi, își șterse fruntea și continuă.

— Peter ne-a spus de câteva ori că bărbații aceia păruseră foarte furioși din cauza prezenței lui acolo și arătau de parcă ar fi vrut să-l strângă de gât, iar Peter chiar se speriase. Bineînțeles că nu a știut cum să părăsească zona cât mai rapid. Mai târziu, când acei bărbați au părăsit taverna, s-au uitat spre masa noastră. Știu asta pentru că ni i-a arătat Peter... Acum, dacă stau și mă gândesc mai bine, ei chiar se încruntau la noi amarnic, își aminti ea gânditoare.

— Înțeleg, replică McNamara, simțind cum i se ridică părul de la ceafă. Poți să-ți amintești ceva despre acei oameni? întrebă el.

Tânăra femeie își scutură capul cu regret.

— Nu cred, domnule, spuse ea. Erau doar niște bărbați. Diferite mărimi, diferite culori de păr, dar nu îmi pot aminti nimic mai mult despre ei. Nu prea m-am uitat eu cu adevărat la ei, ca să fiu sinceră.

— Înțeleg, spuse McNamara, iar dezamăgirea îi răsună în voce. Și cine altcineva era acolo cu voi la masă? mai întrebă el.

— Doar Cullum, Neil, Peter, Gordon și James, replică ea.

McNamara păru să se gândească la cuvintele ei pentru câteva minute. Își schimbă poziția în scaun și privi spre fereastră.

Știm că James nu era acasă seara trecută pentru că a plecat cu niște prieteni. Nu știm încă unde este Gordon, reflectă el gânditor.

Inspectorul Șef privi înapoi spre Deirdre și o întrebă:

— Tu unde locuiești? Și unde ai fost noaptea trecută?

— Stau într-un dormitor cu alte patru fete la Rezidențele pentru Colegiu din Edinburgh și am fost acasă noaptea trecută, îl informă Deirdre.

— Deci la tine nu au putut ajunge, concluzionă McNamara. Nu este atât de ușor să pătrunzi într-un dormitor dintr-o rezidență... Ceea ce nu înseamnă că nu vor încerca altceva, murmură detectivul, bătând darabana cu degetele nervos pe marginea mesei. Îmi este teamă că vei avea nevoie să ai pe cineva cu tine tot timpul, o privi el pe Deirdre, iar oțelul din vocea lui nu lăsa loc la nici un fel de argument. Cheamă-i pe Mackie și Donna, se întoarse McNamara spre Claire. Sunt în salonul detectivilor, o informă el când ea se îndreptă spre ușă.

După ce ofițerul plecă, el se întoarse spre Deirdre din nou.

— Inspectorii vor sta cu tine tot timpul, cu excepția nopții. Pari să fi destul de bine protejată în dormitor, așa că nu cred că vei avea nevoie de cineva cu tine pe timpul nopții. Nu ar trebui să ai nici un fel de probleme. Sper că ești destul de deșteaptă și să nu obiectezi la propunerea mea, spuse DCI când observă că fetei i se încreție nasul. Avem de-a face cu niște oameni fără nici un fel de scrupule și nu cred că ai vrea să sfârșești într-un sac de plastic, se decise el să fie cât mai deschis cu ea.

Deirdre se albi când îi auzi tonul nemilos și dădu din cap după o ezitare scurtă. Nu era proastă și văzuse ce i se întâmplase lui Cullum. Când se gândi la el, iar i se umplură ochii cu lacrimi. McNamara își ridică privirea spre tavan, gândind: *Oh, nu din nou!*

Soneria telefonului său mobil îi atrase atenția spre altceva. Se uită la ecran să vadă cine suna, iar apoi răspunse:

— McNamara.

Detectivul ascultă în tăcere cu atenție, dar cu toate acestea, ochii i se îngustară, iar sprâncenele i se adunară din nou deasupra ochilor.

— Sună-l pe Stewart. Mai este Steven acolo?

În acel moment, Clare se întoarse în încăpere urmată de către Angus Mackie și Donna Blair. Inspectorul Șef le făcu semn să păstreze tăcerea și continuă să asculte la ce i se spunea. Apoi, replică:

— Voi fi acolo curând.

DCI închise telefonul și îi informă pe detectivi pe scurt:

— Aceasta este Deirdre Buchannan. Trebuie să aveți grijă de ea până ce rezolvăm acest caz. Veți avea nopțile libere, pentru că locuiește într-un dormitor comun și pare destul de bine protejată acolo. Aveți întrebări? îi întrebă el în grabă.

Ambii detectivi își scuturară capul. Vocea Detectivului Inspector Șef nu invita la întrebări sau alte discuții, de altfel. Se gândiră că vor putea afla amănunte despre cum stătea situația de la Deirdre, așa că plecară din birou cu tânăra. Doar Claire rămase în urmă în biroul șefului, așteptând să vadă dacă acesta avea alte ordine pentru ea.

— Claire, vreau să îi contactezi pe Jo și Mike. Ar trebui să fie cu părinții lui James Campbell acum. Explică-le că James este în pericol și pe moment, până ce găsesc pe altcineva să trimit acolo, trebuie să rămână cu puștiul. Și cere cuiva să notifice poliția din Inverness. Ar trebui să trimită pe cineva la părinții lui Cullum și Neil să le dea veștile triste, ordonă el.

— Da, domnule, spuse ofițerul și se întoarse spre ușă numai pentru a fi oprită de McNamara.

— Te aștept jos în parcarea subterană. Vei merge cu mine.

CAPITOLUL ZECE

MCNAMARA O LUĂ LA STÂNGA pe palier, urmat de către Clare MacKay, și se îndreptă spre apartamentul doamnei Gordon. Tocmai când vru să intre în apartament, telefonul său celular piui și îl surprinse faptul că sângele începuse să-i pompeze mai rapid prin trup. Detectivul îi trimisese un mesaj lui Bryony, în timp ce o aștepta pe Claire în parcare pentru că dorea să o informeze că nu credea că va fi liber până mai târziu seara.

Bryony nu-i răspunsese încă așa că Inspectorul Șef spera ca mesajul pe care tocmai îl primise să fie de la ea. Cu toate acestea, McNamara nu considera că ar fi fost cazul să-și piardă capul numai din cauza unui mesaj și se strâmbă când își dădu seama că exact aceasta se și întâmplase.

McNamara își smulse telefonul din buzunar, abia așteptând să vadă dacă presupunerea lui era corectă. Omul se îndoia că altcineva îi trimisese vreun mesaj, dar nu se știa niciodată.

În graba sa, Inspectorul Șef uitase că ofițerul de patrulă era cu el. Într-adevăr, mesajul venea de la Bryony și, imediat ce îl citi, fără să își dea seama, un surâs i se urcă pe buze, iar zâmbetul lui îl surprinse pe James, care tocmai ieșise din apartamentul doamnei Gordon.

— Este totul în regulă, domnule? îl întrebă DS pe Inspectorul Șef cu o ezitare vizibilă, iar sprâncenele i se ridicară întrebător pe frunte.

Șeful nu era deloc el însuși în acea zi, iar acel lucru îl deconcerta pe DS. James îi aruncă o privire surprinsă lui Claire, sperând că aceasta îi va da un răspuns, dar aceasta doar ridică din umeri pentru că nu știa ce să-i spună.

— Da, de ce întrebi? se răsti McNamara la el, în timp ce îşi îndesa telefonul înapoi în buzunar.

Pentru o clipă, Inspectorul Şef se simţise bine. Tocmai aflase că Bryony îl va aştepta, indiferent de cât de târziu ar fi reuşit să ajungă la ea acasă, dar James stricase acel moment.

— Hai să intrăm ca să-mi fac o idee despre ce este vorba înăuntru, ordonă el pe un ton dur, iar James se dădu la o parte imediat pentru a-i permite lui şi lui Clare să treacă pe lângă el şi să intre în apartament.

— Proprietarul a fost dus la spital domnule, îl informă James după ce ajunseră cu toţii în camera de zi. O altă crimă vicioasă în apartamentele sale s-a dovedit a fi prea mult pentru inima lui. Înţeleg că va supravieţui totuşi. Cel puţin aşa au spus paramedicii de pe ambulanţă, adăugă James, iar apoi observă din colţul ochilor cum Claire îşi scutura capul cu regret.

— Aceasta este bine, observă McNamara, ascultându-l pe James numai cu o ureche.

DCI nu dorea să se gândească la proprietarul magazinului în acel moment. McNamara era mai interesat să analizeze fiecare detaliu al presupusei scene a crimei pentru că aceasta îl nedumerea.

Nimic din ceea ce putea vedea detectivul în camera de zi nu îl convingea că o crimă avusese loc acolo. Nimic nu era spart sau deranjat şi nu se vedea nici o urmă a unei altercaţii sau ceva asemănător. De obicei, detectivii reuşeau să perceapă anumite semne când avea loc o crimă într-o casă.

Doamna Gordon îşi păstra interiorul casei ordonat şi nu se vedea nici măcar o urmă de praf pe vreo suprafaţă. Fiecare obiect avea un loc bine desemnat vădind faptul că femeia ar fi dorit să controleze chiar şi cel mai mic aspect al mediului său înconjurător.

McNamara putea înţelege acea pornire foarte bine. Apartamentul detectivului, mobilat spartan, prezenta aceleaşi caracteristici.

— Văd că Steven nu a ajuns aici, observă el în trecere.

— Nu încă, domnule, replică James şi înghiţi în sec.

DS nu ştia niciodată cum va reacţiona DCI la un lucru sau altul şi el încetase să-i mai ghicească reacţiile după primele câteva luni de lucru în echipă cu el. Aceasta nu însemna însă că nu era îngrijorat ori de câte ori Inspectorul Şef deschidea gura.

— Celălalt apartament prezintă o oarecare provocare, domnule, se gândi DS să îi explice. Se găsesc multe probe de colectat acolo, știți, așa că eu cred că, probabil, vor mai avea de lucru cam o oră dacă nu chiar două. Au chemat și întăriri, mai adăugă el.

— Iar medicul legist? întrebă McNamara în continuare neprivind spre el defel, ceea ce nu îl deranja deloc pe DS.

— Este cu cadavrul în dormitor, spuse James, înclinându-și capul spre dormitor, iar apoi se plesni pe sine însuși mental când realiză că DCI nu îi putea vedea gesturile.

— În regulă, James. Atunci ia-o pe Claire cu tine și ocupă-te de acea a doua investigație, despre care am discutat cu tine mai devreme, îi ordonă el, aruncându-i lui James o privire plină de înțeles, în sfârșit întorcându-se spre el.

— Și Claire? ceru James clarificări.

— Te va asista, desigur, replică McNamara cu iritare. De aceea ți-am și spus să o iei cu tine. Știu că este de încredere și nu-mi imaginez că va alerga să-l informeze pe Fergusson imediat după ce i-ai explicat despre ce este vorba.

Claire și James dădură din cap pentru a confirma că Inspectorul Șef era corect în presupunerile sale, iar apoi, părăsiră apartamentul în grabă, ușurați că scăpau de el pe moment. Tonul și dispoziția acestuia nu îi invita să zăbovească prea mult în jurul lui.

Uimit, McNamara îi privi câteva clipe, dar apoi, gura i se curbă într-un surâs. Cam avea el idee de ce Claire și James se grăbiseră să plece. Brusc, un gând îi apăru în minte și, cu pași mari, detectivul se grăbi după cei doi ofițeri și îi strigă.

Claire și James se opriră din drum. Schimbară o privire, iar pe chipurile lor apăru o grimasă. Ofițerii își șterseră expresia de pe față pentru a nu-i arăta Inspectorului Șef ceea ce gândeau, iar apoi se întoarseră spre el .

— Da, domnule, spuse James pe un ton liniștit, privindu-l, însă, în același timp, cu ochi precauți.

DS ar fi oftat profund din cauza iritării pe care o resimțea, dar nu își putea permite să facă așa ceva când McNamara era prezent. Inspectorul Șef i-ar fi făcut urechile să-i țiuie.

— Am uitat să-ți spun ceva, îi făcu McNamara semn să se întoarcă.

James micșoră distanța dintre ei, iar McNamara se aplecă spre el și îi spuse pe un ton coborât:

— Cere să fie găsit Gordon McGowan. Fă rost de o fotografie de-a lui sau ceva, iar apoi cere-i fiecărui ofiţer de patrulă să se uite după el. Mi-e teamă că flăcăul este deja mort. Altfel am fi auzit ceva de la el până acum, dar să sperăm că îl găsim viu şi reuşim să-l ţinem în viaţă.

— Da, domnule, dădu James din cap, iar la semnul lui McNamara, plecă şi i se alătură lui Claire.

Înşfăcând-o pe Claire de braţ, James o îmboldi insistent spre scări, temându-se că DCI se va mai gândi la altceva.

McNamara privi în urma lor cu un zâmbet strâmb pe buze. Îşi scutură capul amuzat, iar apoi se întoarse în apartament, închizând uşa de la intrare în spatele său pentru ca nimeni să nu intre neanunţat. Mai făcu o trecere în revistă a camerei de zi şi a bucătăriei, scuturându-şi capul din nou. Nimic nu arăta că ar fi avut loc vreo luptă în vreuna din încăperi. Apoi, o porni înspre dormitor.

Acolo, David Stewart tocmai îşi termina examinarea cadavrului şi era pe punctul de a le cere tehnicienilor de la morgă să îl pună într-un sac de plastic. Medicul examinator deja îşi scosese mănuşile de latex şi le băgase într-o pungă să le ia cu el.

— Oh, ai ajuns aici, flăcău, se întoarse el spre DCI când îi auzi paşii răsunând pe podeaua de lemn.

Medicul legist îl salută pe detectiv cu un zâmbet genuin. McNamara era unul dintre puţinii oameni pe care acesta îi plăcea.

— Interviuri, ştii cum e, ridică McNamara din umeri neglijent. Deci ce-mi poţi spune despre aceasta, David? arătă detectivul cu capul spre pat unde, cu faţa în jos, zăcea cadavrul unei femei de vreo cincizeci şi ceva de ani, dacă ar fi fost să îi judece vârsta după cum arăta pielea de pe mâinile ei.

Ochii Inspectorului Şef trecură peste cadavru şi imediat remarcă iritaţia de pe pielea femeii precum şi părul ei încărunţit, foarte scurt şi rărit.

— Nu au ucis-o aici în apartament, aceasta este sigur, îl informă medicul legist pe DCI, băgându-şi mâinile în buzunare. Sunt semne că ucigaşul a mutat cadavrul după ce femeia a murit. După cum vezi, sângele s-a aşezat aici pentru că femeia a fost lăsată să zacă pe partea aceasta a corpului pentru o vreme. Este evident că aşa a rămas după ce au ucis-o, doctorul îi arată detectivului coloraţia de pe pielea femeii.

McNamara se aplecă în faţă pentru a vedea mai bine şi dădu din cap că a înţeles.

— Mai întâi, cineva a înșfăcat-o cu forța. În consecință, încheietura de la mâna dreaptă i-a fost literalmente ruptă, a continuat medicul legist să-i explice lui McNamara după aceea. De asemenea, i-au sfărâmat maxilarul. Au lovit-o tare de tot. Probabil că acea lovitură a făcut-o să-și piardă cunoștința. După cum vezi, hainele îi sunt stropite cu sânge. Probabil că bătaia a continuat în jurul femeii pentru o vreme. Am senzația că flăcăul ăla, Cullum, a încercat să o protejeze. Amprentele lui însângerate se regăsesc pe bluza ei. Cred că a încercat să o împingă pe femeie deoparte, își scutură bărbatul capul cu regret.

Apoi, doctorul scoase o țigară din buzunar și o învârti între degete. Inspectorul Șef observă că doctorul era preocupat, dar se abținu să spună ceva.

— Nu a fost ucisă imediat, dar nu pot să-ți spun exact la câtă vreme după ce și-a pierdut cunoștința, își scutură doctorul capul cu tristețe. S-ar putea să determin acest lucru în timpul autopsiei, dar nu îți pot promite nimic. Pur și simplu, ucigașul a strangulat-o la final. Și-a pus mâna pe gura și nasul ei și a aplicat presiune... I-a rupt nasul și mandibula în același timp, așa că a folosit o forță destul de mare aș spune, își scutură omul capul cu necaz.

Stewart se încruntă ușor, gândindu-se la ce altceva ar trebui să-i comunice Detectivului Inspector Șef pe moment. Mai roti țigara între degete și abia după o vreme continuă.

— Mai pot să-ți spun că biata femeie a trecut prin chimoterapie și destul de curând. Încă mai poți vedea iritația de pe pielea ei... Desigur, ca întotdeuna, voi fi în stare să-ți spun mai multe după autopsie, adăugă medicul. Dar va trebui să aștepți puțin pentru aceasta, flăcău. Deja am trei autopsii de făcut una după alta, ridică el din umeri. Sper numai să nu-mi mai aduci încă un cadavru, adăugă el, privindu-l pe DCI plin de speranță.

— Asta sper și eu, David, dar ar trebui să știi de dinainte că mai este un flăcău pe care trebuie să-l găsim. Băiatul pare să fi dispărut. Nimeni nu l-a văzut de noaptea trecută, îi replică McNamara medicului legist pe un ton sec.

David își scutură capul resemnat și își strânse buzele câteva secunde, apoi, le făcu semn tehnicienilor să ia cadavrul și să-l ducă la morgă. Doctorul așteptă ca aceștia să iasă din încăpere cu sacul de plastic, iar apoi se aplecă să își strângă lucrurile, pregătindu-se și el să plece. Când se ridică, Stewart îl întrebă pe McNamara:

— Crezi că ai putea veni la cină cu tânăra ta doamnă sâmbătă seara? Marthei chiar îi place de ea, menționă el cu un zâmbet ascuns în colțul gurii.

— Deci o place pe Bryony, observă McNamara cu satisfacție. Sunt destul de sigur că putem veni, dar va trebui să o întreb mai întîi, spuse el ridicând din umeri.

— Desigur, spuse David cu un surâs ironic. Femeile sunt mai ciudate când vine vorba de aşa ceva. Să te ferească Dumnezeu să decizi ceva fără să le întrebi mai dinainte, îşi scutură omul capul, un semn clar că avusese ocazia să simtă pe propria piele mânia soţiei lui în circumstanţe similare.

McNamara îl aprobă cu o mişcare a capului, surâzând la rândul său. Ştia el că Bryony l-ar fi mustrat zdravăn dacă ar fi presupus să ştie ce şi-ar fi dorit ea să facă la sfârşitul săptămânii.

Femeii nu-i plăcea defel atunci când el lua hotărâri care o implicau fără să o anunţe dinainte. McNamara se găsise în acea situaţie doar cu o săptămână înainte când organizase o duminică întreagă fără să o consulte pe Bryony în legătură cu absolut nimic. Urechile i-au ţiuit destul de mult timp după ce şi-a terminat ea diatriba acerbă.

McNamara calculă şi îşi dădu seama că mai erau patru zile până sâmbătă.

— Îţi voi spune probabil mâine. Cred că este destul timp până sâmbătă, spuse el.

— Aşa să faci, îi răspunse David.

Medicul legist tocmai o pornise spre uşă când sună telefonul Detectivului Inspector Şef. McNamara răspunse la telefon imediat atunci când observă identitatea apelantului. Timp de câteva momente, ascultă la ceea ce îi spunea James, iar apoi îi zise:

— Aşteaptă doar o clipă , James.

DCI se grăbi să iasă din apartament, încercând să-l prindă pe Stewart înainte ca acesta să părăsească clădirea.

CAPITOLUL UNSPREZECE

— DAVID, AȘTEAPTĂ O clipă, strigă el după medicul legist, care deja dăduse colțul pe palier pentru a se îndrepta spre scări.

— Ce s-a întâmplat, flăcău? se întoarse medicul înspre DCI.

— Îmi pare rău, prietene, dar tocmai l-au găsit pe Gordon, flăcăul care lipsea. Va trebui să vii cu mine, îi răspunse McNamara cu tristețe. Dă-mi doar o clipă să vorbesc cu Steven mai întâi, iar apoi...

— Ne putem întâlni acolo, flăcău, îl întrerupse medicul legist imediat. Spune-mi numai unde trebuie să merg. Cred că este necesar să-mi dai un avans corect, în fond, rânji omul. Eu știu cum conduci tu, iar altfel tu ai fi cel care ar trebui să aștepte după mine acolo, încercă medicul să îi mai descrețească fruntea lui McNamara cu gluma sa.

Gura Detectivului Inspector Șef zvâcni cu amuzament și numai după câteva momente reuși să îi comunice locația lui David. Mai apoi, îl privi pe medicul legist îndepărtându-se și își scutură capul amuzat.

McNamara era conștient că anumiți oameni din secția de poliție trăiau cu iluzia că el nu era la curent cu părerea lor privind felul lui de a conduce mașina. Cu toate acestea, detectivul știa că oamenii erau îngroziți atunci când se găseau în situația de a călători în mașina lui și, în special, James. Ei doi lucrau împreună de ceva vreme, dar DS tot se temea când era vorba să i se alăture șefului în mașina sa.

Acela era un alt motiv pentru care DCI îl plăcea pe David Stewart. Omul nu se ferea să spună lucrurilor pe nume. Întotdeauna afirma ceea ce gândea şi chiar într-o manieră directă. McNamara aprecia onestitatea în oameni mai mult decât orice.

Numai după câteva minute, McNamara se duse să îl caute pe Steven. Inspectorul Şef ştia că probele din apartamentul lui Cullum îi copleşise pe experţii criminalişti, însă, cu toate acestea, DCI dorea să îi ceară lui Steven să trimită pe câţiva dintre tehnicienii săi şi în celălalt apartament. Cineva trebuia să examineze unele din urmele lăsate în acel apartament, de asemenea.

Era evident că scena principală a crimei nu era casa doamnei Gordon, dar în ciuda acelui fapt, poliţia tot trebuia să adune evidenţa din interior pentru că le-ar fi fost necesară atunci când cazul ar fi ajuns la tribunal.

Biata femeie fusese probabil ucisă în apartamentul puştilor când se dusese să se plângă din cauza zgomotului, dar experţii criminalişti tot ar fi putut găsi unele urme lăsate de persoana sau persoanele care mutaseră cadavrul înapoi în apartamentul femeii, dacă aceştia nu purtaseră mănuşi, desigur. Ucigaşii trebuiau să fi atins măcar uşile dacă nu şi altceva.

Inspectorul Şef credea că femeia lăsase uşa de la intrare întredeschisă atunci când se dusese la celălalt apartament în timpul nopţii. Altfel, criminalul sau criminalii nu ar fi avut de unde să ştie unde locuia aceasta şi ar fi lăsat-o în locuinţa flăcăilor.

CÂND DCI I SE ALĂTURĂ lui James puţin mai jos de Podul Dean, era deja trecut de ora cinci. Expresia nemulţumită de pe chipul lui McNamara precum şi fulgerele din ochii lui arătau că acesta era mânios.

Deja trecuse o zi întreagă şi tot nu reuşiseră să descopere ceva ce le-ar fi putut folosi în rezolvarea cazului. Bineînţeles, dacă nu lua în calcul menţionarea vagă a celor şase bărbaţi, a căror descriere nu reuşiseră să o obţină de la Deirdre, nici măcar când McNamara îi sunase pe Donna şi Mackie ca să le ceară să o întrebe pe fată despre acei bărbaţi din nou. Aparent, Deirdre îşi aruncase privirea spre acei oameni doar o secundă sau două, în trecere. Fata nu reuşise să înregistreze nici un detaliu care să le fi fost de folos.

LEGĂTURI RELATIVE

McNamara o sunase pe Jo, de asemenea, şi-i ceruse să îl chestioneze pe James Campbell din nou. Spera ca Jo să fi avut mai mult noroc cu Campbell, deşi DCI nu conta prea mult pe acel lucru. Deirdre era o tânără logică şi sensibilă şi cu toate acestea, nu reuşise să ofere răspunsuri poliţiei. Nimeni nu şi-ar fi imaginat că James Campbell ar fi fost o persoană prea echilibrată.

McNamara se opri lângă DS şi privi în josul pantei malului râului spre locul unde medicul legist examina corpul unui tânăr întins pe o prelată.

— Băiatul a fost pescuit din apă cam acum o jumătate de oră, domnule, îl informă James pe Inspectorul Şef pe un ton coborât. Credem că fie a căzut, fie a fost aruncat în Water of Leith de pe Podul Dean, şi a plutit acolo după aceea, arătă el spre locul unde fusese zărit cadavrul. A rămas prins în nişte rădăcini şi de aceea nu s-a scufundat, pentru că altfel, l-am fi găsit numai după câteva săptămâni, îşi scutură DS capul cu mâhnire.

McNamara se mulţumi numai să dea din cap, iar apoi o porni în josul pantei spre medicul legist care era aplecat deasupra trupului unui tânăr scund şi bondoc, al cărui păr fusese odinioară blond. Acum părul flăcăului împrumutase culoarea noroiului din râu. McNamara observă spuma însângerată din jurul gurii puştiului şi se strâmbă.

Flăcăul era întins pe spate pe o prelată, iar ochii săi fără viaţă se holbau la cer. McNamara ştia că ochii acestuia ar fi trebuit să fie albaştri, dar acum aceştia erau negri, ceea ce se întâmpla întotdeauna cu ochii oamenilor care se înecau.

Trupul era umflat, semn că bietul flăcău a petrecut câteva ore în apă înainte de a fi găsit. Culoarea mîinilor tânărului spuneau aceeaşi poveste. Nările Detectivului Inspector Şef tresăriră când acesta simţi mirosul de pământ reavăn al cadavrului.

— Poţi să îmi spui ceva, David? întrebă McNamara pe un ton liniştit când ajunse alături de medicul legist.

— Dacă nu aş fi văzut urma unei lovituri cu un corp cotondent de la spatele craniului, aş fi presupus că puştiul s-a sinucis. Dar nu, este clar că a fost ucis. Nu am nici cea mai mică îndoială în legătură cu asta, McNamara, spuse doctorul.

Medicul legist se întunecă şi îşi scutură capul vehement. Abia mai apoi, continuă:

— Lovitura a provenit de la un un soi de ciomag. Poţi vedea forma obiectului în adâncitura pe care a lăsat-o pe craniu. Voi lua un mulaj de referinţă pentru viitor, îl asigură doctorul pe DCI.

— Ai vreo idee când a avut loc crima? insistă McNamara să îl chestioneze pe doctor, deși îl cunoștea bine pe acesta.

Medicului legist nu-i plăcea când cineva îl pistona cu întrebări, în special atunci când nu era pregătit să dea vreun răspuns.

După cum se și aștepta, David Stewart își îngustă ochii și îl privi pe Inspectorul Șef chiorâș. Oftă dramatic pentru a-i indica lui McNamara ce părere avea despre atitudinea lui insistentă, iar apoi își scutură capul cu resemnare și spuse:

— Dacă insiști, pot specula că a murit noaptea trecută, puțin după miezul nopții, cred. Flăcăul nu a opus nici cea mai mică rezistență, ridică el din umeri. Presupun că lovitura aceea de la spatele capului l-a luat prin surprindere, avansă el ideea și se îndreptă. Singurul lucru bun în toată afacerea aceasta este că temperatura coborâtă a râului a întârziat evoluția schimbărilor post-mortem, observă el.

Medicul legist le semnaliză tehnicienilor să vină și să ia cadavrul. *La naiba! De câte ori am făcut asta pe ziua de azi?* reflectă el cu mâhnire.

Doctorul își scutură capul cu supărare, iar apoi, își scoase mănușile chirurgicale și le împachetă. Se uită în jur câteva secunde până ce îl zări pe tehnicianul criminalist care era responsabil cu colectarea mănușilor de la scena crimei. Medicul își flutură mâna, pentru a-l chema pe om să vină și să ia mănușile pe care le scosese.

Când medicul legist se întoarse spre inspector, McNamara tot mai examina cadavrul vizual. Sprâncenele Inspectorului Șef erau încrețite, iar buzele i se strânseseră.

— Îmi pare rău, flăcău, dar va trebui să mai aștepți un pic cu celelalte autopsii. Autopsia băiatului ăsta va fi prima, îl informă medicul legist. Altfel, s-ar putea să pierdem detalii importante. Îmi va lua probabil vreo două zile pentru toate autopsiile. Știi foarte bine că deja am mai multe adunate și nu pot să grăbesc nici una dintre ele, îi explică el Inspectorului Șef cu necaz.

DCI își aruncă privirea spre doctor și aprobă cu o mișcare a capului. Știa că David nu s-ar fi grăbit cu vreo autopsie pentru nimic în lume, iar McNamara era pe deplin de acord cu poziția sa în acea privință. Inspectorul Șef era conștient că nu ar fi câștigat deloc timp, ba chiar ar fi pierdut dovezi relevante dacă s-ar fi grăbit.

LEGĂTURI RELATIVE

Ambii bărbați urcară malul râului încet. McNamara își încetini pașii pentru a și-i potrivi cu mersul medicului legist. Bătrânul arăta foarte obosit, iar, în afară de aceasta, DCI presupuse că era posibil ca artrita prietenului său să îl cam supere pe acesta. Vremea fusese rece și umedă în ultimul timp, iar vântul nu ostoise deloc în ultimele câteva săptămâni. Astfel de vreme întotdeauna îl deranja pe Stewart.

Cei doi i se alăturară lui James care, ca de obicei, era ocupat cu luarea notițelor. Gura lui McNamara se curbă într-un surâs. Inspectorul Șef știa că putea conta întotdeauna pe sârguința Detectivului Sergent.

Acela fusese primul lucru pe care îl remarcase la James când începuseră să lucreze împreună. Acum, McNamara nici măcar nu își mai putea imagina că ar putea lucra în astfel de armonie cu un alt DS. James devenise mâna sa dreaptă de-a lungul anilor.

Medicul legist mai schimbă câteva idei cu cei doi detectivi, iar apoi plecă, șchiopătând ușor și fluierând o melodie tristă pe sub barbă. McNamara își împinse mâinile în buzunare și, gânditor, urmări din ochi silueta doctorului care se îndepărta. După câteva minute, își întoarse capul spre James.

— Avem vreo informație referitoare la flăcăul acesta?

— Da, domnule, replică James. Știm că este din Elgin, unde sora lui mai mare și părinții săi încă mai locuiesc. Deja i-am cerut unui ofițer de patrulă să verifice la universitate, iar puștiul nu a fost implicat în nici o asociație studențească. A închiriat un apartament nu departe de aici. Presupun că flăcăul se găsea pe drum spre casă atunci când a fost atacat, se aventură James să își expună teoria.

— Probabil că da, îi aprobă McNamara ipoteza. Ar trebui să-l contactăm pe Mackie. El poate să o întrebe pe Deirdre dacă știe încotro s-a îndreptat Gordon după ce a părăsit barul noaptea trecută. Poate că flăcăul a spus ceva prietenilor săi, propuse Inspectorul Șef.

James scoase telefonul din buzunar imediat. Intenționă să i-l înmâneze lui McNamara, dar observă că DCI părea preocupat, așa că se decise să-l sune el însuși pe Mackie.

DS îi explică lui Mackie ce aveau nevoie să știe, iar apoi așteptă răbdător ca detectivul inspector să îi pună întrebări tinerei pe care o avea în grijă. După ce obținu răspunsul, se întoarse spre McNamara:

— Domnule, Deirdre a spus din nou că Gordon a fost cu ei la cârciumă ieri. Ea a plecat mai devreme de acolo, în jur de ora zece, cu Cullum și Neil, care au condus-o pe ea la dormitor mai întâi. Gordon, Peter și James s-au întâlnit cu alți doi flăcăi din Dundee și au rămas în pub. Fata nu știe când au plecat băieții de acolo, domnule, iar Gordon nu a menționat că ar fi avut intenția să se ducă în altă parte în seara aceea.

— Știe cumva numele acelor flăcăi din Dundee și cam pe unde am putea da de ei? întrebă McNamara fără a se obosi să se întoarcă spre ofițer.

James îi puse întrebarea lui Mackie, deși se simțea ciudat să se afle în situația de a juca rolul intermediarului. Omul nu înțelegea de ce McNamara nu prelua controlul discuției cu detectivul pentru că nu prea îi stătea în caracter să se comporte astfel.

DS aștepta ca Mackie să îi transmită răspunsul lui Deirdre. Între timp, îl privea pe McNamara pe sub gene. DCI își zornăia cheile de la mașină în buzunar și părea să privească echipa criminalistică, care încerca să acopere teritoriul dintre pod și locul unde îl găsiseră pe Gordon.

James considera că efortul lor era o pierdere de vreme. Cu toate acestea, știa că nimeni nu l-ar fi ascultat dacă ar fi încercat să-și exprime părerea sa în legătură cu acea acțiune.

DS se îndoia că vor găsi ceva folositor pentru cazul lor. Da, erau o grămadă de gunoaie presărate pe pământ, aceasta era adevărat, dar James nu credea că vreunul dintre ele să fi avut vreo conexiune cu crima.

Cum monitoriza acțiunile Detectivului Inspector Șef cu atenție, James își dădu seama că, de fapt, șeful său nici măcar nu îi vedea pe tehnicieni. El era, pur și simplu, pierdut în propriile sale gânduri, iar acel lucru chiar îl ului pe James. În mod normal, DCI ar fi fost preocupat numai de detaliile cazului.

Umbra unui zâmbet apăru brusc pe buzele lui McNamara, iar aceasta îl confuziona pe James și mai mult. Ofițerul nu-și văzuse niciodată șeful reacționând astfel în trecut, iar DS avu senzația că a fost prins în nisipuri mișcătoare. Un McNamara impredictibil ar fi fost un coșmar pentru subordonații săi.

LEGĂTURI RELATIVE

Tunetul vocii lui Mackie în telefon îl făcu pe James să tresară pentru că era atent la cea mai mică reacţie a Inspectorului Şef şi scăpă telefonul din mână. Încercă să-l recupereze şi mişcările sale agitate îi atraseră atenţia lui McNamara, care îl privi întrebător. Inspectorul Şef îşi arcui sprâncenele pe frunte şi îşi scutură capul, întrebându-l pe James ce s-a întâmplat.

James se mulţumi să arate spre telefonul mobil, pe care abia reuşise să-l prindă înainte să ajungă la pământ, iar apoi îl rugă pe Mackie să repete ceea ce spusese. Ascultă cu atenţie, conştient de privirea neagră a lui McNamara care rămăsese fixată asupra lui în tot acel timp.

— Deirdre îi cunoaşte pe cei doi puşti, domnule, îi raportă el lui McNamara. Şi ei sunt înscrişi în acelaşi program la universitate. Numele unuia este Angus MacDonald, iar al celuilalt este Daniel Scott. Amândoi locuiesc aproape de apartamentul lui Cullum. Pe Grange Road, domnule, îl informă el pe şeful său.

— I-a văzut astăzi? se interesă McNamara, iar James se holbă confuz la Inspectorul Şef.

— Domnule, spuse James ezitând, nu credeţi că ar fi mai uşor dacă aţi vorbi dumneavoastră cu Deirdre direct? Fără intermediari, vreau să spun, se gândi el să adauge.

Un muşchi tresări în maxilarul lui McNamara, iar ochii i se îngustară. Abia atunci detectivul îşi dădu seama de acţiunile sale.

McNamara nu era furios pe James, ci pe el însuşi, pentru că îşi dăduse frâu liber minţii să colinde. Niciodată nu îşi lăsase viaţa personală să se strecoare în munca sa în cadrul poliţiei, cel puţin nu până în acea zi. DCI se simţi vinovat pentru că se gândea la Bryony în loc să îşi facă slujba şi de aceea se răsti la James, care nu avea nici o legătură cu starea lui mentală.

— Dă-mi telefonul, lătră McNamara.

CAPITOLUL DOISPREZECE

MCNAMARA ȘI JAMES DECISERĂ să se ducă la taverna unde li se spusese că cei doi flăcăi din Dundee obișnuiau să-și petreacă serile. Pe moment, acela reprezenta cel mai bun curs de acțiune pentru ei. La acea oră, nu ar fi găsit pe nimeni la biroul de înregistrare al facultății oricum, iar Deirdre știa casa lor doar din vedere. Nu avea nici o adresă să le dea.

Înainte de a-și conduce mașina spre pub, McNamara vorbise cu Jo și aflase că aceasta deja aranjase cu colegii lor din Dundee să desemneze un ofițer de patrulă care să vegheze asupra lui James Campbell. Acel lucru îl satisfăcu pe DCI pentru că avea nevoie de expertiza lui Jo și Mike în rezolvarea acelui caz, așa că nu putea să-i lase să facă pe dădaca pentru prea multă vreme.

Din nefericire, Jo de asemenea raportase că tânărul Campbell nu își putuse aminti nimic despre oamenii pe care îi văzuse în crâșmă în noaptea precedentă. Flăcăul putuse doar să afirme cu certitudine că toți erau bărbați, ceea ce McNamara știa deja.

DCI le ordonase lui Jo și Mike să se întoarcă la Edinburgh și chiar le sugerase să se ducă direct acasă. Nu mai puteau face nimic altceva la acea oră, iar el avea nevoie de ei odihniți în ziua următoare.

James își conduse fericit propria mașină spre pub. Frustrarea lui McNamara l-ar fi sufocat și bietul om era deja extenuat. DS dormise doar câteva ore în timpul nopții precedente și deja lucrase mai mult de doisprezece ore până atunci.

În sfârşit, norocul le surâse şi lor când ajunseră la pub, iar McNamara se gândi că era prima dată când aşa ceva li se întâmplase pe ziua acea. Îi găsiră pe cei doi puşti din Dundee şi destul de repede.

Descrierile lui Deirdre fuseseră foarte precise, dar, de fapt, McNamara nici nu se aşteptase la altceva. Nu a fost necesar decât să se strecoare printre mese vreo câteva minute, că îi şi zări pe cei doi tineri imediat. Aceştia erau înconjuraţi de prietenii lor şi păreau să se distreze foarte bine. Masa lor era cea mai zgomotoasă din tavernă.

McNamara le arătă legitimaţia sa şi îi invită afară pentru câteva minute. Detectivul nu considera că era necesar ca întreaga masă să le audă conversaţia.

Flăcăii mormăiră, dar se supuseră. Prietenii lor făcură haz pe seama lor în mod deschis, exprimând tot felul de supoziţii referitoare la invitaţia lui McNamara. În momentul în care Inspectorul Şef le aruncă o privire dură, tachinările se opriră.

Odată ajunşi afară, McNamara şi James îi conduseră pe cei doi tineri mai la o parte. În faţa barului erau prea mulţi oameni care fumau şi conversau gălăgios, iar detectivii aveau nevoie de un loc mai liniştit pentru discuţia lor.

— Despre ce este vorba? îi întrebă cu îmbufnare unul dintre cei doi tineri pe detectivi.

O şuviţă de păr arămiu îi căzuse peste ochiul drept, iar flăcăul era forţat să se uite pieziş pentru a putea vedea ceva. James se luptă cu impulsul pe care îl încerca de a i-o da la o parte şi nu înţelegea de ce puştiul nu o făcea el însuşi.

— Ne interesează ce aţi făcut voi doi, Peter, James şi Gordon noaptea trecută, le explică McNamara cu răbdare.

Atitudinea Detectivului Inspector Şef îl zăpăci nespus pe James. Inspectorul Şef era şi el la fel de frustrat şi extenuat ca şi DS, iar James nu putea înţelege unde mai găsea acesta răbdarea să vorbească astfel. În mod normal McNamara ar fi explodat dacă i-ar fi vorbit cineva cu o astfel de insolenţă.

Angus, tânărul cu părul arămiu, îl privi pe McNamara chiorâş, iar apoi ridică din umeri, însă se decise să-i răspundă la întrebare.

— Am băut bere şi am vorbit până la miezul nopţii când pubul s-a închis. Am decis să ne întoarcem la apartamentul nostru, adică al lui Daniel şi al meu, vreau să spun. Mai aveam încă câteva sticle de bere rămase acasă. Cu toate acestea, Peter a refuzat şi s-a decis să se întoarcă la el acasă. Gordon şi James au venit cu noi, dar înainte de a ajunge la noi acasă, Gordon s-a răzgândit. A spus că avea ore de dimineață și voia să doarmă, așa că a plecat acasă singur. James a stat cu noi numai vreo două ore, cred. Să fiu sincer, nu îmi amintesc exact cât de mult. Cred că mi-am pierdut cunoștința la un moment dat, ridică Angus din umeri din nou, ca și cum să-și piardă cunoștința din cauza băuturii ar fi fost ceva ce i s-ar fi întâmplat în mod regulat.

— Doar vreo două ore, interveni Daniel. Eu unul nu am băut atât de mult ca Angus, așa că știu, spuse el cu îngâmfare.

Un surâs apăru la colțul gurii lui McNamara. Surâsul îi cuprinse întreaga gură când Angus se întoarse spre prietenul său cu o încruntătură pe chip.

— Ha! Ca și cum tu nu ai pățit-o niciodată, se răsti Angus la Daniel, cu atâta furie încât aproape că scuipă cuvintele din gură.

— Nu la fel de des ca tine, îi replică Daniel cu un rânjet arogant.

— Flăcăi, hai să nu ne pierdem concentrarea aici, interveni McNamara cu autoritate.

Puștii păreau să fie gata să se ia la pumni, iar McNamara nu prea avea chef să-i aresteze pentru tulburarea liniștii publice. El trebuia să se ocupe de afaceri mult mai serioase și nu avea nici cea mai mică intenție să medieze certuri meschine.

Vocea dură a Inspectorului Șef îi făcu pe cei doi tineri să tresară și aceștia se întoarseră spre el imediat. Amândoi îl priveau cu teamă acum pentru că tocmai își dăduseră seama că fuseseră pe punctul de a se lua la harță în fața a doi ofițeri de poliție.

— Acum, spuse McNamara pe un ton mai blând, ați remarcat ceva ieșit din comun când ați părăsit taverna sau în timpul călătoriei voastre spre casă?

Detectivul se uită de la un tânăr la celălalt, deși, de fapt, nu aștepta nimic de la Angus. Știind că puștiul leșinase noaptea precedentă, nu credea că acesta ar fi avut o capacitate de observație prea ridicată.

— Nu cred, spuse Daniel și își strânse buzele preț de câteva secunde. Doar am vorbit și am râs pe tot drumul spre casă, ridică el din umeri.

— Asta dacă nu îi iei în calcul pe cei doi bărbați care fumau vizavi de tavernă, replică Angus. Cei doi și-au stins țigările și au pornit-o în aceeași direcție ca și noi, dar pe partea cealaltă a străzii, menționă el cu subînțeles în voce.

— Asta e o invenție de-a ta, se răsti Daniel la el. Eu nu am văzut nimic.

— Oricum tu nu ai fi văzut nimic, replică Angus cu un zâmbet superior și își flutură mâna. Nici dacă un elefant ar fi pornit-o la trap pe lângă tine. Ochii tăi erau fixați pe fundul rotund al tipei aceleia, îi replică Angus cu maliție prietenului său, iar o lumină drăcească îi juca în pupilele ochilor.

Daniel se înroși violent, ceea ce merita cu adevărat văzut. Pielea băiatului era foarte albă, iar petele stacojii de pe pomeți ieșeau în evidență. Chiar și vârfurile urechilor i se înroșiseră, iar buzele îi tresăriră din cauza jenei. I se putea citi în ochi că acesta căuta o replică tăioasă.

— Care fată? întrebă James confuz, oprindu-l astfel pe Daniel să contribuie la conversație cu o expresie mai colorată.

— Vedeți voi, lui Daniel i s-a pus pata pe o fată bine *înzestrată* din programul nostru. Fata a petrecut și ea seara cu unii dintre prietenii ei în același pub ca și noi și l-a părăsit o dată cu noi. Era ora închiderii, de fapt, ridică Angus din umeri cu nonșalanță. Cred că am mers în urma ei cam vreo patru străzi, iar Daniel nu și-a putut lua ochii de la... Știți voi ce vreau să spun, spuse el pe un ton plin de amuzament răutăcios, gesticulând în același timp, iar sprâncenele i se mișcară în sus și în jos, cu subînțeles.

— Te voi ucide, strigă Daniel din toți rărunchii la Angus luând o poziție mânioasă în fața prietenului său, pregătit să-l altoiască.

— Nu este o idee prea inteligentă să spui așa ceva în fața unui ofițer de poliție, flăcău, remarcă McNamara pe un ton blând.

James nu-și putu stăpâni un chicotit din cauza ironiei situației. Cu toate acestea, când McNamara își întoarse ochii spre el cu reproș, DS îi evită privirea, pretinzând că cerceta ceva cu atenție undeva în depărtare.

Acum David se înroși și mai mult. Ochii i se măriră cu teamă, iar buzele îi tremurară. Implicațiile cuvintelor lui McNamara îl loviseră puternic.

— Cât timp au mers acei oameni în aceeași direcție ca și voi? îl întrebă McNamara pe Angus.

Inspectorul Șef decisese să treacă peste cuvintele lui Daniel. Simțise că tânărul era înspăimântat din cauză că îl amenințase pe prietenul său în fața celor doi detectivi, iar McNamara știa că astfel de amenințări erau deseori schimbate între doi tineri înfierbântați. Și totuși, din nefericire, erau oameni care chiar acționau în urma unor astfel de amenințări, fără să zăbovească pentru a se gândi la repercursiuni.

— Tot drumul, cred, replică Angus pe un ton gânditor pentru că încerca să-și amintească. Da, tot drumul, repetă el, dar cu toate acestea nu părea prea convins. După câteva secunde, își scutură capul. De fapt nu, exclamă el, iar ochii i se lărgiră. Când Gordon a plecat, au dispărut și ei. Nu-mi amintesc să-i mai fi văzut după aceea... Chestia aceasta chiar pare ciudată, observă el, înclinându-și capul pe o parte, confuz din cauză că nu reflectase la acel lucru mai înainte.

DCI avu impresia că puștiul reacționa exact ca un câine perplex și abia își stăpâni un surâs.

— Nici măcar nu m-am gândit la aceasta, domnule. Credeți că este o legătură între plecarea lui Gordon și dispariția lor? întrebă el, iar pupilele i se dilatară cu interes.

— S-ar putea, replică McNamara pe un ton moale, neavând nici cea mai mică intenție să intre în detalii. Îți amintești ceva despre acei bărbați?

Angus își închise ochii, concentrându-se pe amintirile sale încețoșate și își frecă mâinile cu înfrigurare. Puștiul remarcase că avea unele pierderi de memorie în ultima vreme și că nu mai era atât de agil mental cum fusese odinioară. Angus bănuia că bețiile lui dese și prelungite ar fi fost cauza, însă nu avea de gând să facă vreo schimbare în obiceiurile sale. Tânărul reflectă profund câteva minute, iar apoi spuse:

— Unul dintre ei era roșcat cu siguranță. Au trecut pe lângă un felinar și i-am văzut bine. Nu era atât de înalt ca dumneavoastră, arătă el spre McNamara, însă apoi se mai gândi câteva clipe și arătă spre James. Probabil la fel de înalt ca și el, cred, dar mai solid, știți. Și purta și o haină lungă neagră, mai adăugă el, ca și cum abia atunci și-ar fi amintit de acel detaliu.

McNamara și James se priviră unul pe celălalt rapid când auziră descrierea lui Angus. Amândoi aveau impresia că știau despre cine vorbea flăcăul.

— Iar celălalt? Îți amintești ceva despre el? insistă McNamara.

— Bărbatul acela era brunet și avea pielea mai întunecată. Aș spune că era înalt și subțire. Purta pantaloni negri. Probabil niște jeanși. Avea o jachetă neagră, cam ca cele pe care le poartă aviatorii, le explică Angus pe scurt, în același timp gesticulând febril.

— Asta-i foarte bine, flăcău, îl bătu McNamara pe Angus peste umăr, însă imediat după aceea, detectivul trebui să-l înhațe pe băiat ca să-l oprească și să nu se prăbușească drept în nas pe trotuar. Aceasta este foarte bine, Angus, repetă el. Însă acum voi avea nevoie și de o declarație scrisă din partea ta, mâine dimineață dacă este posibil. Uite, ai aici cartea mea de vizită, spuse el scoțând o carte de vizită din buzunar. Ai adresa secției de poliție aici. Mă vei găsi acolo la nouă dimineața. Este bine pentru tine? îl întrebă el pe Angus îngrijorat.

Flăcăul aprobă scturând din cap vioi și își puse mâinile pe șolduri.

— Pot să ajung acolo, desigur, spuse el cu convingere după aceea.

— Asta este bine. Cere să mă vezi pe mine și nu discuta cu nimeni altcineva din secția de poliție sau din afara secției. Această conversație rămâne între noi, este clar? îi avertiză Inspectorul Șef pe cei doi flăcăi, privind de la unul la celălalt.

— Da, domnule, replică Angus cu convingere, iar Daniel îi aprobă cuvintele dând din cap. Putem să ne întoarcem acum la prietenii noștri? întrebă Angus pe un ton îndrăzneț.

— Desigur, îi zâmbi McNamara. Petrecere plăcută, flăcăi, le ură el și îi privi pe cei doi tineri care se grăbiră să intre în tavernă.

Mai apoi își scutură capul. Niciodată nu înțelesese de ce oameni atât de tineri ca ei beau atât de mult. Cu toate acestea, știa că nu era locul lui să le spună cum să-și trăiască viața. Se întoarse spre James, înfundându-și mâinile în buzunarele de la haină.

— E momentul să chemăm trupele acasă, James. Du-te și ia-o pe Claire de la birou. Ne reîntâlnim în biroul meu la opt dimineața, ordonă el și, fără un alt cuvânt, plecă, iar James privi după DCI cu ochii mari.

Nu crezuse că McNamara era la curent de relația sa cu Claire, iar acum nu știa cum să mai reacționeze în fața șefului său.

CAPITOLUL TREISPREZECE

ERA DEJA TRECUT DE şapte seara când, în sfârşit, McNamara îşi parcă maşina în faţa casei lui Bryony. Observă mişcare la fereastra doamnei Stevens imediat. Bătrâna trăsese perdeaua uşor la o parte şi acum trăgea cu ochiul la el, ceea ce nu era ceva nou pentru el. Se părea că bătrâna tot mai simţea nevoia să îl urmărească de câte ori venea să o viziteze pe Bryony. Cu toate acestea, acel obicei al ei îl enerva de fiecare dată.

Ochii bărbatului fulgerară, iar el se încruntă mânios. Îşi grăbi paşii spre uşa lui Bryony pentru că niciodată nu avea chef să aibă vreo conversaţie cu harpia. McNamara se îndoia că ar fi putut găsi ceva amabil să-i spună. Mai mult decât atât, în seara aceea, se îndoia că ar fi avut răbdare să discute cu ea. Oricum, înainte de acea seară, reuşise să o evite foarte bine pentru că femeia nu se mişca suficient de rapid ca să-l prindă.

Bryony îi deschise uşa de la intrare înainte ca detectivul să fi reuşit să apese pe sonerie ca să-şi anunţe sosirea. Gândul că femeia îi pândise sosirea îi încălzi bărbatului inima, pentru că gestul ei dovedea că şi ea era la fel de nerăbdătoare să-l vadă precum era şi el să dea cu ochii de ea.

— Bună, străine, îl salută Bryony cu vocea ei blândă.

În ultima vreme, bărbatului începuse să-i fie mereu dor să-i audă sunetul vocii, aşa că întotdeauna apăsa pe pedala de viteză mai apăsat decât în mod obişnuit ori de câte ori venea să o viziteze.

Tânăra femeie îi zâmbi cald şi îşi trecu degetele cu tandreţe de-a lungul braţului lui. McNamara deja ştia acel gest pentru că ea îl făcea tot timpul. Aceea era maniera ei de a-i spune *bun venit*. În fapt, aşa îl invita ea fără cuvinte să intre în casa ei.

Cu toate acestea, de data aceasta, McNamara nu se grăbi să-i urmeze invitaţia mută, aşa cum făcuse altă dată, ci zăbovi în prag, privind-o. Apoi, fără grabă, se aplecă deasupra ei, dornic să fure un sărut de la ea chiar acolo, înainte de a răspunde invitaţiei ei tăcute şi de a intra în casă.

McNamara niciodată nu-şi permisese să facă astfel de gesturi în public unde oricine îl putea vedea şi judeca. Dar în ciuda acelui obicei, o făcu acum. Când era cu Bryony, bărbatul avea sentimentul că putea face orice.

McNamara simţi ochii doamnei Stevens străpungându-i spatele. Colţurile gurii îi tresăriră cu veselie nestăpânită. *De ce să nu marchezi dublu dacă ai ocazia?* reflectă el.

— Eşti un bărbat cam afurisit, observă Bryony pe un ton blând, trăgându-se înapoi şi scuturându-şi capul, însă el citi în surâsul ei că nu o deranjase comportamentul lui şi că, de fapt, nu avea nici cea mai mică intenţie să-l mustre. Femeia dorea numai să-şi ascundă timiditatea.

McNamara se mulţumi să ridice din umeri cu nonşalanţă şi împinse uşa în spatele lui, închizând-o pe doamna Stevens afară din toată inima. Nu simţea nevoia să aibă nici un fel de martori la întâlnirea lui cu tânăra femeie şi, în special, nu pe cineva care nu era de acord cu prezenţa lui în viaţa lui Bryony.

— Ai prefera să mâncăm acasă sau să mergem la tavernă? îl întrebă Bryony înainte ca el să-şi scoată haina.

Destul de ciudat, la auzul cuvântului *acasă*, ceva îi atinse inima lui McNamara şi, încă o dată, acesta se simţi confuz din cauza schimbărilor ce aveau loc în gândirea lui.

— Cred că tu ar trebui să alegi, replică el pe o voce uşor răguşită. Eu nu ştiu să gătesc, de fapt, şi, dacă alegi să mâncăm acasă, nu trebuie să contezi pe abilităţile mele în bucătărie, o avertiză el pe un ton aspru.

Asprimea din vocea sa nu o deranjă pe Bryony defel. Aceasta izbucni în râs şi îi plesni braţul jucăuş. Femeia îşi scutură capul, iar apoi îl asigură:

LEGĂTURI RELATIVE

— Gândul că tu ai găti nici nu mi-a trecut prin minte, Artair. Nu invit niciodată pe cineva la cină numai pentru a-i cere să-și pregătească propria mâncare. Am gătit deja, desigur, și am cumpărat și două sticle de bere, dacă simți nevoia să bei ceva. Cu toate acestea, dacă preferi să mergi la pub...

— Nu, dacă ai gătit deja de ce am mai merge la pub? o întrebă el, iar confuzia îi înnegură ochii.

Bryony ridică din umeri și își strânse buzele timp de câteva secunde, încercând să-și găsească cuvintele. După aceea, îi explică:

— Am crezut că ai vrea să te relaxezi un pic la tavernă, Artair. Sunt destul de sigură că nu ai avut o zi ușoară la muncă, iar acolo, la pub, mai este și domnul Brown cu care ai putea conversa, așa că...

— Da, ziua mea a fost într-adevăr un coșmar, dar cu toate acestea mă pot relaxa foarte bine și numai cu tine, o întrerupse Artair și începu să-și descheie haina cu hotărâre. De fapt, aș prefera să petrec o seară liniștită cu tine. Nu am chef să aud vocea altcuiva pentru o vreme, îi explică el pe un ton categoric.

McNamara se săturase să vorbească cu oamenii după toate interviurile pe care le avusese în acea zi. Bryony observă liniile care îi apăruseră la colțurile gurii și care îi trădau nu numai oboseala, dar și dezgustul pentru ceea ce văzuse în ziua aceea. Îi păru rău pentru el pe moment și inima i se strânse.

Cu toate acestea, după câteva secunde, o umbră de plăcere îi făcu inima să-i bată puțin mai repede când afirmația lui că ar fi preferat să petreacă timpul cu ea i se înregistră în minte.

Îl cunoștea pe McNamara destul de bine. Nu era el omul care să îndulcească adevărul doar pentru a o face să se simtă mai bine. Știa deja că el spunea mereu adevărul atunci când se referea la ceea ce simțea și gândea.

Bryony nu se putu opri să-i mângâie brațul cu tandrețe încă o dată când îi luă haina să o pună pe umeraș în garderobă. Simțea nevoia să-l atingă tot timpul și să se asigure că era într-adevăr în casa ei.

Femeia era dureros de conștientă că sentimentele ei pentru el deveniseră din ce în ce mai puternice în ultimul timp.

Mușchii lui McNamara se încordară sub mângâierea ei, iar un zâmbet satisfăcut apăru la colțurile gurii lui Bryony. Era destul de femeie pentru a se bucura de cum răspundea bărbatul la atingerea ei.

— Hai să mergem în bucătărie, spuse ea după ce închise garderoba și îi întinse mâna.

Degetele li se înlănțuiră, iar ochii impenetrabili ai lui Artair o fixară intens timp de câteva secunde și numai după aceea, el o trase mai aproape de el și se aplecă pentru a o săruta cu adevărat. Se gândise la acel sărut încă de mai devreme în după-masa aceea.

Femeia aşteptă atingerea buzelor lui cu anticipare febrilă. Buzele îi fremătară, iar degetele i se înnodară în cămaşa bărbatului, însă, spre necazul ei, abia li se atinseră buzele când un ciocănit în uşa de la intrare îi şi întrerupse.

Artair se trase înapoi, iar un mârâit furios îi zbură de pe buze. Degetele lui se strânseră în jurul alor ei, iar Bryony îi puse mâna pe piept pentru a-l liniști. Simţise mânia ce clocotea în trupul bărbatului și spera să i-o potolească.

— Va fi totul bine, nu te îngrijora, murmură ea blând, iar apoi îi alintă chipul, degetele ei trecând peste barba ce-i crescuse peste zi și care îi umbrea acum linia maxilarului.

După aceea, femeia păşi în spate, iar ochii cercetători ai lui Artair observară surâsul trist care îi încolţise la colţul gurii ei. Aceasta trecu alene pe lângă el, îndreptându-se spre uşa de la intrare pe care mai apoi o deschise.

După cum se și aştepta, o găsi pe doamna Stevens în faţa uşii. Aceasta se afla pe treapta de spus, sprijinindu-se cu greutate pe bastonul ei.

Ele două schimbaseră câteva vorbe în după-masa aceea atunci când Bryony se întorsese de la muncă, iar femeia mai în vârstă se plânsese că o supărau încheieturile rău. De aceea, tânăra nu se aşteptase ca bătrâna să mai fi găsit puterea să-şi părăsească casa atât de târziu seara, numai pentru a-i strica întâlnirea pe care o avea cu Artair.

— Bună ziua, doamnă Stevens, o salută Bryony cu veselie, deşi simţea ochii duri ai lui Artair îndreptaţi spre ele. Nu am crezut că vei mai ieşi la ora aceasta, spuse tânăra femeie, mereu zâmbitoare, deşi i-ar fi plăcut să aibă curajul să îi trântească bătrânei uşa în faţă şi să o încuie mai apoi.

Cu toate acestea, Bryony era conştientă că nu ar fi putut face aşa ceva. O respecta pe femeie, chiar dacă aceasta devenise un spin în coastă de-a lungul ultimelor săptămâni.

Doamna Stevens tot nu acceptase faptul că Bryony înfiripase o relaţie cu DCI şi, ori de câte ori avea ocazia, încerca toate mijloacele să o facă să se răzgândească.

LEGĂTURI RELATIVE

Bryony își dădu seama că bătrâna nici măcar nu își aruncă privirea spre ea. Ochii femeii îl ținteau pe Artair intens, cu o expresie rebelă. Tânăra își scutură capul imperceptibil. Uneori, doamna Stevens și McNamara îi aminteau de doi terieri care se băteau pe un os.

— Mă gândeam să petrec câteva ore cu tine. Poate am putea bea o ceașcă de ceai împreună, îi răspunse doamna Stevens tinerei în cele din urmă, cu o voce uscată.

Părea evident că aceasta nu avea nici cea mai mică intenție să-i lase pe cei doi tineri singuri.

McNamara se zbârli când îi auzi cuvintele, iar Bryony avu senzația că acesta era pe punctul de a-i da o replică tăioasă femeii. Cum era conștientă că bărbatul nu și-ar fi măsurat cuvintele și nu ar fi fost deloc amabil cu bătrâna ei prietenă, se grăbi să intervină și să-i răspundă bătrânii.

— Foarte amabil din partea ta, doamnă Stevens, dar noi tocmai eram pe cale să luăm cina acum, spuse ea pe un ton apologetic. Mi-e teamă că am putea bea ceaiul acela împreună doar mâine, mai devreme după-masă, dacă dorești. Probabil că voi fi din nou ocupată seara, se gândi ea să menționeze, deși nu putea fi sigură că Artair va putea să o viziteze încă o dată seara următoare.

Ochii doamnei Stevens se lărgiră de uimire și femeia icni pentru că nu se așteptase să audă acele cuvinte din partea lui Bryony. Ea se bazase pe faptul că tânăra femeie nu ar fi fost capabilă să o gonească dacă i-ar fi apărut la ușă.

— Dar..., începu ea să spună ceva, însă nu își mai găsi cuvintele după aceea.

— Poate voi veni pe la tine mâine când mă întorc de la muncă, încercă Bryony să o îmblânzească, fără să îi promită de fapt nimic.

Uneori Artair dorea să se întâlnească cu ea în oraș când nu găsea timp să vină la ea acasă seara, iar Bryony știa că va accepta cu siguranță invitația lui. Până la urmă, conversațiile ei cu doamna Stevens erau mereu aceleași, așa că Bryony ar fi preferat să își petreacă timpul cu Artair dacă i s-ar fi oferit posibilitatea să aleagă.

— Înțeleg, mormăi bătrâna. Nu m-am gândit că prezența mea te-ar deranja într-atât de mult, replică ea pe un ton aspru, răutăcios.

În același timp, atât vocea cât și chipul îi trădau amărăciunea resimțită la respingerea din partea fetei. Nu i se mai întâmplase așa ceva înainte.

— Nu este vorba de aşa ceva, îi răspunse Bryony imediat. Doar că uneori am şi eu câte ceva planificat şi nu pot să-mi schimb planurile mereu, aşa, pe moment, îi explică ea femeii mai în vârstă pe un ton liniştit, menit să îi aline supărarea.

Şi totuşi, în ciuda acelui ton, era evident că Bryony era ferm decisă şi nu avea de gând să se răzgândească în ceea ce privea acea seară.

— Acum îmi pare rău, doamnă Stevens, dar chiar am ceva pe foc şi trebuie să mă duc în bucătărie să mă ocup de mâncare, spuse ea.

Implicaţiile cuvintelor ei nu-i scăpară doamnei Stevens.

— Înţeleg, observă bătrâna încruntându-se. Ei bine, atunci te las cu planurile tale, spuse ea supărată, iar mai apoi se întoarse cu greutate şi îşi începu drumul ostovitor înapoi spre propria ei casă.

Gura i se strânsese într-o linie dură, iar sprâncenele i se înnodaseră pe frunte.

Bryony o privi coborând scările cu dificultate, iar inima i se strânse. Îi părea rău pentru bătrână, dar doamna Stevens şi Artair nu se înţelegeau defel. Erau ca uleiul şi apa. Aveau o aversiune mutuală unul pentru celălalt, iar Bryony avea senzaţia că acea stare de fapt nu se va schimba prea curând.

Tânăra era conştientă că nu putea face nimic pentru a schimba acea situaţie şi, ridicând din umeri cu neputinţă, închise uşa. Mai ridică din umeri încă o dată, iar apoi se întoarse spre Artair şi observă că acesta o privea cu atenţie. Se măsurară unul pe celălalt timp de câteva secunde, iar apoi Bryony îl invită din nou:

— Hai să mergem în bucătărie, ce părere ai?

Când Bryony încercă să treacă pe lângă el, el îi prinse mâna şi o opri. O privi câteva momente, iar apoi observă pe un ton pragmatic:

— Ţii la ea şi îţi pare rău că a trebuit să o trimiţi la plimbare din cauza mea.

Bryony se mulţumi doar să ridice din umeri. Cum el nu îi dădu drumul la mână şi nici nu se mişcă din loc, se decise să îi răspundă până la urmă.

— Ştiu că nu o placi şi nu te-aş pune în situaţia de a avea de-a face cu ea, mai ales când ai avut deja o zi dificilă la birou.

— Mereu am zile dificile la birou, replică el, pe acelaşi ton pragmatic. Sau aproape întotdeauna, se corectă McNamara, iar mai apoi o privi încă câteva clipe cu o expresie gânditoare pe chip. Nu pot să intervin între voi două, spuse el brusc, iar ochii ei se rotunjiră.

— Ce vrei să spui? întrebă ea, iar neplăcerea la gândul că el, de fapt, încerca chiar atunci să pună capăt relaţiei dintre ei doi îi aduse o încruntătură între sprâncene.

— Nimic altceva decât că, probabil, va trebui să învăţ să mă împac cu ea, îi alungă el îngrijorarea cu un gest. Nu am nici cea mai mică intenţie să plec, dar nu vreau nici ca tu să simţi că pierzi ceva din cauza mea, îşi explică el cuvintele.

— Nu simt, să ştii, îl asigură ea, iar un zâmbet îi înflori pe buze.

Acel zâmbet îi încălzi albastrul ochilor, iar McNamara simţi impulsul de a-i atinge chipul din nou. Degetele lui îi trasară linia maxilarului, iar apoi, cu o atingere tandră, urmară linia graţioasă a gâtului femeii.

— Şi cu toate acestea, tot trebuie să facem ceva în legătură cu acest lucru, murmură el. Sunt destul de sigur că voi supravieţui dacă voi bea ceai cu scorpia, continuă el, iar Bryony doar râse uimită de cuvintele lui.

— Eşti serios? îl întrebă ea pe un ton derutat.

McNamara aprobă dând din cap, iar după ce îi mai alintă o dată faţa cu o atingere uşoară, se întoarse pe călcâie cu o hotărâre de oţel. Se îndreptă spre uşa de la intrare cu paşi mari şi o deschise. Nu dorea să îşi acorde timpul de a se răzgândi.

O văzu pe bătrână imediat după ce ieşi din casă. Femeia tocmai ajunsese pe aleea din faţa casei sale. Aceasta păşea şchiopătând vizibil şi se mişca cu viteza unui melc, oprindu-se la fiecare doi paşi pentru ca să se odihnească.

Nu prea fericit cu ce îl aştepta, McNamara se strâmbă. În ciuda neplăcerii resimţite, bărbatul coborî scările cu hotărâre. Acum era nerăbdător să termine cu acea sarcină neplăcută cât mai repede posibil.

Detectivul nu dădu nici cea mai mică atenţie vântului puternic, deşi palele de vânt îi treceau prin haine şi îi îngheţau pielea. Cămaşa nu îi oferea nici un fel de protecţie în faţa muşcăturilor acerbe ale rafalelor, aşa că bărbatul se grăbi spre bătrâna harpie şi o ajunse din urmă cu câţiva paşi uriaşi.

— Doamnă Stevens, o strigă el. M-am gândit că Bryony şi cu mine am putea întârzia un pic cu luarea cinei. Am putea bea ceaiul acela de care vorbeai dacă nu doreşti să iei cina cu noi, desigur, spuse el foarte pragmatic, deşi i se strânse inima.

Lui McNamara nu-i venea să creadă că el era cel care spunea acele cuvinte. Şi cu toate acestea, se simţea obligat să o invite pe femeie la cină, chiar dacă nu ştia câtă mâncare a făcut Bryony şi dacă ar fi fost suficient pentru ei toţi.

Şi totuşi, bărbatul ştia că Bryony s-ar fi descurcat cumva pentru că era o femeie plină de resurse. Ar fi găsit ea ce să pună în farfurie pentru fiecare. Iar, la o adică, nu ar fi fost prima dată când McNamara ar fi flămânzit dacă Bryony pregătise o cantitate mică de mâncare. Dacă s-ar fi întors la el acasă în seara aceea, nu ar fi găsit mai mult decât o bucată de pâine veche şi poate o conservă de supă.

Bătrâna se opri brusc şi se întoarse spre el surprinsă. Ochii ei străluceau plini de confuzie, iar buzele i se departară într-un icnet mut. Doamna Stevens îi analiză atitudinea câteva momente, iar numai după aceea întrebă:

— Eşti serios? Mă inviţi acasă la Bryony?

— Într-adevăr, asta şi fac, spuse el cu o lucire metalică în ochi.

Detectivul decisese să demonstreze ceva flexibilitate, dar aceasta nu însemna că trebuia să fie şi extrem de politicos când o făcea.

— Voi două sunteţi prietene de multă vreme, iar prietenia dintre voi nu ar trebui să sufere din cauza prezenţei mele în viaţa ei. Pentru că eu, unul, nu voi dispărea de lângă ea prea curând, o avertiză McNamara pe bătrână, iar subînţelesul cuvintelor lui răsună foarte clar în urechile ei.

Femeia îl fixă cu privirea câteva clipe, încercând să-i citească atitudinea şi lucirea din ochi, iar apoi dădu din cap pentru a-i arăta că a înţeles ce voia să spună.

— Deja am ajuns acasă, flăcău, observă ea pe tonul ei uscat obişnuit. Nu mă mai întorc acum, îi refuză ea invitaţia, însoţindu-şi cuvintele cu un gest brusc. Poate altă dată dacă mai sunt invitată, se asigură ea să adauge.

— Cum doreşti, ridică McNamara din umeri cu indiferenţă.

Nu era ca şi cum ar fi vrut să îşi petreacă seara cu ea oricum. McNamara venise după ea numai pentru că el avea nevoie de prezenţa lui Bryony în viaţa sa. De fapt, chiar se simţea uşurat că bătrâna îi refuzase invitaţia de a se întoarce acasă la Bryony.

— Am putea lua ceaiul împreună mâine, propuse femeia în grabă înainte ca el să îi poată întoarce spatele.

Doamna Stevens dorea foarte mult să vadă cum interacţiona Bryony cu detectivul. Nu putea să înţeleagă cum de cei doi se împăcau pentru că erau două temperamente complet opuse, iar bătrâna nu şi-o putea imagina pe Bryony defel într-o relaţie cu asprul DCI.

— Dacă pot ajunge la ceai, o avertiză el fără nici un fel de răutate.

LEGĂTURI RELATIVE

Adevărul era că McNamara nu știa niciodată dinainte cum îi va evolua un caz în ziua următoare și ce direcții va avea de urmat. Era posibil să fie nevoit să meargă în celălalt capăt al orașului, ba chiar să îl părăsească, în funcție de circumstanțe. De aceea, detectivul nu făcea nici un fel de planuri de dinainte atunci când era în mijlocul rezolvării unui caz.

— Să sperăm că vei reuși, îi replică bătrâna pe același ton sec.

Doamna Stevens nu avea nici cea mai mică intenție să-i permită să se strecoare și să-și încalce promisiunea. Cel puțin nu acum când ea obținuse ceea ce își dorea.

McNamara dădu din cap, dar, de fapt, nu îi promise absolut nimic. După aceea, se reîntoarse la Bryony.

Tânăra femeie îl aștepta în pragul ușii. Se înconjurase cu brațele și tremura din cauza vântului care se întețise deja.

McNamara își grăbi pașii și ajunse la ea imediat. O trase spre el punându-și brațul pe umerii ei, dorind să îi protejeze trupul de suflul înghețat al vântului.

— Nu ar fi trebuit să ieși afară și să degeri. Doar nu te temeai că îi voi face ceva scorpiei, nu-i așa? îi murmură el, dar în ciuda șoaptei lui, ea tot îi simți oțelul din voce.

— Nu fi fleț, Artair. Desigur că nu mi-a trecut prin minte că i-ai face vreun rău. Dar recunosc că eram foarte curioasă să văd ce aveai de gând să faci. Știu că o displaci profund și nici nu mi-a trecut prin cap că ai invita-o înapoi aici.

McNamara o conduse în casă și închise ușa în spatele lor. O trase și mai aproape de el și își fixă ochii pe ai ei.

— O displac, într-adevăr. Ai dreptate. Dar te plac pe tine. Și până la urmă, amândoi suntem implicați în ceea ce avem între noi doi, își flutură McNamara mâna între ei pentru a da mai multă putere declarației sale.

Nu era el prea sigur cum să definească relația lor și, într-un fel, îi era și teamă să se gândească să o facă. Relația lui cu Bryony nu urmase tiparul uzual al legăturilor lui și evoluase diferit de scurtele sale relații amoroase din trecut. McNamara șovăia de fapt să reflecteze mai departe de momentul prezent și încerca să evite clarificarea legăturii dintre ei doi.

Bărbatul nu dorea să o recunoască, dar ce se petrecea între el și Bryony îl făcea fericit, dar și îl speria în același timp. Refuza să analizeze motivele pentru că nu putea accepta faptul că exista ceva ce îl putea înspăimânta.

— Din cauza aceasta, trebuie să iau în considerare și dorințele tale, încheie el ce avea de spus.

În ciuda afirmației sale, o încruntare își găsi loc între sprâncenele sale, trădând faptul că nu se simțea prea confortabil cu toată situația aceea.

Buzele lui Bryony tremurară mai întâi, iar apoi se curbară într-un zâmbet larg. Lacrimi îi străluciră în ochi, dovedindu-i lui McNamara că a atins o coardă sensibilă în sufletul ei pentru că Bryony nu era genul de femeie care să plângă din orice. Femeia se ridică pe vârfuri și îi sărută colțul gurii fugar.

— Ești un bărbat atât de dulce uneori, îi murmură ea pe o voce tremurătoare.

Cuvintele ei îi adânciră cuta dintre sprâncene. McNamara nu se gândise niciodată că ar fi fost un om cumsecade și nimeni nu afirmase așa ceva despre el vreodată. Nici măcar mama sa nu făcuse o astfel de declarație, chiar dacă aceasta încercase întotdeauna să îi întărească încrederea în sine.

CAPITOLUL PAISPREZECE

— DIN CEEA CE ÎMI SPUI, înțeleg că și tu ai avut o zi destul de plină la librărie azi, remarcă Artair, iar una dintre sprâncene i se arcui pe frunte.

Bărbatul se mai servi încă o dată din tocănița irlandeză savuroasă pe care femeia o pregătise pentru el. McNamara se miră că Bryony mai găsise timpul și energia să gătească când, aparent, și ziua ei de lucru fusese la fel de haotică și de obositoare ca și a lui.

Bryony se mulțumi să ridice din umeri. Se ridică de pe scaun intenționând să pregătească un ceai pentru finalul cinei. Se îndreptă alene spre chiuvetă și umplu ibricul cu apă să îl pună pe mașina de gătit.

— Nu a fost atât de rău, replică Bryony, când termină cu ceainicul și se întoarse spre el.

Bryony observă că i se udaseră mâinile și se întinse să ia un prosop de bucătărie pe care îl lăsase agățat de o parte a mașinii de gătit. Femeia își șterse degetele cu prosopul, iar apoi îl puse deoparte.

— Însă poimâine, vom avea o zi mai plină, observă ea neglijent, înainte să înceapă să caute prin dulap pentru a scoate cești și farfurioare pentru ei doi.

— De ce? o întrebă Artair, ochii săi urmărindu-i fiecare mișcare cu atenție.

Bărbatului îi plăcea cum se mișca femeia prin încăpere. Mișcările ei nu aveau grația unei balerine, dar în ciuda acelui fapt, el le găsea destul de elegante pentru gustul său.

Atmosfera relaxată din timpul cinei şi mişcările familiare, dar, în acelaşi timp, incitante ale lui Bryony atunci când făcea ceva în bucătărie îl făceau să se simtă plin de mulţumire. McNamara întotdeauna simţise o oarecare măsură de satisfacţie în trecut pentru că avea munca sa şi logica drept companioni fideli. Şi cu toate acestea, acel sentiment acum părea mai plin de înţeles decât înainte.

Conştientizând acea diferenţă îl deconcerta şi mai mult. Detectivul nu pricepea ce se întâmpla cu el şi felul lui de a gândi, dar îşi împinse la o parte îndoielile şi teama. McNamara ştia că va avea destul timp să le analizeze mai târziu, atunci când va găsi curajul să cerceteze mai în profunzime noua sa stare mentală şi dispoziţie.

— Meg şi eu am muncit din greu, dar am organizat o semnare de carte pentru un autor, iar aceasta va avea loc poimâine. Aceasta este prima lui semnare de carte, aşa că ne-am gândit să îi oferim o experienţă specială. Cu felul în care evoluează lucrurile în lumea publicării de carte acum, nu este uşor pentru un autor să reuşească în această profesie în ziua de azi, ştii, aşa că vrem să ajutăm pe cât de mult putem. Şi, până la urmă, nu este PREAe dificil să încerci să faci totul cât mai bine. Mai mult decât atât, astfel de evenimente aduc faimă şi librăriei mele, cred, fără să menţionăm că îmi aduc mai multă clientelă, îi explică ea.

— Ce autor? o întrebă McNamara, împingând bolul deoparte după ce înghiţi şi ultima îmbucătură de tocană irlandeză.

Mai apoi, îşi luă paharul cu bere şi bău aproape toată berea din pahar pentru a-şi potoli setea. Şi cu toate acestea, ochii lui nu părăsiră defel silueta femeii.

— Nu ai cum să fi auzit de el, îşi flutură Bryony mâna şi izbucni într-un râs vesel.

Observând că bărbatul era atât de interesat de munca ei o făcea să se simtă efervescentă. Nu se aşteptase niciodată ca lui să-i pese despre aşa ceva.

— Citesc şi eu câteodată, să ştii, i-o întoarse McNamara, uşor jignit de presupunerea ei că era ignorant când venea vorba despre cărţi şi autori.

Era posibil ca el să nu fi vorbit cu ea despre cărţi prea mult, dar aceasta nu însemna că nu deschisese nici o carte în viaţa lui. McNamara nu prea avea timp de citit când era în mijlocul unui caz, dar cu toate acestea tot încerca să citească ceva măcar o dată la două zile, chiar dacă numai câteva pagini.

LEGĂTURI RELATIVE

— Nu am spus că nu citeşti, Artair, îi îndepărtă ea cuvintele mânioase deoparte cu o fluturare a degetelor. Spuneam numai că nu ai avut cum să auzi de acest autor. Nu cred că mulți oameni au auzit de el. Este student aici la universitate şi tocmai a avut primul lui roman lansat, spuse femeia.

Pentru o clipă, aceasta îşi aplecă pe o parte capul şi îl privi pe Artair pe sub gene.

— Ştii dacă mă gândesc mai bine, acel roman se găseşte chiar pe aleea ta şi s-ar putea să-ți placă. Flăcăul a scris un roman polițist. Eu l-am citit pentru că mi-a dat o copie în avans. În timp ce îl citeam, chiar m-am minunat de câteva ori şi m-am întrebat dacă nu cumva te-a folosit pe tine ca model pentru DCI, spuse Bryony, iar râsul i se făcu simțit în voce şi ochii ei sclipiră cu amuzament. Este chiar nefiresc, ştii? Erau pasaje întregi în carte unde aveam senzația că citesc despre tine. Era ca şi cum aveam imaginea ta în fața ochilor. Diferența este că acel DCI este un bărbat roşcat de peste patruzeci ani. Îți voi aduce o copie semnată dacă vrei, se oferi ea, gândindu-se că ar fi mai uşor pentru el să înțeleagă despre ce vorbea ea dacă ar fi citit cartea el însuşi.

— La ce oră este semnarea? întrebă McNamara, sprijinindându-şi coatele pe masa de bucătărie.

Inspectorul Şef se gândi că poate va avea şansa să treacă pe la librărie şi să-l întâlnească pe autor. După cele spuse de Bryony despre carte, chiar voia să-l întâlnească pe omul care crease un detectiv ce-i semăna.

— La cinci treizeci, replică Bryony. Puțin cam devreme pentru tine, remarcă ea cu regret în voce.

— Da, un pic cam devreme, aprobă bărbatul. Dar poate tot reuşesc să ajung, ridică el din umeri.

Zâmbetul lui Bryony se lărgi. Era fericită să vadă că omul era dornic să facă efortul pentru a-i fi alături într-o zi atât de importantă pentru ea. Era prima sesiune de semnare de carte pe care o organiza, în fond.

— Asta ar fi fantastic, dădu tânăra din cap. Chiar mi-ar plăcea să împărtăşesc acel aspect al vieții mele cu tine, mărturisi ea timid. Ştiu că tu nu poți să-ți împărtăşeşti munca cu mine, îşi scutură ea capul cu tristețe, iar bărbatul îi citi regretul pe chip.

— Din păcate, nu pot, replică McNamara pe un ton uscat. Şi oricum nu ți-ar place, te asigur, se gândi el să spună.

Detectivul știa că Bryony era o femeie puternică și nu s-ar fi pierdut cu firea dacă i-ar fi povestit anumite aspecte ale cazurilor sale. Văzuse, de altfel, cum reacționase în timpul evenimentelor care avuseseră loc în casa ei cu câteva luni mai devreme atunci când cazul Străzii Privighetorii se desfășurase.

Bryony era o femeie care era capabilă să-și țină firea în frâu și capul limpede. Nu se lăsa mânată de teamă.

Și cu toate acestea, bărbatul nu dorea să o împovăreze cu urâțenia cazurilor sale obișnuite și, implicit, cu munca sa de zi cu zi. Mai mult decât atât, ultimul lor caz, pe care McNamara și echipa sa mai trebuiau încă să îl rezolve, era mult mai urât decât ce avusese până atunci. Prea mulți tineri își pierduseră viața și nici unul dintre ei nu meritase o astfel de soartă.

— Oh, am uitat, se pocni omul peste frunte după câteva clipe. Ne-a invitat David Stewart la cină sâmbătă seara. Am spus că te întreb mai întâi și apoi îi spun. Ți-ar place să mergi?

— Desigur că mi-ar place, dădu Bryony din cap cu entuziasm. Martha este o femeie minunată și chiar mi-a plăcut, să știi. Nu este la fel de inflexibilă ca doamna Stevens, iar medicul tău legist este un tip chiar amuzant. Așa că da, mi-ar place să merg la cină, îi explică Bryony pe larg de ce i-ar plăcea să meargă în vizită la prietenii lui din nou.

— Nu mi s-a părut niciodată că David este amuzant, se arcuiră sprâncenele lui McNamara pe frunte. Dar dacă spui tu...

— Oh, da, este, Artair. O fi umorul lui la fel de uscat precum o zi de august, dar este foarte distractiv, spuse Bryony ridicând din umeri și își lăsă capul pe o parte – un obicei ce îl fascina pe bărbat.

McNamara nu mai comentă, ci doar dădu din cap:

— Atunci îi spun că vom merge.

Bryony îl aprobă cu o mișcare a capului, iar apoi puse ceștile și ceainicul pe o tavă și le aduse la masă.

McNamara strânse imediat de pe masă bolurile folosite și le duse la contoar. Bărbatul le aranjă în chiuvetă, iar apoi le umplu cu apă și detergent, pentru a le lăsa să se înmoaie înainte de a le spăla.

— Nu este nevoie să faci asta, observă Bryony pe un ton blând după ce puse tava pe masă, iar apoi se întoarse pentru a aranja câteva prăjiturele pe un platou pentru desert.

— Ba da, trebuie, o contrazise McNamara, urmărind-o cu privirea, după cum făcea mai tot timpul. Tu ai gătit și ai mai făcut și ceaiul. Măcar atâta pot face și eu, spuse el întorcându-se spre masă, fără să-și ia ochii de pe ea nici măcar pentru o clipă. Le voi spăla după ce bem ceaiul, o asigură el.

— Dar trebuie că ești obosit, începu Bryony să spună, dar el o întrerupse cu un gest.

— Și la fel ești și tu, spuse el pragmatic. Nu mi se va întâmpla absolut nimic dacă adun vasele de pe masă, continuă el pe un ton aspru, așezându-se pe scaun. Și pot să le și spăl. Am mai făcut așa ceva înainte, să știi. Nu e ca și cum am pe cineva acasă care să facă chestiile astea pentru mine.

— Cum vrei tu, ridică Bryony din umeri, deși atitudinea lui îi făcea plăcere.

Deseori auzise femei plângându-se că bărbații din viața lor găseau că nu era de demnitatea lor să spele vasele sau să se ocupe de alte lucruri prin casă.

Când se întoarse la masă, puse farfuria cu prăjituri pe masă, iar apoi începu să toarne ceaiul în cești sub ochi atenți ai lui McNamara. Atenția lui constantă o flata, dar cu toate acestea, uneori se simțea ușor încurcată din cauză că o ținea atât de atent sub observație.

— Oh, ar fi trebuit să te întreb, exclamă Bryony brusc, iar mâna cu ibricul îi îngheță în aer.

— Ce? își ridică McNamara ochii la ea, pentru că pentru o clipă, privirea îi fugise de la mâinile ei spre prăjiturile pe care le savura din ochi pofticios.

McNamara avea o înclinare spre deserturi, iar spre amărăciunea lui, din cauza aceasta avea nevoie de ceva dulce în fiecare zi. Pur și simplu, bărbatul fusese norocos să fie înzestrat cu un metabolism rapid și nu se îngrășa. Până și mama lui se îngrijorase din cauza aceasta pe vremea copilăriei lui și până târziu în adolescență.

— Poate ai fi preferat să servim ceaiul în camera de zi, îl privi ea interogativ, punând ibricul pe masă.

Sofaua din camera de zi era mult mai confortabilă decât scaunele din bucătărie. *Probabil că Artair ar prefera pernele sofalei după o zi grea de muncă,* reflectă ea.

— Putem să bem ceaiul aici foarte bine, replică McNamara cu o mișcare neglijentă a mâinii. Ne putem muta în camera de zi după aceea.

Cu siguranță voi uita de ceai și prăjituri dacă se așează lângă mine pe canapea, , se gândi bărbatul.

Lui McNamara îi lipsise Bryony foarte mult pe ziua aceea. Nu credea că ar fi fost capabil să se abțină și să nu o atingă, iar în acele condiții, servirea ceaiului ar fi fost departe de-a fi politicoasă.

Bryony sorbi din ceașca ei și apoi își mușcă buza inferioară privindu-l pe sub gene.

— Care e problema? o întrebă el, luându-și și el ceașca.

Uneori, reacțiile ei îi stârneau fluturii speriați din stomac. Avea senzația că aștepta mereu ca ceva rău să se întâmple.

McNamara se mustră pentru că își făcea atât de multe griji și fără nici un fel de motiv. Femeia nu îi dăduse niciodată vreun semn că ar fi intenționat să regândească relația lor.

Detectivul nu fusese niciodată astfel înainte să înceapă să iasă cu ea și lui, unuia, nu-i plăceau situațiile incerte. Prefera să știe cam pe ce picior se afla cu cei din jurul său.

— Oh, nimic, de fapt, își flutură ea degetele. Mă întrebam numai dacă vei dori să stai peste noapte.

— Vrei să rămân? murmură el, fixând-o cu ochii fascinat.

Lumina din pupilele lui întunecate era de neconfundat. Toată ziua nu se gândise la altceva decât să-și petreacă noaptea cu ea din nou și să se trezească încă o dată cu trupul ei lipit de al lui. Dar, de fapt, bărbatul nu era prea sigur că femeia îl va primi în patul ei în noaptea aceea pentru că nu prea avusese parte de prea multă odihnă noaptea precedentă și numai din cauza lui. McNamara se gândea că Bryony nu o să mai dorească să repete acea experiență.

— Chiar vreau să rămâi, replică ea, iar o roșeață ușoară îi cuprinse chipul.

Deși nu era prima ei noapte cu el, tot nu învățase încă să-și lase timiditatea la o parte. McNamara era primul bărbat pe care îl cunoscuse intim și se simțea la nelalocul ei ori de câte ori era momentul să-și exprime dorințele.

— Atunci voi rămâne, spuse el, aplecându-se el în față și luându-i mâna într-a lui.

Bărbatul se jucă cu degetele ei absent pentru câteva clipe, privindu-i unghiile scurte, nevopsite, ale căror urme le mai purta încă pe umeri. Era femeia timidă când nu se afla în pat, dar devenea sălbatică atunci când făceau dragoste. Îi mângâie degetele ușor și se lăsă fermecat de netezimea pielii ei și de mătasea pe care o simțea sub pielea aspră a degetului său mare.

— Îmi pare rău că ai dormit atât de puţin din cauza mea noaptea trecută, spuse McNamara brusc, iar apoi se strâmbă în mintea sa când cuvintele îi izbucniră pe un ton apologetic de pe buze.

Nu avusese nici cea mai mică intenţie să îşi exprime gândurile.

— Nu îţi fă griji pentru asta, îl linişti ea, iar degetul ei mare îi mângâie palma cu îndrăzneală, copiându-i gesturile. Mi-a plăcut noaptea trecută pentru că am petrecut-o cu tine şi nu m-ar deranja defel să mai petrec o altă noapte. Mi-a făcut plăcere şi să mă trezesc alături de tine, spuse ea pe un ton îndrăzneţ, chiar dacă roşeaţa din obraji îi trăda stânjeneala.

Buzele lui se arcuiră într-un surâs când ridică privirea spre ea. Lumina jucăuşă din ochii lui o încălzi, iar sângele îi zumzăi mai repede prin vene.

— Nici mie nu mi-ar displăcea deloc, îi spuse el. Şi mai mult decât doar o noapte dacă am un cuvânt de spus în această chestiune, adăugă el cu o voce răguşită, privind-o drept în ochi.

Apoi, uşor moritificat că şi-a mărturisit dorinţa cea mai fierbinte, McNamara îi dădu drumul la mână şi îşi luă ceaşca de ceai. Alese o prăjiturică şi o ronţăi pentru câteva secunde pentru a se asigura că nu va mai spune ceva stânjenitor din nou.

— Cel puţin ai avut o zi destul de liniştită la muncă, chiar dacă a fost plină. Nu a fost rău considerând că ai avut o noapte scurtă din cauza telefonului pe care l-am primit, observă el.

— Da, a fost liniştită, în cea mai mare parte, adăugă ea, muşcând şi ea dintr-o prăjitură.

— Ce vrei să spui? întrebă el, iar norii îi întunecară ochii.

Spre propria-i surpriză, McNamara îşi dădu seama că nu suporta să audă că femeia ar fi avut probleme.

Bryony ridică din umeri, mestecă încet, iar apoi înghiţi. Când termină, îi răspunse, gesticulând:

— Doar un tip în după masa aceasta. A petrecut vreo două ore în librărie, deşi nu s-a uitat defel la cărţi. Tot ne privea pe Meg şi pe mine şi ne-a enervat. Chiar şi Meg a observat că tipul nici măcar nu se uita la noi aşa cum s-ar fi uitat un bărbat la o femeie... Ştii tu ce vreau să spun, îşi flutură ea mâna. El doar ne-a... evaluat ca şi cum am fi fost nişte gândaci sub microscop, dacă ştii ce înseamnă asta, ridică ea din umeri din nou, negăsindu-şi cuvintele, iar sprâncenele i se adunară pe frunte.

Lui McNamara nu-i plăcu ce auzi. Ar fi fost gelos dacă un bărbat ar fi arătat un oarecare interes pentru Bryony pentru că nu i-ar fi surâs să aibă nici un fel de competiție. Dar, ceea ce-i spusese ea era mult mai neliniștitor decât atât.

— A fost prima dată când a venit în magazinul tău? se interesă detectivul cu o încruntătură între sprâncene.

— Da, nu l-am mai văzut niciodată înainte de azi după-masă, și nici Meg. Am întrebat-o, vezi bine. Am încercat să-i vorbim de câteva ori, dar el ne-a replicat pe un ton aspru că nu avea nevoie de nici un ajutor. După fiecare schimb de replici neplăcute se retrăgea în alt colț al magazinului de unde ne putea ține sub observație. A fost atât de straniu încât mai că mă decisesem să chem poliția. Dar ce aș fi putut spune? observă ea și râse fără amuzament, deschizându-și brațele. Că un tip stă liniștit în magazin și ne privește? Nu cred că poliția ar fi fost prea încântată să primească un astfel de apel telefonic sau că ar fi făcut ceva în legătură cu el, își scutură ea capul.

— Probabil că nu, recunoscu McNamara, simțindu-se vinovat cumva prin asociere. Dar cu toate acestea nu este ceva ce ar trebui tratat cu ușurință. Dacă mai apare în magazin, sună-mă pe mine, iar eu voi știi ce să fac, da? îi ceru el pe un ton care nu admitea să-l contrazică.

Bryony dădu din cap, iar McNamara îi aprecie sensibilitatea. Bryony era o femeie puternică și era conștientă de aceasta așa că nu simțea nevoia să-și afirme tăria intrinsecă refuzându-i ajutorul atunci când știa că avea nevoie de el.

— Cum arăta individul? o întrebă el după o clipă de gândire.

— Ca sârma de slab și lung. Subțire și înalt, știi tu, spuse ea, iar ochii i se îngustară încercând să-și aducă aminte trăsăturile bărbatului cu precizie. Avea păr întunecat la culoare și pielea mai închisă. Aș fi putut jura că este velș. Ce puțin arăta ca velșii pe care i-am întâlnit până acum, ridică ea din umeri. Purta jeanși negri și o jachetă de pilot... Da, era îmbrăcat complet în negru. Era cam deconcertant, știi? explică ea cu o privire îndepărtată.

McNamara deja auzise o descriere similară în seara aceea, iar părul de la ceafă i se ridică. Nu-i plăcea defel ce auzea de la Bryony. Absolut deloc.

— Clar mă suni dacă mai apare, decretă McNamara pe un ton dur acum, iar o lumină metalică îi apăru în ochi.

Bryony dădu din cap din nou, dar nu spuse nimic. Observase că lui Artair nu-i prea surâdea ce-i spusese și înțelesese că acesta percepea bărbatul ca pe un soi de pericol pentru ea.

CAPITOLUL CINCISPREZECE

TELEFONUL AVU CURTOAZIA să nu sune în noaptea aceea, aşa că Bryony şi McNamara se bucurară de o noapte liniştită, ceea ce era ceva nou. S-au trezit cuibăriţi unul în celălalt şi s-au bucurat de prelungirea sentimentului de intimitate pe care îl resimţeau. Au zăbovit în pat mai mult de jumătate de oră după aceea, mângâindu-se unul pe celălalt, saturându-şi pielea cu senzaţii.

Cei doi au luat micul dejun împreună în bucătăria lui Bryony la ora şapte dimineaţa, care era o oră destul de târzie pentru McNamara. De obicei, îşi părăsea casa înainte de acea oră în fiecare zi.

Cu toate acestea, în dimineaţa aceea, nu îi păsa de aşa ceva. Împinsese la o parte orice gând că ar fi trebuit să se grăbească să meargă la secţie, chiar dacă avea o mulţime de lucruri de făcut în acea zi.

Au vorbit despre absolut totul şi nimic în mod deosebit, bând cafea şi savurând un mic dejun tradiţional scoţian, ceea ce i-a îmbunătăţit dispoziţia lui McNamara considerabil şi l-a determinat să îşi împingă grijile la o parte pentru o vreme.

Un mic dejun bun se găsea în topul listei lui McNamara cu lucruri favorite. Un mic dejun scoţian bogat era chiar pe a doua sau a treia poziţie pe acea listă, în funcţie de zi.

Omul nu dorea să strice acea trataţie deosebită cu gânduri negre. Pentru el, micul dejun însemna să ronţăie o prăjitură sau un sandviş vechi în faţa ferestrei de la bucătărie, privind cerul gri de toamnă.

McNamara se gândi din nou că Bryony era femeia perfectă pentru el. Dar cu toate acestea, acel gând nu dură mai mult decât câteva momente trecătoare. Băbatul refuza cu încăpățânare să se gândească la anumite lucruri, temându-se de concluziile la care ar fi putut ajunge. Faptul că se mustra pentru că se dovedea a fi un laș nu prea funcționa.

Bryony nu numai că gătea excelent, dar bărbatului îi plăcea și să îi simtă trupul lipit de al lui când se găseau în pat. Lui McNamara îi plăcea, de asemenea, să petreacă timp cu ea și în afara dormitorului. Femeia niciodată nu vorbea doar ca să-și audă vocea și știa când ar fi trebuit să-l lase în pace.

Înainte de a părăsi casa, se aplecă deasupra ei și o sărută apăsat. Știa că vor mai trece câteva ore bune până ce va avea șansa să o facă din nou și simțea nevoia să se agațe de ceva pentru ca orele să treacă mai repede. Apoi, îi șopti:

— Te voi suna, Bryony, cât de curând pot, îți promit. Și te rog, ține-ți telefonul la tine tot timpul și sună-mă imediat dacă bărbatul acela apare din nou. Și chiar dacă nu apare el, ci un altul, iar același scenariu se repetă, te rog, sună-mă. Nu ezita nici măcar o secundă. Este important, înțelegi? o imploră McNamara, iar verdele ochilor săi se întunecă.

— Te voi suna, îi șopti Bryony, iar apoi se ridică pe vârfuri și, sprijinindu-se spre el, îl sărută și ea. Să ai o zi fără probleme, Artair, îi murmură ea apoi și îi alintă maxilarul cu degetele.

McNamara se mulțumi să dea din cap, iar apoi se grăbi să coboare scările. Ochii ei îl urmăriră până ce ajunse la mașină și plecă. Numai când mașina lui luă colțul și nu mai putea să-l vadă, Bryony se întoarse în casă, fără să observe umbra din curtea familiei Thompsons, care se sprijinea de un copac, supraveghiându-i mișcările cu atenție.

Nici McNamara nu o văzuse. Nu se gândise să se uite în jur. De obicei, la ora aceea, DCI ar fi fost deja la birou, așa că trebuia să se grăbească dacă nu dorea să le ofere și mai multe subiecte de bârfă subordonaților săi.

Inspectorul Șef pornise de pe loc cu un scrâșnet de roți. Plecarea sa grăbită și zgomotoasă o făcuse pe Bryony să-și scuture capul și, de asemenea, stricase somnul celorlalți locuitori ai străzii, care încă mai zăboveau în paturile lor la ora aceea. Așa că nu numai ochii santinelei ce îi supraveghea din umbra copacului luă aminte la plecarea sa. Un șuvoi de înjurături bine alese zbură în urma detectivului.

MCNAMARA INTRĂ ÎN BIROUL comun al diviziei cu un pas suplu şi atletic. Ţinuta sa trăda faptul că trepida de energie în dimineaţa aceea. Noaptea precedentă îl încărcase pozitiv, iar acum era gata să facă tot ce putea ca să rezolve cazul. Evident, era necesar ca şi circumstanţele să coopereze cu el.

Când detectivii din încăpere îi observară atitudinea, nu avură nici cea mai mică îndoială că îi aştepta o zi lungă şi dificilă. Oftaturi tăcute îi urmară paşii prin sală.

Imediat ce DCI pătrunsese în biroul detectivilor, ochii îi căzură direct pe James. Întotdeauna McNamara avea un al şaselea simţ când era vorba de localizarea Detectivului Sergent. Îl considera pe James mâna sa dreaptă în cadrul diviziei, chiar dacă, uneori, DS trăda o atitudine nesigură în faţa lui.

— James, în biroul meu acum, lătră el fără să se oprească, iar imediat subordonatul său se ridică drepţi în picioare.

DCI nu mai aşteptă să vadă dacă James i-a urmat sau nu ordinul. Mai mult decât atât, nici măcar nu se obosi să spună nimic oamenilor care se uitau curioşi la el pe ascuns. El, pur şi simplu, îşi aruncă haina în direcţia generală a cuierului din sala comună a detectivilor şi se îndreptă spre biroul său.

McNamara nici măcar nu se opri să observe că, de data aceasta, ratase ţinta cu câţiva centimetri. De obicei avea o precizie mai bună pentru că deja exersase acea aruncare a hainei timp de câţiva ani.

Cu un oftat tăcut, James se opri în drumul său spre biroul lui McNamara şi ridică haina acestuia de pe podea unde aterizase. DS îşi scutură capul cu confuzie. Agăţă haina în cuier şi apoi îl urmă pe McNamara în biroul său.

Ce idei îi mai zbârnâie prin cap acum? se minună James scuturându-şi capul din nou. Dispoziţia Detectivului Inspector Şef îl alarma.

McNamara trimitea semnale amestecate, iar James nu reuşea să le descifreze. Acela era un motiv destul de puternic de îngrijorare.

— James, mi-e teamă că avem probleme mai serioase cu acest caz decât am crezut la început, vocea aspră a lui McNamara ajunse la urechile Detectivului Sergent când acesta intră în birou.

James îşi întoarse capul în direcţia vocii lui şi observă că DCI se afla lângă standul de cafea, unde începuse deja să pregătească o carafă de cafea.

McNamara avea mereu nevoie de o carafă dimineaţa şi obişnuia să afirme că aceasta îi alimenta celulele cenuşii, desigur, făcând aluzie la romanele Agathei Christie. Aceasta îi amuza nespus pe cei mai mulţi din cadrul diviziei, deşi aveau grijă ca Inspectorul Şef să nu le observe amuzamentul.

James aşteptă în tăcere ca DCI să continue cu explicaţia sa. După ce lucrase cu McNamara atât de mulţi ani, DS învaţase când era cazul să deschidă gura şi când să şi-o ţină închisă, iar în acel moment nici nu putea fi prea sigur de dispoziţia lui McNamara. Şeful reacţiona complet neobişnuit, iar James nu se mai lovise de aşa ceva înainte. De aceea, omul consideră că cea mai inteligentă cale de acţiune ar fi fost să nu spună absolut nimic.

— A venit Claire la serviciu deja? Ai adus-o cu maşina? îl întrebă McNamara în grabă, fără nici cea mai mică introducere.

Ochii Detectivului Sergent se lărgiră uşor. Întrebarea şefului îi furase răsuflarea. O roşeaţă se întinse peste chipul şi gâtul sergentului şi îi coloră până şi vârful urechilor. Brusc, James se simţi ca un adolescent pe care părinţii l-au surprins pe jumătate dezbrăcat în camera de zi, sărutând o fată pe sofa.

— Oh, James, doar nu ai crezut că nu am observat că este ceva între tine şi Claire, nu-i aşa? îl întrebă McNamara uimit. Ar fi trebuit să fiu orb să nu văd că este ceva între voi, prietene, Inspectorul Şef îşi flutură mâna spre DS cu sarcasm, iar apoi îşi întoarse ochii spre filtrul de cafea.

Încă mai avea de aşteptat până ce cafetiera s-ar fi umplut şi DCI se strâmbă. Abia aştepta să îşi poată turna o ceaşcă de cafea şi să treacă după aceea la probleme mai serioase.

— Deci, este Claire la birou sau nu? îşi întoarse el ochii înapoi spre James, punându-i întrebarea cu nerăbdarea lui caracteristică.

DS îşi drese vocea de câteva ori şi îşi frecă bărbia cu degetele înainte de a răspunde. Se vedea în ochii lui că era încurcat. Replică numai după câteva secunde, punându-i astfel răbdarea lui McNamara la încercare. Ezitarea Detectivului Sergent îl determină pe McNamara să-şi dea ochii peste cap.

— Da, domnule, este la birou, răspunse James până la urmă, privindu-l pe DCI direct în ochi, în ciuda stânjenelii resimţite.

James hotărâse să nu confirme că o adusese pe Claire cu maşina la secţie. Nu considera că ar fi fost treaba lui McNamara să ştie că ei doi petrecură noaptea împreună.

— S-a dus numai la... Știți dumneavoastră, continuă James pe un ton pierit, incapabil să își încheie propoziția.

McNamara oftă și mai că își dădu ochii peste cap din nou. Uneori, James părea să fi rămas prins undeva în secolul trecut.

DCI nu reușea să înțeleagă cum de era posibil așa ceva pentru că omul era mai tânăr cu mai bine de zece ani decât el, până la urmă. Și cu toate acestea, uneori, James se comporta ca o fată timidă din era victoriană.

— Ei bine, James, du-te și vezi dacă s-a întors de la... știi tu, replică el.

Ochii Inspectorului Șef deveniseră două fante înguste, iar sarcasmul i se rostogolea literalmente de pe limbă.

— Trebuie să vorbesc cu amândoi, de fapt, și nu am chef să îi repet totul lui Claire după aceea. Prefer să spun totul o singură dată când sunteți amândoi prezenți în încăpere. Scutește timp, știi. Iar acesta este unul din lucrurile pe care nu le avem, timpul, afirmă McNamara pe un ton supărat.

Cu un gest nerăbdător spre James, îl trimise să o caute pe Claire. James se grăbi spre ușă, iar DCI oftă din nou. Niciodată nu avea intenția să-l intimideze pe om, dar, din nefericire, se părea că reușea să facă exact acel lucru tot timpul.

McNamara își înfundă mâinile în buzunarele de la pantaloni și începu să se balanseze pe vârfuri și călcâie, întorcându-și privirea spre cafeaua care picura în carafă. O privea fix, încercând să o determine să fiarbă mai repede pentru că avea senzația că nu se mai termina procesul de pregătire. Când, în sfârșit, ultima picătură ateriză în carafă, detectivul opri filtrul de cafea și înșfăcă carafa cu nerăbdare pentru ca să o ducă la biroul său.

McNamara făcu un detur ca să ia o cană de pe raftul unde o păstra, iar apoi se îndreptă spre masă și se așeză pe scaunul său cu un alt oftat, dar de mulțumire de data aceasta. Își frecă mâinile cu satisfacție și începu să-și toarne cafeaua în ceașcă.

DCI abia terminase cu acea îndeletnicire și își înhățase cana ca să soarbă din ea când un ciocănit ușor răsună la ușă. McNamara mai că mârâi și își strânse cealaltă mână în pumn, înfuriindu-se când își dăduse seama că cineva dorea să intre în biroul lui.

-Intră, lătră el, iar ochii îi fulgerară de supărare.

Mușcătura răspunsului lui purtă toată neplăcerea sa față de acea vizită neplanificată. DCI era necăjit din cauză că nu avusese șansa să soarbă măcar o dată din ceașca lui de cafea și chiar și-o dorise foarte mult. Și cu toate acestea, lumea se și găsise să îi întrerupă momentul de liniște.

Ușa se dechise încet, iar Claire pătrunse în încăpere cu pași timizi. James o urmă îndeaproape și aruncă o privire fugară spre DCI, cu inima mică cât un purice. McNamara îl fulgeră pe DS cu ochii. Gura i se strânsese amarnic și devenise o linie aspră.

— Ce te-a determinat să ciocănești la ușă, James? Știai deja că te așteptam, nu-i așa? îl mustră el pe DS pe un ton certăreț.

James se abținu să îi dea un răspuns Detectivului Inspector Șef pentru că întrebarea acestuia părea retorică. Toată lumea știa că DCI avea o adevărată aversiune să i se ciocăne la ușă atunci când el deja aștepta pe careva, dar, în dimineața aceea, atitudinea lui McNamara îl deconcertase pe James. Acesta avea impresia că absolut totul se întorsese cu fundul în sus și, în consecință, bietul om nu mai știa, de fapt, cum să reacționeze vizavi de superiorul său.

— Oricum, nu mai contează, gesticulă McNamara cu mâna. Luați-vă amândoi o ceașcă de acolo, iar apoi luați câte un loc, le arătă el spre raftul unde alte patru căni erau aranjate într-un șir ordonat.

Să ferească Dumnezeu ca cineva să îndrăznească să mute acele cești și un centimetru din locul lor! Se întâmplase în trecut. McNamara abia se mutase în acel birou, iar femeia care făcea curățenie ștersese acel raft de praf pentru prima dată și nu rearanjase ceștile în felul în care McNamara o dorea, iar șeful fusese într-o dispoziție extrem de proastă câteva zile după aceea.

DCI îi ținuse femeii un discurs mușcător în ziua aceea și cuvintele lui avuseseră un efect deosebit asupra bietei femei de serviciu. Acum, aceasta începuse să-și folosească telefonul să facă poze ale biroului înainte de a-și începe curățenia. După aceea încerca să așeze toate lucrurile în exact aceeași poziție în care le găsise.

Femeia invita mereu câte un ofițer de patrulă să rămână cu ea în încăpere. Avea nevoie de un martor că a șters pozele imediat după ce a terminat curățenia. Deseori, ofițerii de patrulă adresaseră în mintea lor diverse cuvinte *plăcute* în direcția lui McNamara atunci când erau obligați să joace rolul de câine de pază.

— Turnați-vă niște cafea și hai să ne începem munca. Avem o grămadă de lucruri de făcut astăzi, îi avertiză el.

LEGĂTURI RELATIVE

Niciodată, Claire și James nu se așteptau la altceva, așa că vorbele lui nu îi sperie. Poate că tonul lui îi îngrijora, dar nu îl lăsară să vadă ce gândeau.

DCI nu era omul care să se poarte cu mănuși cu cineva și își lua toate cazurile în serios. Dacă accepta uneori ca cineva să mai tragă chiulul atunci când nu aveau un caz deschis, acel lucru nu se întâmpla în timpul unei investigații de crimă. Faimosul *Errare humanum est* nu avea pentru el nici un fel de înțeles.

— Angus va sosi curând la secție să ne dea declarația, observă DCI, aruncându-și ochii la ceasul de la mână când aceștia se așezară în fața biroului lui ținând câte o cană în mână. James, va trebui să-l aduci pe Josh în biroul meu pentru că va trebui să lucreze cu Angus și să schițeze portretele acelor doi bărbați. Să nu uiți să-l avertizezi că va trebui să fie grijuliu și că nu va trebui să arate acele desene nimănui altcineva, spuse McNamara, iar James dădu din cap că a înțeles.

McNamara și Claire sorbiră din ceștile lor de cafea pentru câteva secunde. McNamara privi spre fereastră, iar degetele sale bătură darabana pe tăblia biroului, în timp ce se gândea la ce altceva dorea să spună. McNamara brusc își întoarse privirea spre James.

— Apropo, ți-amintești de descrierea pe care ne-a dat-o Angus pentru acei oameni care i-a urmărit acum două nopți? îl întrebă el pe James pe un ton aspru.

Memoria Detectivului Sergent funcționa în parametri corecți, așa că omul se mulțumi numai să dea din cap și se decise să soarbă și el cu grijă din cafeaua sa fierbinte ca să nu-și ardă gura.

James se strâmbă când cafeaua îi atinse papilele gustative. Omul își dădu seama că McNamara exagerase cu tăria cafelei în acea dimineață. Probabil, DCI dublase cantitatea de cafea pe care o pusese în filtru pentru că aceasta îi dădu un impuls suplimentar tensiunii Detectivului Sergent.

Detectivul puse cana pe birou cu grijă și apoi o privi pe Claire chiorâș. Aceasta continua să bea din cafeaua ei gânditoare. Își fixase ochii pe McNamara și nu dădea nici un semn că ar fi deranjat-o cumva concentrația ridicată a cafelei, ceea ce îl uimi nespus pe DS.

— James, fii atent, se răsti McNamara, iar ochii Detectivului Sergent săriră de la Claire spre el imediat. În regulă, James. Acum problema este că un om cu descrierea pe care Angus ne-a dat-o pentru cel de-al doilea bărbat s-a dus la librăria lui Bryony ieri după masă și, timp de câteva ore, le-a tot privit pe ea și pe fata care lucrează pentru ea. Nu avea nici un fel de interes în cărți sau altceva, iar ori de câte ori vreuna dintre ele încerca să-l abordeze, acesta se răstea la ea și se muta în cealaltă parte a librăriei, de unde putea să le țină sub observație în continuare, le spuse el privind de la unul la celălalt, iar îngrijorarea tot i se strecură în voce, deși încercă să o ascundă.

— Într-adevăr, aceasta este tulburător, domnule, interveni Claire pe un ton grav. Mai ales, în lumina a ceea ce am aflat eu despre Fergusson seara trecută când am verificat câteva lucruri din dosarul lui, se gândi ea să specifice pentru ca DCI să înțeleagă cât mai bine despre ce vorbea.

James o măsură pe Claire cu ochii îngustați când îi auzi cuvintele. DS crezuse că, imediat ce femeia ar fi aflat ceva în cursul investigației ei din ziua precedentă, l-ar fi anunțat pe el mai întâi și îl supără să audă că, în fapt, Claire dăduse peste ceva în timpul cercetării pe care o făcuse, dar nu se obosise să împărtășească acel lucru și cu el. Claire îi evită ochii cu grijă și continuă să se uite direct spre McNamara.

Umbra unui zâmbet apăru pe buzele Detectivului Inspector Șef când acesta înțelese ce se întâmplase și de ce DS arăta atât de vexat în acel moment. Și cu toate acestea, McNamara o felicită fără cuvinte pe tânăra polițistă, aplecându-și capul. Acum putea să aibă încredere în ea, ceea ce în mod obișnuit nu i-ar fi venit prea ușor.

Inspectorul Șef avea nevoie de mult mai mult timp pentru a se putea încrede în careva. Acum, înțelegând că, de fapt, Claire nu-i spusese nimic despre descoperirea ei lui James, cu care era evident că împărțea patul, McNamara consideră că aceasta merita un loc de onoare pe lista lui cu oameni în care putea avea încredere.

— Foarte bine, Claire, dădu el din cap spre ea. Ce ai aflat?

CAPITOLUL ȘAISPREZECE

— MI-AM ÎNCEPUT INVESTIGAȚIA cu dosarul său personal, domnule, începu Claire să vorbească pe același ton grav.

Polițista dădu la o parte o șuviță hoinară ce-i căzuse pe față și își împinse cafeaua deoparte, deși nu băuse decât jumătate din ea. Apoi își puse mâinile una peste alta pe marginea biroului și îl privi pe McNamara cu ochi serioși.

— Nu am găsit nimic interesant în acel dosar, domnule, își scutură Claire capul pentru a da mai multe tărie cuvintelor ei. Vreau să spun că nu era nimic în acel dosar care să indice spre ceva ce ar fi explicat comportamentul ofițerului din noaptea aceea. Într-adevăr, atitudinea aceea nu reprezintă ceva obișnuit pentru el. Conform dosarului său de la personal, Fergusson este unul dintre cei mai serioși și cei mai sârguincioși ofițeri de patrulă din divizie, menționă ea, iar acum vocea îi trăda confuzia. Niciodată nu a făcut greșeli și, apropo, se găsește și pe lista cu ofițeri ce vor fi promovați în curând. Fergusson a primit mai multe elogii pentru munca sa de până acum. Așa că mi-am extins cercetarea pentru a-i include și pe oamenii apropiați lui. Este căsătorit de vreo patru ani deja, așa că m-am gândit să arunc o privire înspre soția sa. Destul de interesant, doamna Fergusson este mai tânără decât el cu douăzeci de ani. S-a căsătorit cu ea dinainte ca aceasta să fi împlinit douăzeci și unu de ani. Am găsit o poză de-a ei și arată ca o păpușă delicată. Ca femeie, nu prea sunt sigură ce a văzut aceasta în Fergusson, uită ea despre seriozitatea discursului său pentru o clipă și ridică din umeri.

Cu toate acestea, pe McNamara nu îl deranjă defel acea notă personală și îi zâmbi polițistei. Șeful observase că micuța Claire făcea eforturi să pară cât mai profesională și serioasă, iar aceasta îl amuza. Gândul că și ea semăna cu o păpușă îi trecu prin minte, iar buzele îi zvâcniră cu amuzament ascuns.

— Oricum, am descoperit că Margot Fergusson are trei frați, domnule, continuă ea. Doi dintre feciori sunt mai tineri decât doamna Fergusson. Al treilea frate este mai mare decât ea. Acesta, în jur de douăzeci și șapte de ani, un tip numit Declan Cameron, a fost arestat ca urmare a atacului terorist din Glasgow de anul trecut. Trebuie să va aduceți aminte de acest caz, gesticulă ea. A fost atacul acela în care au fost uciși șaisprezece oameni. Alți treizeci și patru au fost răniți, îi reaminti tânăra faptele.

Claire uitase de atitudinea ei serioasă și începuse să gesticuleze.

— Flăcăul a fost condamnat la mai mulți ani în închisoare acum câteva luni. Acum este reținut la HMP Shotts, la securitate maximă, explică ea pe îndelete.

— Da, aceasta este interesant, o aprobă DCI.

McNamara își puse ceașca de cafea lângă tastatura computerului și se aplecă în față, sprijinindu-și coatele de tăblia mesei.

— Și cum de nimeni nu a făcut legătura dintre Fergusson și Cameron atunci când a fost anchetat atacul terorist? întrebă el cu uimire.

Veselia lui devenise o amintire acum, iar asprimea îi strălucea în ochi. Vocea îi devenise tăioasă și obișnuita lui încruntătură îi apăru între sprâncene.

— Ar fi trebuit să fie verificate toate relațiile lui Cameron, inclusiv sora lui și ofițerul de patrulă. Cel puțin, cineva ar fi trebuit să pună o notă în dosarul lui Fergusson și să mă informeze și pe mine că acest Cameron reprezintă o legătură de familie de-a lui Fergusson, spuse McNamara, iar încruntarea sa se adânci și buzele i se subțiară.

Claire ridică din umeri și își întoarse palmele în sus cu neputință. Nu avea nici un răspuns pentru DCI, deși și ea își pusese aceleași întrebări în seara precedentă când aflase de conexiunea dintre cei doi.

Într-adevăr, se părea că cineva nu se prea obosise să-și facă treaba, ceea ce era destul de neliniștitor. Când venea vorba de atacuri teroriste de o asemenea magnitudine, nici o piatră nu trebuia să fie lăsată neîntoarsă.

— Bine, Claire, decise DCI. Te întorci la cercetarea ta și afli tot ce poți despre acel atac terorist din Glasgow și despre acest Declan Cameron. Vreau să știu ce a condus la acel atac și ce l-a făcut pe flăcău să se implice într-o asemenea acțiune nebunească. De asemenea, vreau să știu cine altcineva a fost implicat și câți au fost arestați. Te voi vedea mai târziu după masă pentru raport, o concedie Inspectorul Șef, iar Claire se ridică de pe scaun.

— Voi lua ceașca cu mine și o voi spăla, domnule, se întinse ea după ceașca de cafea.

— Nu te obosi cu spălatul ei, își scutură DCI capul. Ia-ți ceașca cu tine și termină-ți cafeaua, dar nu trebuie să ai impresia că este nevoie să o speli, îi îndepărtă el presupunerea cu un gest neglijent.

Claire dădu din cap din nou și, luând ceașca cu ea, părăsi încăperea. În ciuda a tot, femeia nu avea nici cea mai mică intenție să asculte ordinul Detectivului Inspector Șef și se hotărâse să-și spele ceașca imediat după ce ar fi terminat de băut cafeaua.

Ochii Detectivului Sergent urmărirâ silueta lui Claire în timp ce aceasta părăsea biroul. În același timp, McNamara continuă să bată darabana cu degetele pe tăblia biroului cu anxietate.

Inspectorul Șef privea spre fereastră adâncit în gânduri, iar sprâncenele i se încrețiseră, întunecându-i chipul. Brusc, McNamara își aruncă ochii la ceas și apoi se uită spre DS, care îl privea cu oarecare teamă.

— Angus ar trebui să sosească în două minute, James. Dacă este punctual, desigur, ceea ce mă cam îndoiesc, observă McNamara cu o grimasă, iar ochii i se îngustară din cauza suspiciunii. Dacă a băut aseară la fel de mult pe cât se pare că este obișnuit să o facă, flăcăul s-ar putea să fie în întârziere. Dar cred că mai bine te-ai duce să vezi dacă a apărut cumva. Dacă nu, anunță-mă și rămâi acolo să îi pândești sosirea. Nu vreau ca cineva să afle ce are el de spus, îl avertiză McNamara pe DS pe un ton dur, iar apoi își frecă rădăcina nasului între degetul mare și arătător.

Informația pe care tocmai o primise de la Claire nu îi prea priise. Avea el o bănuială în legătură cu ce se petrecea, iar acum că suspecta de ce fuseseră puștii uciși, devenise și mai îngrijorat decât înainte.

Inspectorul Șef își amintea că Deirdre le spusese despre planurile pe care prietenul ei, Peter, le văzuse, iar acum DCI se concentră numai pe acele planuri. Puteau să însemne una din două, iar ambele variante erau neliniștitoare. Fie acei bărbați planuiseră un nou atac terorist, fie puseseră la cale să-l ajute pe Declan să evadeze, indiferent cât de fantastică suna acea idee în mintea lui.

Şi cu toate acestea, McNamara ştia foarte bine că nu era necesar ca oamenii să fie inteligenţi pentru a face astfel de planuri. Uneori, ţelul final le întuneca minţile prea mult. Cu piaţa saturată de filme despre subiecte similare, imaginaţia oamenilor lua avânt şi, în experienţa detectivului, unii chiar credeau că orice ar fi fost posibil.

În afară de aceasta, DCI se temea pentru Bryony. Avea el o bănuială de ce aceasta se găsea sub supraveghere, dar diverse idei negre îi trecură prin minte şi, evident, nici una dintre ele nu îl liniştea defel.

McNamara observă că James deja se ridicase să părăsească biroul şi să-i urmeze ordinele, aşa că îşi împinse gândurile deoparte pentru a vorbi cu el.

— Du-te şi adu-l pe Angus aici, iar apoi caută-l pe Josh, spuse el ţintindu-l pe DS cu privirea. Vom avea nevoie de portretele acelea cât mai repede posibil. Şi dacă tot eşti acolo, discută şi cu Sergentul. Cere-i să îi adune pe cei patru ofiţeri de patrulă din noaptea aceea la secţie. O dată ce au ajuns, să-i separe şi să-l pună pe fiecare într-o sală de interogatoriu. Nu vreau ca aceştia să discute între ei pentru a-şi putea aranja poveştile, ordonă DCI pe un ton aspru. Chiar dacă probabil au discutat deja despre ce urmau să spună dacă ar fi fost interogaţi, observă el cu amărăciune şi o grimasă îi distorsionă buzele.

McNamara simţea o nevoie acută să se pocnească pe sine însuşi peste cap pentru că nu făcuse acel lucru cu o zi înainte, dimineaţa devreme, înainte ca ofiţerii să fi avut timpul să cadă de acord asupra unui anumit scenariu.

James dădu din cap şi o porni spre uşă, având grijă să nu îşi arunce privirea spre ceaşca sa de cafea. Nu avea nici cea mai mică dorinţă să audă invitaţia Inspectorului Şef să îşi bea cafeaua pentru că deja se simţea cam ciudat după gura de cafea pe care o înghiţise şi bănuia că îi crescuse tensiunea ca urmare a efectului cafeinei asupra sistemului său nervos.

McNamara îl privi îndreptându-se spre uşă când o altă idee îi apăru în minte.

— Hei, James, cere-i lui DI Jay să supravegheze încăperea de interogatoriu unde va fi plasat Fergusson. Nimeni nu are voie să-l abordeze pe ofiţer sub nici un pretext, decretă el cu asprime în voce.

LEGĂTURI RELATIVE

James dădu din cap din nou, iar apoi, în sfârşit, părăsi încăperea, lăsându-l pe DCI cu propriile sale gânduri neplăcute. Detectivului Sergent nu îi plăceau umbrele întunecate ce apăruseră pe chipul lui McNamara în ultimele câteva clipe şi avea senzaţia că şeful său deja ghicise ce se afla în spatele crimelor ce avuseseră loc într-o perioadă foarte scurtă de timp.

James simţise şi trepidaţia din vocea aspră a Inspectorului Şef, chiar dacă McNamara făcuse efortul să vorbească pe tonul lui obişnuit.

Sergentul era sigur că acesta era îngrijorat din cauza a ceva anume, ceea ce nu îi stătea în caracter lui McNamara. De aceea, îngrijorarea Detectivului Inspector Şef îi alimentă propria lui îngrijorare, care acum se găsea în directă competiţie cu agitaţia provocată de cafea.

CAPITOLUL ȘAPTESPREZECE

— IA LOC, ANGUS, ÎL invită McNamara pe puști, fluturându-și mâna cu nerăbdare spre unul din scaunele din fața biroului său.

O încruntătură marca chipul Detectivului Inspector Șef și nici timbrul vocii sale nu suna prea plăcut. Bărbatul așteptase mai mult de cincisprezece minute ca DS să se întoarcă cu Angus în biroul său și își cam pierduse răbdarea până atunci. După cum se așteptase, de altfel, flăcăul nu avea nici cea mai mică idee ce însemna punctualitatea și nu se obosise să își consulte ceasul de la mână.

Și totuși, McNamara nu își pierduse timpul așteptându-l pe Angus să-și facă apariția în biroul său. Cum David Stewart îi trimisese deja rapoartele pentru primele două autopsii, DCI își petrecuse vremea frunzărind prin ele, dar tot avea senzația că pierduse timp valoros din cauza întârzierii puștiului. În acea dimineață, îl măcina gândul că nu avea voie să irosească nici măcar o secundă și, în consecință, îl mâniase faptul că nu putea să îl intervieveze pe Angus mai curând.

Ochii duri ai Detectivului Inspector Șef cercetară chipul flăcăului, iar apoi omul își strânse și buzele cu dezamăgire reținută. Nu era necesar să fie vrăjitor ca să își dea seama că puștiul exagerase cu băutura din nou, din moment ce semnele beției din noaptea trecută erau vizibile pe trăsăturile tânărului.

McNamara își scutură capul atât cu confuzie cât și cu regret. Nu reușea să înțeleagă de ce puștiul continua să-și arunce tinerețea pe fereastră și insista să-și marineze creierul în fiecare seară afurisită.

Detectivul era conștient că ar fi fost o pierdere de vreme să-i fi ținut o predică lui Angus despre zădărnicia și pericolele obiceiurilor sale neplăcute. De aceea, alese să-l mustre pentru întârzierea la întâlnirea cu el, sperând ca măcar astfel să fi putut atinge un punct sensibil.

— Am avut impresia că noi doi aveam o înțelegere, Angus, observă el pe un ton dur.

Flăcăul se strâmbă când percepu oțelul din cuvintele detectivului. Nici măcar nu îndrăzni să se uite direct în ochii acestuia, ci preferă să își coboare privirea.

— Ar fi trebuit să fi aici de ceva timp, nu-i așa? continuă McNamara.

Deși flăcăul nu își ridcă ochii spre el, detectivul arătă spre ceasul de la mână, iar încruntătura dintre sprâncene i se adânci și mai mult până la finalul tiradei sale.

— Îmi cer scuze, domnule, răspunse flăcăul pe cel mai bine crescut ton, pentru că Angus nu dorea să-l supere și mai mult pe DCI, cel puțin nu mai mult decât reușise până atunci. Problema e că m-am trezit mai greu în dimineața aceasta, continuă el să explice cu căință, pentru ca mai apoi să își întoarcă palmele în sus, ca să demonstreze că nu avusese cum să controleze evenimentele, iar umbra unui zâmbet timid îi curbă buzele crăpate.

McNamara îl studie cu atenție. DCI era convins că flăcăul folosise acel ton și aceeași expresie de multe ori până atunci, probabil, ori de câte ori făcea o greșeală. Aparent, acel lucru îi mersese de fiecare dată, altfel Angus nu l-ar fi încercat și cu el.

— Cel puțin îți mai amintești ce am vorbit seara trecută? îl întrebă DCI.

Îndoiala era evidentă în vocea sa și Angus îi simți usturimea tonului, dar, din câte observase McNamara, bețivii rareori își aminteau despre ce vorbeau atunci când se îmbătau.

— Desigur, domnule, replică Angus cu țâfnă și mai apoi ridică din umeri.

Tonul său arăta că flăcăul se simțea jignit și că nu-i căzuse bine presupunerea polițistului că ar fi uitat ceva numai pentru că se delectase cu câteva pahare în seara precedentă. Angus bea puțin mai mult decât ar fi trebuit și era conștient de acest lucru, dar puștiul era un bețiv mai ciudat. Angus își amintea totul întotdeauna și știa ce se întâmpla și ce se spunea atunci când se îndeletnicea cu golitul paharului. De asemenea, în astfel de circumstanțe, simțul lui de observație devenea extrem de acut.

LEGĂTURI RELATIVE

În acelaşi timp, băutura îl transforma într-un tânăr mai vesel şi mai flexibil, ceea ce şi urmărea el de fapt. Însă, ca să ajungă la stadiul acela, era necesar să bea câteva sticle de bere sau câteva pahare de whiskey. Nu ar fi reuşit cu mai puţin decât atât, iar, când era treaz, Angus era morocănos şi certăreţ şi nimeni nu îl plăcea.

De aceea avea el o relaţie atât de strânsă cu băutura. Nu era ca şi cum i-ar fi plăcut berea prea mult. Ceea ce îi plăcea, însă, era să aibă prieteni, iar Angus, din nefericire, avea prostul obicei să îndepărteze pe toată lumea când nu era beat, fiind prea direct şi nu îi păsa defel de sentimentele lor.

Din fericire, Daniel rămăsese alături de el vreme îndelungată, chiar şi atunci când Angus îşi arăta partea sa mai neplăcută. Daniel era singurul pe care Angus se putea baza şi pe care îl putea numi un prieten real.

— Bine atunci, concluzionă McNamara pe un ton concret, chiar dacă nu părea foarte convins. Uite aici hârtie şi un pix. Scrie tot ce ne-ai spus noaptea trecută, fără să laşi nimic la o parte, îl avertiză el pe tânăr, iar apoi împinse obiectele spre el cu un gest mânios.

— Să scriu şi ce s-a întâmplat între Daniel şi mine? întrebă băiatul pe un ton temător.

Angus nu considera că ar fi fost prea inteligent să furnizeze el frânghia pentru propria-i spânzurătoare. Tânărul îşi amintea foarte bine că se certase cu Daniel în faţa detectivilor. Mai mult decât atât, amândoi făcuseră diverse ameninţări.

— Cu ce ne-ar ajuta asta? îl întrebă Inspectorul Şef pe un ton dur, încruntându-se din nou la el. Scrie totul despre noaptea de dinainte şi despre cei doi indivizi care v-au urmărit, tună el.

În acel moment, Angus îşi dădu seama că răbdarea Inspectorului Şef se evaporase deja şi decise să nu-l mai enerveze, aşa că îşi ţinu gura închisă.

— Ne interesează numai ce s-a petrecut atunci, se asigură McNamara să menţioneze. Când ai terminat cu declaraţia, vei lucra cu unul dintre experţii noştri, Josh. Este un băiat bun. Cu ajutorul tău, Josh va desena portretele celor doi bărbaţi care v-au urmărit pe drumul spre casă acum două seri, îi explică McNamara pe acelaşi ton aspru, sperând ca în mintea puştiului să nu mai zacă nici un fel de confuzie.

Tânărul se grăbi să dea din cap că este de acord. Nu dorea să îl necăjească pe McNamara, cel puţin nu mai mult decât o făcuse deja.

Angus nu reușea să-l citească pe Inspectorul Șef foarte bine, dar avea sentimentul că nu era de joacă cu mânia acestuia. Mai mult decât atât, băiatul era ușurat că detectivilor nu le păsa de altercația lui cu Daniel de noaptea trecută.

Angus se temea că detectivii ar putea interpreta totul greșit pentru că nu aveau de unde să știe că el și Daniel aveau, probabil, astfel de certuri de mai multe ori pe zi. Și totuși, niciunul dintre ei doi nu era rănit din cauza acestora, cu excepția unei vânătăi sau poate două. Certurile lor nu depășeau niciodată o scurtă bătaie cu pumnii, când și când. Angus îl privi pe McNamara părăsind biroul după ce dădu din cap scurt către DS .

Probabil că el este câinele meu de pază, mustăci puștiul, privind fugar spre James.

Tânărul oftă ușurat când DCI închise ușa în urma sa, iar tensiunea din încăpere scăzu. Prezența Detectivului Sergent nu îl deranja defel pentru că acesta nu îl speria la fel de mult ca McNamara. Flăcăul trase hârtia mai aproape de el și începu să își scrie raportul sârguincios sub ochii grijulii ai lui James.

MCNAMARA NU STĂTU DEPARTE de biroul său pentru multă vreme. Se întoarse după numai vreun sfert de oră, din moment ce se dusese doar să viziteze departamentul criminalistic pentru a vedea ce mai aflaseră agenții până atunci.

Steven Gilchrist îi spusese că deja pregătise un raport preliminar și aceasta îl mulțumise. Steven inclusese în acesta ceea ce se găsise în apartamentul lui Cullum și Neil și tocmai trimisese raportul prin email către McNamara.

DCI se gândise să ia legătura și cu Stewart, dar acel gând nu dăinui prea mult. Detectivul își imagină că medicul legist era destul de ocupat cu celelalte autopsii și numai de interferența detectivului nu avea el nevoie.

McNamara cunoștea bine obișnuita dispoziție morocănoasă a doctorului și nu dorea să-l mai supere și el. În fond, Stewart avea destule de făcut, iar McNamara nu dorea să-l grăbească. El avea nevoie de rezultate pentru a prezenta un caz solid la tribunal mai târziu.

LEGĂTURI RELATIVE

Când DCI intră în propriul său birou, atât Angus cât şi Josh, care lucrau de zor la portrete, îşi întoarseră capetele spre el. James nu se zărea pe nicăieri, iar McNamara se încruntă când îi remarcă absenţa.

— Cum merge? întrebă el, privindu-l cu înţeles pe Josh.

— Chiar foarte bine, domnule, îi răspunse omul cu calmul lui obişnuit.

Josh era foarte cunoscut pentru răbdarea şi toleranţa sa ridicată. Omul lucra bine cu toate tipurile de martori şi rareori se plângea de munca sa.

— Angus are un ochi foarte bun pentru detalii şi ştie şi cum să descrie cât mai clar ceea ce a observat, îl lăudă artistul pe puşti, iar apoi îl bătu pe umăr cu afecţiune.

McNamara nu pierdu ocazia să remarce expresia şocată de pe chipul lui Angus când Josh îl lăudă şi oftă în sinea sa. DCI bănuia că nu mulţi îşi făcuseră timp să-l încurajeze pe flăcău sau să-i laude eforturile şi probabil că acela era unul dintre motivele pentru stilul de viaţă destructiv al tânărului.

— Aceasta este bine, Angus, spuse Inspectorul Şef pe un ton blând. Aţi terminat cu vreunul dintre protrete? se interesă el cu nerăbdare.

McNamara abia aştepta să pună mâna pe desene pentru că acestea ar fi clarificat multe lucruri şi poate că l-ar fi ajutat şi să uite de îngrijorarea sa pentru Bryony.

— Abia am început acum cinci minute, domnule, îşi scutură Josh capul cu regret, deşi ştia că nu putea face miracole. Probabil că vom mai avea nevoie de alte cinci sau zece minute ca să terminăm unul dintre ele, îi explică el pe un ton apologetic. Şi vom avea nevoie de atât de puţin timp numai pentru că indicaţiile lui Angus sunt atât de clare, se asigură Josh să menţioneze.

Viteza sa în desenarea unui portret depindea mai ales de acurateţea descrierii date de martor. Era pur şi simplu noroc pur că Angus ajuta atât de mult, astfel grăbind procesul. Josh simţea trepidaţia şi nerăbdarea lui McNamara şi dorea să termine cât mai repede.

— În regulă atunci. Hai, continuaţi-vă munca, ordonă Inspectorul Şef. Apropo, aveţi vreo idee pe unde s-a dus James? întrebă el, cu mâna pe clanţa uşii, părând gata să se ducă şi să-l găsească pe rătăcitorul DS.

Lumina din ochii lui nu promitea nimic bun pentru subordonatul său atunci când McNamara urma să dea de el. James ar fi trebuit să ştie mai bine şi să nu părăsească biroul. Ar fi trebuit să rămână cu Angus şi Josh, aşa cum îi ordonase McNamara.

— Sergentul l-a chemat, domnule, îi explică Josh. Nu știu de ce pentru că au șoptit între ei în apropierea ușii, iar eu unul nu trag cu urechea, ridică el din umeri cu neputință.

— Știu eu de ce, interveni Angus în grabă, dar mai apoi își mușcă buza inferioară.

Ar trebui să învăț să-mi țin afurisita de gură închisă, la naiba, se mustră el pe sine. Îi era teamă de ce va spune DCI pentru că ascultase o conversație care nu îl privea.

Părinții lui mereu îi reamintiseră de pericolele ascultatului discuțiilor altora, dar Angus nu putea să facă nimic în legătură cu aceasta. Puștiul avea două urechi bune, și la o adică nu și le putea astupa. De altfel, ceva îl împingea să-și ascută auzul atunci când cineva șoptea în prezența sa.

McNamara surâse fără să vrea, iar apoi, cu un gest, îl invită pe băiat să vorbească.

— Atunci, te rog, luminează-mă și pe mine, flăcău, spuse el.

Tonul detectivului Inspector Șef nu părea să-i reproșeze nimic, iar acest lucru îl încuraja pe tânăr să vorbească liber.

— Sergentul a spus că unul dintre ofițerii de patrulă dintr-o sală de interogare a început să facă scandal. Nu-i plăcea că este reținut pentru chestionare și protestează zgomotos. Ofițerul a invocat niște articole din nu știu ce cod. V-aș spune care, dar nici Sergentul nu prea știa despre ce cod vorbea omul. A fost extrem de vag în legătură cu aceasta și își completa cuvintele cu gesturi agitate. Mi se pare că îi cam place sergentului ăsta să dea din mâini, observă băiatul și ridică din umeri neglijent. Și ar trebui să știți că devenise cam purpuriu până când a terminat cu tot ce a avut de spus, îl informă Angus pe DCI aproape fără suflare.

În dorința sa de a-l satisface pe detectiv și de a-i spune totul cât mai iute, Angus uitase să se mai și oprească și să respire în timpul discursului său, iar acum se văzu forțat să tragă aer în piept grăbit.

Atitudinea lui îi amuzară și pe McNamara și pe Josh și amândoi surâseră larg până ce flăcăul își termină tirada.

McNamara își scutură capul cu un surâs pe buze pentru că Angus îl înveselise considerabil. Îl bătu pe pe puști pe umeri și spuse:

— Mulţumesc, Angus. Asta mă ajută foarte mult. Acum întoarce-te la acele portrete. Sunt foarte importante pentru noi şi am nevoie de ele cât mai repede posibil, flăcău. Ai înţeles?

— Da, domnule, este foarte clar, replică Angus şi îl salută pe Inspectorul Şef cu entuziasm, iar când îşi dădu seama ce făcuse, flăcăul se înroşi şi mormăi ceva ce suna ca o scuză.

McNamara îi înlătură îngrijorarea cu un gest neglijent, iar apoi îşi scutură capul din nou şi părăsi biroul cu gândul să-l găsească pe James. Închise uşa în urma lui cu grijă şi surâse din nou când moţul roşcat al puştiului şi dorinţa lui de a face pe plac îi răsări în minte încă o dată.

Fără să îşi dea seama, Inspectorul Şef începuse să-l placă pe Angus din ce în ce mai mult, în ciuda lipsei sale de punctualitate. *Nimeni nu poate fi perfect în toate cele, până la urmă*, reflectă el.

DCI avea sentimentul că maniera deschisă şi prietenoasă a lui Josh avusese o influenţă bună asupra dispoziţiei şi comportamentului puştiului.

Josh începuse să lucreze în secţia de poliţie cu mai puţin de opt luni în urmă. Cu toate că McNamara avusese unele dubii dacă să-l angajeze sau nu la vremea aceea, până la urmă, tânărul se vădise a fi o achiziţie valoroasă, în mai mult decât un singur aspect.

Era posibil ca McNamara să nu-şi fi amintit numele lui cu câteva luni în urmă, dar cu toate acestea, el întotdeauna îşi ţinuse ochii pe munca lui Josh şi era satisfăcut cu performanţa artistului.

Mai important decât atât, personalitatea flăcăului era potrivită muncii cu diverse tipuri de oameni. Chiar şi cei mai morocănoşi martori răspundeau favorabil la atitudinea calmă şi blândă a artistului, iar, în consecinţă, erau dornici să facă efortul să îi ofere tot ceea ce avea acesta nevoie pentru a-şi face treaba.

În timp ce învârtea acele gânduri în minte, Inspectorul Şef păşea cu hotărâre de-a lungul coridorului marcat de uşile încăperilor de interogare. Lui McNamara nu îi păsa ce fel de impresie le lăsa oamenilor care se găseau în acele săli. El se limita la a deschide şi închide uşă după uşă până ce dădu de James.

Din fiecare încăpere, chipul îngrijorat al unui ofiţer de patrulă se ridica spre el, dar McNamara nici măcar nu se obosi să le arate că le-a observat prezenţa cu vreo aplecare a capului sau cu un cuvânt măcar. Le aruncă o privire indiferentă fiecăruia dintre ei înainte de a închide din nou uşa în faţa ochilor lor surprinşi.

Într-un final, McNamara dădu peste James în încăperea unde fusese reținut Fergusson. Se așteptase să-l vadă pe DI Jay în fața ușii, dar omul nu era nicăieri la vedere. Absența lui îl supără pe detectiv și o lumină dură străluci în pupilele lui.

DCI își propuse să aibă o discuție serioasă cu Detectivul Inspector, dorind să-l întrebe pe acesta ce înțelegea el din îndatoririle sale și care îi erau opiniile legate de respectarea ordinelor. Din ceea ce putea vedea McNamara pe moment, acestea erau foarte laxe.

Când deschise ușa sălii, îi găsi pe James și Fergusson prinși într-un argument înfierbântat și, pentru o clipă, McNamara se opri uluit în prag.

Fergusson părea extrem de vexat pentru că era ținut într-o cameră de interogare. Ofițerul considera că era maltratat și cerea să fie eliberat imediat sau, dacă nu, să i se aducă un reprezentant legal. Vocea sa deja atinsese unele sunete mai înalte care îi zgâriau urechile lui McNamara.

Aparent, James se certa cu ofițerul de ceva vreme și se cam săturase de discuție. Calmul intrinsec al Detectivului Sergent dispăruse complet și acesta deja începuse să-și ridice și el vocea, sfătuindu-l pe ofițer, cu un glas aspru, să-și închidă gura și să aștepte sosirea Detectivului Inspector Șef. Atunci ar fi putut cere ceea ce dorea, dacă ar fi îndrăznit, desigur. James părea să se cam îndoiască că ofițerul ar fi avut curajul să facă aceleași cereri și în fața Detectivului Inspector Șef.

— Oy, strigă McNamara la amândoi, cu intenția de a le opri discuția înfierbântată.

Nici James și nici Fergusson nu observaseră că cineva intrase în încăpere și amândoi tresăriră când vocea lui McNamara biciui aerul, pentru ca mai apoi să se întoarcă brusc spre DCI.

— James, tu vii cu mine, decretă McNamara pe un ton tăios.

Inspectorul Șef se întoarse și părăsi încăperea fără să-i dea nici cea mai mică atenție lui Fergusson care strigă după el pe o voce ascuțită.

James îi aruncă o privire dură lui Fergusson și îl urmă pe McNamara pe coridor. În drumul său spre ieșire, DS pretinse să nu audă plângerile mânioase strigate de Fergusson în urma lui. James se cam săturase de protestele constante ale acestuia, considerând, de altfel, că acestea stăteau mărturie că ofițerul de patrulă avea într-adevăr ceva de ascuns.

LEGĂTURI RELATIVE

Ceilalți ofițeri așteptaseră cu răbdare să vină cineva să vorbească cu ei și fierbeau în sinea lor în încăperile în care fuseseră puși fără să ridice nici un fel de obiecții. Nici unul dintre ei nu se plânsese și nici nu ceruse reprezentare legală, chiar dacă și ei păreau oarecum îngrijorați. În fond, nu în fiecare zi un ofiter de patrulă era reținut pentru interogare. Fiind chemat pentru a i se pune întrebări ar fi îngrijorat pe oricine într-o anumită măsură. Cu toate acestea, conștiința celorlalți ofițeri părea destul de curată.

James îl găsi pe Inspectorul Șef așteptându-l pe coridor. McNamara se rezema cu umerii de perete, cu mâinile pe șolduri și gleznele încrucișate. Gura îi devenise o linie subțire dură, iar pupilele abia i se mai zăreau prin fantele înguste alte ochilor săi. Postura lui McNamara era departe de a fi prea încurajatoare, iar James oftă în sinea lui. Ziua de muncă a Detectivului Sergent nu începuse foarte bine și nu dădea semne că avea de gând să se îmbunătățească deloc.

Sentimentul de bună stare pe care James îl simțise în acea dimineață, atunci când se trezise lângă Claire și în timpul micului dejun luat împreună cu ea dispăruse deja.

— Ce se întâmplă, James? se interesă McNamara, îndreptându-și bărbia spre încăperea de interogatoriu pe care abia o părăsise.

Vocea lui trăda faptul că nu era satisfăcut cu evoluția lucrurilor și James tresări în sinea lui. Când DCI era nemulțumit de ceva, lucrurile nu stăteau prea bine nici pentru el.

— Cam acum vreo zece minute, Fergusson a început să se plângă și să facă scandal în sală, domnule, începu DS să explice resemnat, încercând să uite de dezamăgirea sa.

James împunse cu degetul mare înspre încăperea de interogatoriu de unde încă îl puteau auzi pe ofițerul de patrulă țipând din toți bojocii. Considerând că acele încăperi erau izolate fonic, omul chiar se dovedea a avea plămâni buni. Altfel nu ar fi fost capabil să continue scandalul.

— Jay l-a informat pe Sergent, care a venit în biroul dumneavoastră și mi-a spus ce se întâmplă. Cum Josh deja apăruse și începuse să lucreze cu Angus, m-am gândit că mai bine aș veni jos aici să văd ce se petrece. Știți, Sergentul era îngrijorat pentru că Fergusson începuse să amenințe cu avocați și așa mai departe, încercă James să îi explice cum s-au derulat evenimentele cât mai succint posibil.

— Înţeleg, murmură DCI, frecându-şi bărbia gânditor. Şi ceilalţi? îşi ridică el privirea spre James din nou.

— Nu au cerut nici un fel de reprezentare legală, domnule, îşi scutură James capul. Doar le-am spus că vrem să le punem mai multe întrebări în legătură cu ce s-a întâmplat noaptea trecută şi au acceptat voluntar să aştepte să fie chestionaţi fără a mai face nici un fel de plângeri sau cereri.

— Hmm, înţeleg, observă Inspectorul Şef pe un ton coborât. În regulă atunci. Hai să-i punem câteva întrebări preliminare lui Fergusson. Dacă insistă, îi vom aduce un avocat sau consilier, ridică McNamara din umeri ca şi cum acel lucru nu ar fi fost important.

Deşi ştia că ar fi putut face alegaţii privind existenţa unei ameninţări teroriste, astfel ţinându-l pe ofiţer în custodie mai mult timp, nu dorea să urmeze acel curs de acţiune încă. DCI voia să obţină mai multe informaţii mai întâi cu care să susţină astfel de alegaţii.

McNamara pornise deja spre sala de interogatoriu când îşi aminti de absenţa Inspectorului Detectiv Jay şi îşi întoarse capul spre James.

— Îmi amintesc că am cerut în mod specific ca DI Jay să păzească această uşă, arătă el spre încăperea de interogatoriu de unde se puteau auzi paşii furioşi ai lui Fergusson.

Se părea că omul atinsese un nivel şi mai ridicat de furie aşa că începuse să mărşăluiască prin încăpere pentru a mai elibera din stres.

Parcă ar mărşălui un elefant, nu un om, reflectă McNamara sarcastic.

— Îmi cer scuze, domnule, spuse James, iar liniile din jurul gurii i se adânciră. Nu ştiu cum de mi-a zburat din minte, se lovi el peste frunte cu mâhnire. Donna a sunat chiar înainte să intru în sală să discut cu Fergusson. Înţeleg că a încercat să vorbească cu dumneavoastră mai întâi, dar nu aţi răspuns la telefon. V-aţi uitat telefonul pe masă, menţionă el. Îmi amintesc că îl observasem chiar înainte să părăsesc biroul, adăugă DS.

— Ce s-a întâmplat? întrebă McNamara, teama încolţindu-i în suflet.

— Din câte mi-a spus, înţeleg că în dimineaţa aceasta, Deirdre a decis să se întoarcă acasă pentru câteva zile, domnule. Donna a spus că faţa fetei era cenuşie şi arăta ca şi cum ar fi plâns toată noaptea. Donna crede că sentimentele fetei pentru Cullum treceau dincolo de o simplă infatuare şi că moartea lui a lovit-o rău de tot. Oricum, când i-au aflat intenţiile, Donna şi Mackie s-au decis să o însoţească. Nu puteau să o lase singură, doar ştiţi. Aşa că s-au dus cu ea la gară, gândindu-se că vă vor suna după aceea să vă spună unde sunt. Când trenul a intrat în gară, cineva s-a împins în Deirdre, iar fata mai că a căzut pe şine. Mackie a prins-o şi poate că ar fi reuşit să o salveze, să nu o lase să cadă pe şine, dar şi el a fost împins din spate. Aşa că amândoi au căzut de pe peron. Donna s-a grăbit să le sară în ajutor şi nici măcar nu s-a mai gândit să se uite să vadă cine le-a dat brânci pe şine, îi explică James pe îndelete.

Auzind raportul detectivului sergent, chipul lui McNamara împietri. Ochii îi deveniră negri din cauza furiei ţinute în frâu, iar bărbatul îşi strânse tare pumnii. Un muşchi zvâcni în maxilarul Detectivului Inspector Şef, atrăgându-i atenţia Detectivului Sergent. James se opri din vorbit. Acea zvâcnire a muşchiului nu era un semn prea bun.

— În regulă atunci, interveni McNamara. Vom cere casetele din gară şi probabil că vom vedea cine i-a împins pe şine. Acum, ce vreau să ştiu este ce s-a întâmplat cu fata şi Mackie, ordonă Inspectorul Şef.

Chiar dacă se temea să audă răspunsul Detectivului Sergent, tot trebuia să afle cum stăteau lucrurile.

— Trenul a oprit la timp, domnule. Vreau să spun că nu i-a călcat. Dar amândoi au fost răniţi destul de serios, îl informă James cu un glas înnegurat. De aceea l-am trimis pe DI Jay la spital. Am considerat că nu ar fi fost bine ca Donna să rămână singură să o păzească pe fată, domnule, explică DS pe un ton apologetic. Mi-e teamă că Mackie nu va fi capabil să facă nimic pentru o vreme, iar acei indivizi nu par să vrea să se oprească aici. Tot vor încerca să o ucidă pe fată. Cât timp fata este în viaţă, o vor considera un pericol pentru ei şi planurile lor, spuse el.

— Te-ai gândit bine, James, îi aprobă McNamara decizia dând scurt din cap. Aceşti oameni sunt hotărâţi să scape de orice posibil martor, observă el oarecum descurajat.

McNamara făcu câţiva paşi şi îşi frecă fruntea, gândindu-se la situaţie pentru încă câteva momente. Veştile despre Mackie îl tulburaseră, iar DCI nici măcar nu voia să se gândească la ce i se întâmplase fetei. Cu fiecare clipă, lucrurile deveneau din ce în ce mai complicate. Numai după ce îşi ordonă ideile, se opri şi îşi ridică din nou ochii spre James.

— Uite ce vom face, James. Mai întâi, te vei duce şi îl vei trimite pe Sergent să mă întâlnească aici.

James dădu din cap, dar nu plecă imediat. Ochii Detectivului Inspector Şef îl avertizară că mai avea ceva de spus.

— Voi aştepta în afara sălii până ce vine Sergentul, iar apoi îl voi interoga pe Fergusson în prezenţa sa. Nu vreau ca Fergusson să fie eliberat mai târziu din cauza unei tehnicalităţi banale, spuse el pe un ton aspru. Nici unul dintre ei nu merită nici cea mai mică clemenţă şi nu vreau să fac lucrurile uşoare pentru ei.

DS ştia foarte bine cam cum se simţea McNamara pentru că sentimentele acestuia le reflectau pe ale lui. Nici lui nu i-ar fi plăcut să îl vadă pe ofiţerul de patrulă liber pentru nimic în lume. Era evident că Fergusson fusese implicat în acea poveste şi merita să plătească pentru vieţile pe care el şi complicii săi le luaseră. James observase că încă mai insistau să omoare câţiva oameni.

— În timp ce eu mă ocup de acest interviu, tu discută cu oamenii noştri din Dundee. Cere-le să verifice dacă flăcăul acela, James Campbell, este nevătămat. Fă-i să priceapă că este important să îl ţină sub observaţie pentru o vreme dacă nu vor să-l vadă şi pe el ucis, DCI ordonă pe un ton aspru.

Prea mulţi tineri fuseseră ucişi într-o perioadă foarte scurtă de timp, iar McNamara era decis să se asigure că toţi luau măsuri pentru ca să nu se mai întâmple aşa ceva.

DS îşi strânse buzele cu mâhnire. Lui nu-i trecuse prin minte că şi celălalt puşti putea fi în pericol şi se mustră pentru lipsa sa de prevedere. James ar fi trebuit să se gândească la băiat imediat după ce Donna i-a spus despre incidentul din gară şi ar fi trebuit să ia legătura cu colegii din Dundee pe loc.

— Vorbeşte cu Jo şi Mike şi adu-i aici, continuă McNamara, arătând spre podea.

Vocea lui nu promitea nimic bun pentru ei dacă nu se supuneau ordinului lui imediat. Inspectorul Şef nu era un om prea flexibil în zilele lui bune, iar aceea nu era deloc o zi bună. James ştia că vor avea probleme serioase cu el dacă nu se ridicau la înălţimea cerinţelor lui. Nimănui nu-i surâdea să se confrunte cu McNamara când acesta era furios. Era un coşmar afurisit.

— Voi trei veţi începe interogările celorlaţi ofiţeri imediat, spuse el, făcându-i semn lui James să plece.

James se grăbi de-a lungul coridului, dar se opri când îl auzi pe şef strigând după el.

— Şi adu-mi blestematul ăla de telefon, îi aminti McNamara. S-ar putea să am nevoie de el.

JAMES SE ÎNTOARSE CU telefonul lui mobil în mai puţin de cinci minute şi îl informă pe McNamara că Jo şi Mike începuseră deja să chestioneze pe unul dintre ofiţerii de patrulă.

— Asta este bine, observă Inspectorul Şef. Şi tu ar trebui să mai ai pe cineva cu tine, James, menţionă el, supărat pe sine că nu se gândise la aceasta de dinainte.

— Am avut deja grijă de aceasta, domnule, îi răspunse James pe un ton liniştitor. L-am găsit pe McEwan în biroul diviziei, domnule. Nu făcea nimic important, aşa că i-am cerut să mă însoţească. Mă aşteaptă în faţa primei săli de interogatoriu.

— Te-ai gândit foarte bine, James, îi oferi McNamara unul dintre rarele lui zâmbete, apreciând colaborarea Detectivului Sergent şi mai mult.

— De asemenea i-am cerut lui Josh să vă sune imediat după ce a terminat cu unul dintre portrete. Ar putea să ajute cu interogatoriul, domnule. I-am dat numărul dumneavoastră de telefon, adăugă James cu teamă.

Inspectorului Şef nu îi plăcea când unii oameni puneau mâna pe numărul lui de telefon. Acela era numai pentru colaboratorii cei mai apropiaţi.

— Apreciez că te-ai gândit la asta, prietene, îl bătu Inspectorul Şef pe James pe umăr. Acum du-te şi începe acel interviu, îl îmbie el.

Pentru o clipă, James îngheţase când auzise tonul prietenos al Detectivului Inspector Şef. Apoi dădu rapid din cap şi îl lăsă singur. Laudele lui McNamara îl copleşiseră pe DS pe ziua aceea. Acesta nu reacţiona ca de obicei, iar acel lucru îl confuziona pe James.

McNamara contină să păşească în sus şi în jos pe coridor, răsucind în minte ceea ce ştia. Indiferent din ce unghi privea faptele, ajungea tot la o concluzie neagră care nu-i plăcea defel.

Până când Sergentul apăru, McNamara îşi pierduse deja răbdarea. Clocotea de nerăbdare să îşi înceapă interviul cu Fergusson.

— Îmi cer scuze, domnule, spuse Sergentul când luă notă de privirea neagră din ochii Detectivului Inspector Şef. Am fost reţinut la biroul de recepţie şi nu am putut pleca de acolo până acum.

McNamara îşi flutură mâna cu nerăbdarea sa caracteristică şi îi indică să intre în sala de interogatoriu.

Când intrară, Fergusson îşi opri paşii furioşi prin încăpere. Chipul îi era stacojiu, un semn clar că furia îi escalase de când McNamara părăsise încăperea. Ofiţerul deschise imediat gura să protesteze din nou împotriva reţinerii sale pentru interogare, dar McNamara îl opri cu un gest brusc.

Bucăţile de gheaţă din ochii Detectivului Inspector Şef îl îngheţară pe om până la oase, iar tunetul din privirea lui McNamara îl înspăimântă.

— Ia loc, îi ordonă DCI pe un ton dur, ce nu mai permitea nici un argument.

Gura omului se deschise şi uimirea i se întinse pe chip. Încercă să spună ceva, dar ochii reci ai lui McNamara îl determinară să închidă gura imediat. Înghiţi cu greutate şi îşi şterse sudoarea de pe sprâncene. Spaima îi înlocui furia, iar degetele îi tremurară de teamă. Se împiedică când se îndreptă spre masă şi căzu în scaun cu zgomot, ceea ce îl făcu pe McNamara să se strâmbe în sinea sa, temându-se că scaunul se va rupe sub greutatea bărbatului.

Uşurarea îl cuprinse pe Sergent când observă schimbarea din atitudinea ofiţerului său. Ştiind tot ce se întâmplase mai înainte, se aşteptase la un meci de strigăte şi ameninţări între McNamara şi Fergusson. Sergentul nu putu decât să-l admire şi să-l invidieze în acelaşi timp pe DCI pentru atitudinea sa autoritară şi abilitatea sa de a-l face pe om să tacă numai cu o privire aspră. I-ar fi plăcut să aibă şi el aceeaşi putere.

Sergentul îl privi mânios pe Fergusson. Nu se aşteptase ca unul dintre ofiţerii săi de patrulă să facă atâta tevatură pentru că i s-a cerut să răspundă la câteva întrebări referitoare la comportamentul său la locul unei crime. Acum îi era ruşine în faţa Inspectorului Şef pentru că avea astfel de oameni în subordinea sa, iar acest lucru îl mânia.

CAPITOLUL OPTSPREZECE

MCNAMARA SE AȘEZĂ ÎN scaunul de vis a vis de Fergusson.

— Acum să vorbim, spuse el aspru, ochii săi fulgerându-l pe ofiţerul de patrulă, ceea ce îl făcu pe Fergusson să nu se simtă în largul său defel.

Atitudinea lui McNamra îl îngrijora pe ofiţer. DCI stătea aşezat cu spatele drept şi braţele încrucişate peste piept, fără ca măcar să clipească, ceea ce îl deconcerta pe Fergusson, al cărui ochi stâng începu să se zbată, trădându-i astfel neliniştea.

Ofiţerul de patrulă îi cercetă chipul Inspectorului Şef cu grijă, încercând să ghicească ce dorea acesta de la el, dar, cu toate acestea, nu putea citi nimic pe chipul omului.

Faţa lui McNamara lăsa impresia că ar fi fost sculptată în piatră. Privirea întunecată din ochii lui continuă să-l intimideze pe ofiţerul de patrulă şi mai mult din cauză că DCI nu se grăbi să-l întrebe absolut nimic, ci pur şi simplu îl fixa cu ochii săi duri.

Fergusson făcu efortul să-şi regăsească curajul şi se decise să pună prima întrebare pentru că nu mai putea suporta tăcerea ce clocotea de tensiune. Omul de asemenea spera să obţină un avantaj oarecare dacă îl ataca el pe McNamara înainte ca acesta să îşi înceapă interogarea.

— Cer să ştiu despre ce este vorba, spuse ofiţerul. Mă trataţi de parcă aş fi un criminal de rând, scuipă el vorbele.

Fergusson încercase să vorbească pe un ton hotărât, dar, spre oroarea sa, vocea îi tremură şi, astfel, distruse efectul a ceea ce voia să transmită.

McNamara percepu imediat anxietatea din vocea ofiţerului şi un rânjet urât apăru pe chipul său. Buzele i se curbară în sus, dezvelindu-i dinţii şi dându-i aparenţa distinctivă a unui lup. Detectivul înţelese că omul îşi pierduse ceva din abilitatea de a lupta.

În ciuda acelui fapt, Inspectorul Şef nu credea că va obţine prea mult de la ofiţerul de patrulă, cel puţin nu de la început. Şobolanii încolţiţi nu renunţau la luptă fără să muşte, aşa că detectivul trebuia să-şi supravegheze ritmul ofensivei. Secvenţa întrebărilor lui McNamara era importantă dacă acesta dorea să descopere secretele pe care le păstra ofiţerul, iar el tocmai aceasta plănuia.

— De ce nu ai începe prin a-mi povesti ce s-a întâmplat acum două seri la scena crimei? Scena aceea pe care aţi distrus-o, îţi aminteşti? În detaliu de data aceasta, îi ceru McNamara pe un ton pragmatic.

DCI nu avea nici o intenţie să-l întrebe pe Fergusson despre relaţia dintre el şi cumnatul său de la început pentru că nu era dornic să-i dezvăluie ofiţerului că se găsea în posesia acelei informaţii vitale. McNamara trebuia să se înarmeze cu mai multe dovezi înainte să-l poată ataca pe ofiţer pe acel front şi nu voia să-i dea acestuia posibilitatea de a găsi o cale ca să ocolească adevărul. Ba chiar mai mult decât atât, spera să-i poată pune acea întrebare atunci când toate mijloacele de apărare ale omului ar fi ajuns la cel mai jos nivel. Astfel efectul ar fi fost mai puternic.

Ofiţerul ridică din umeri ca şi cum întrebarea Detectivului Inspector Şef nu ar fi avut nici un fel de impact asupra lui, dar îşi ascunse mâinile, care încă îi tremurau, şi şi le încrucişă în poală sub masă pentru ca DCI să nu îşi dea seama că de fapt era absolut înspăimântat.

Întrebarea lui McNamara nu îl supăra prea mult pentru că se aştepta la aceasta. De fapt, acum avea o scânteie de speranţă că inspectorul nu aflase despre celelalte lucruri pe care el dorea să le ţină pitite.

Şi totuşi, Fergusson tot avea senzaţia că privirea Inspectorului Şef îl străpungea şi aceasta îl făcu să se cutremure. De asemenea, îl ştia bine pe detectiv pentru că lucraseră împreună în aceeaşi secţie de ceva vreme. Ofiţerul nu se aştepta ca McNamara să lase lucrurile deoparte atunci când avea un fir de urmat, iar aceasta îl neliniştea pe ofiţerul de patrulă.

DCI era faimos pentru acurateţea sa de a mirosi urma. Era la fel de acerb ca un câine de vânătoare. McNamara îşi urmărea prada cu încăpăţânare. Niciodată nu renunţa la vânătoare, iar tenacitatea sa bine cunoscută îl speria pe Fergusson.

LEGĂTURI RELATIVE

Mintea ofițerului începu să se învârtă să găsească o cale de a-și explica acțiunile. În același timp, răspunse la întrebarea Inspectorului Șef.

— Deja v-am spus, domnule, ridică ofițerul din umeri încă o dată, încercând din nou să minimalizeze importanța a ceea ce se întâmplase în noaptea aceea.

— De fapt, nu, nu mi-ai spus, îl contrazise McNamara pe un ton pragmatic. Colegii tăi mi-au mai spus câte ceva, dar nu tu. Acum aș vrea să aud și versiunea ta, îi explică el pe un ton blând înșelător.

Tonul lui nu-l induse, însă, în eroare pe Fergusson. DCI era hotărât să dea de capătul acelei povești, iar ofițerul se îndoia că va putea scăpa de el dacă îi făcea un raport îndoielnic. Trebuia să pară credibil, așa că se decise să îi ofere un sumar al evenimentelor fără a intra în detalii prea mult.

— Am intrat în apartament, domnule. Ușa era deschisă. L-am găsit pe celălalt flăcău, acela care ne chemase, făcut ghem pe podea. Plângea și era incapabil să vorbească. Atunci când ne-a văzut, a fost numai în stare să arate cu degetul înspre baie. Când am văzut că era atât de dărâmat, i-am cerut să aștepte pe holul clădirii, chiar lângă ușa apartamentului. Să vă spun adevărul, făcea atât de mult zgomot cu hohotele sale de plâns că ar fi putut ridica morții din morminte, iar noi nu puteam să ne adunăm gândurile. După ce a părăsit apartamentul, ne-am dus în baie și am găsit cadavrul. Arăta ca un suicid clasic. Ne-am mai uitat un pic prin jur și apoi ne-am dus să discutăm cu flăcăul care aștepta pe coridor.

— Ce te-a determinat să crezi că era o sinucidere? îl întrebă McNamara pe un ton sec, iar ochii i se fixară pe trăsăturile ofițerului.

Fergusson avea senzația că se găsea sub microscop. Mai mult decât atât, lipsa de emoție din glasul lui McNamara îl tulbură pe ofițerul de patrulă și mai mult și îl făcu să înghețe până la oase. Dacă Inspectorul Șef ar fi strigat la el, atunci cel puțin s-ar fi simțit mai încrezător. Ar fi putut să țeasă o poveste cu care să salveze situația.

Un bărbat furios deseori trecea peste detalii, dar McNamara era prea calm, iar atitudinea lui îl neliniștea pe ofițer. Fergusson nu avea cum să-i citească mintea și atitudinea omului, iar acum nu mai știa ce să spună.

— Avea încheieturile tăiate, domnule. Exact ca în cazul unei sinucideri, replică ofițerul, iar apoi se uită înspre Sergent implorator.

Fergusson spera că supervizorul său direct va opri interogarea dacă îi lăsa impresia că era vorba de o neînțelegere. Încercă să pară confuz pentru ca Sergentul să priceapă că linia de chestionare a Inspectorului Șef nu avea obiect.

Sergentul își aruncă privirea fugitiv înspre DCI, dar nu interveni. Niciodată nu auzise pe nimeni spunând că Inspectorul Șef ar fi un bărbat capricios. Dacă insista să pună acele întrebări, era clar că era ceva mai mult legat de acel caz. Nu era vorba numai de o simplă incompetență.

— Am văzut și eu cadavrul, spuse McNamara ușor, ca și cum ar fi vorbit despre o situație obișnuită și nu despre o crimă. Imediat am observat vânătăile de pe brațele flăcăului. Nu a fost necesar ca cineva să mi le arate, spuse el fără nici o inflexiune în voce.

Sprâncenele Sergentului sărirăîn sus din cauza surprizei. Nimeni nu se obosise să-i menționeze acele vânătăi mai înainte, nici în timpul raportului cu ofițerii de patrulă din dimineața ce a urmat crimei și nici după aceea. Sergentului îi venea greu să creadă că ofițerii săi nu ar fi observat acele urme și ar fi făcut o astfel de greșeală evidentă. După câteva momente de reflecție, se încruntă, iar ochii săi fulgerară cu mânie în direcția ofițerului.

Fergusson evită privirea furioasă a sergentului și își îndreptă privirea spre dreapta. Simți că pieptul i se contractă când își dădu seama că tocmai își pierduse unicul aliat și începu să respire cu dificultate.

Buzele lui McNamara tresărirăcu ironie reținută când observă schimbul dintre cei doi bărbați. Apoi așteptă să vadă ce mai avea Fergusson de spus după aceea. Nu credea că omul își folosise întregul arsenal.

Ofițerul nu îl dezamăgi. Găsi o explicație și pentru acele urme destul de rapid.

— Am observat și eu urmele, domnule, dar le-am pus pe seama unei altercații pe care victima a avut-o cu amicii săi. M-am gândit că s-a bătut cu altcineva. Flăcăii aceștia se bat tot timpul la vârsta lor, spuse el, deschizându-și brațele.

— Interesant punct de vedere, replică McNamara cu sarcasm. Iar acea altercație i-ar fi lăsat semne numai pe brațe, ca și cum cineva l-ar fi ținut pe loc, remarcă el. Nici o buză spartă, nici o încheietură a vreunui deget învinețită, nimic, enumeră el cu o încruntătură pe chip.

— Nu m-am gândit atât de departe, domnule, îi răspunse Fergusson cu pocăință, coborându-și privirea de parcă s-ar fi rușinat că a trecut cu vederea peste așa ceva.

— Văd asta. Poate ne poți spune tu, cu propriile tale cuvinte, la ce te-ai gândit, spuse McNamara și se aplică ușor în față, sprijinindu-și coatele de marginea mesei și înlănțuindu-și degetele.

Cererea lui îl puse în încurcătură pe ofițerul de patrulă. Își ridică privirea și se uită fix la DCI, incapabil să răspundă. Mintea i se golise de orice gând.

De-a lungul ultimelor două zile, Fergusson învârtise diverse scenarii în cap, dar nu-i trecuse prin minte că Inspectorul Șef i-ar putea pune vreodată o astfel de întrebare. În consecință, nu era deloc pregătit să răspundă.

McNamara nu îl presă. Nu avea destule probe pe moment și de aceea intenționa să prelungească interviul cât putea de mult, până ce ar fi primit vreo informație folositoare cu care să poată aplica mai multă presiune asupra ofițerului și să-l doboare.

Tăcerea se prelungi în încăpere timp de mai multe secunde tensionate și deveni aproape asurzitoare. Până și Sergentul se foi în scaun, iar fața ofițerului de patrulă se încreți. McNamara nu mișcă nici un mușchi și lăsă impresia că ar fi putut sta în acea poziție un timp îndelungat.

Ofițerul de patrulă își târșâi picioarele pe podea și, în același timp, evită ochii tuturor. Nu dorea să-i întâlnească privirea Sergentului care se uita fix la ofițerul său fără să-i vină a crede ceea ce auzea.

Bipul telefonului lui McNamara, care anunța livrarea unui mesaj text, îi făcu să tresară și pe Sergent și pe Fergusson. O umbră de teamă traversă trăsăturile ofițerului de patrulă, iar buzele îi tremurară. Bipul acela sunase de rău augur în urechile sale și avea senzația că era legat de el. Omul își încleștă pumnii sub masă, iar zbaterea pleoapei ochiului său stâng se intensifică.

McNamara își flutură mâna ca și cum ar fi vrut doar să-l reasigure. După aceea, cu gesturi molcome, pescui telefonul din buzunar. Nu se grăbi defel să citească mesajul. Atitudinea lui aduse noi picături de sudoare pe fruntea ofițerului, dar Fergusson nu îndrăzni să le șteargă, deși începuseră să îi curgă pe față. Degetele îi tremurau foarte rău de acum și nu credea că ar fi prea inteligent să îi permită Inspectorului Șef să vadă că era speriat.

După ce termină de citit mesajul de câteva ori, numai așa de spectacol, McNamara se ridică cu o mișcare molcomă. Ochii îi trecură peste ofițerul de patrulă cu indiferență, iar apoi întorcându-se spre Sergent, îi spuse cu autoritate:

— Trebuie să ies din încăpere pentru câteva clipe. Aș prefera să nu pui nici o întrebare și să nu faci nici un comentariu în absența mea.

Sergentul dădu din cap, dornic să arate că a înțeles ordinul detectivului. Nu avea nici cea mai mică intenție să îi strice investigația șefului punând vreo întrebare pe care nu ar fi trebuit să o pună sau spunând ceva ce ar fi putut fi interpretat greșit mai târziu.

Ofițerul detesta faptul că unul dintre oamenii săi se comportase atât de necorespunzător și avea impresia că atitudinea ofițerului se reflecta și asupra lui. Ideea că nu văzuse ce se întâmpla chiar sub nasul său îl irita pe Sergent și acesta nu avea nici cea mai mică intenție să îi permită ofițerului să rămână în libertate doar pentru că el a spus ceva ce nu ar fi trebuit.

McNamara păși afară din sală și închise cu grijă ușa în urma lui ca cei de dinăuntru să nu audă ce se întâmpla și ce se spunea pe coridor. Josh îl aștepta câțiva pași mai departe de sala de interogatoriu, ținând un plic în mână și dând semne de trepidație.

— Îmi cer scuze că vă deranjez în timpul interviului, domnule, se grăbi flăcăul să spună pe un ton coborât. Dar m-am gândit că ar trebui să vedeți mai întâi aceasta. S-ar putea să vă ajute să puneți întrebările. Lovește foarte aproape de casă, continuă el pe un ton grav și scoase desenul din plic.

McNamara își aruncă privirea peste desen și ochii i se îngustară ca două fante. Deși se aștepta la așa ceva, descoperind faptul că un ofițer de poliție era implicat în atât de multe crime tot îl lovea puternic.

Ochii albaștri ai lui Fergusson îl priveau din portret. Josh îi desenase cu foarte mare acuratețe. Reușise, în fapt, să surprindă până și pleoapele căzute ale ofițerului, precum și nasul său masiv care avea o cocoașă la mijloc.

Acea cocoașă era rezultatul unui pumn bine țintit spre nasul umflat al lui Fergusson în timpul primului său an ca ofițer de patrulă. Omul avusese nenorocul să fie implicat într-o altercație cu un om beat într-o noapte și nu a ieșit neatins din acea dispută, chiar dacă oponentul era o mână de om, nici măcar de 1,60 înălțime și cu vreo cincizeci de kilograme mai slab decât el.

— Angus este foarte bun când vine vorba să-şi amintească detaliile, domnule. I-am urmat indicaţiile cu atenţie când am desenat acest portret. Asemănarea este izbitoare, zic eu. Nu mi-am putut crede ochilor când am văzut pe cine am desenat, îşi scutură tânărul capul, iar buzele i se strânseră de supărare.

— Da, este izbitoare, într-adevăr, aprobă DCI evaluarea lui Josh. Ai făcut o treabă bună, Josh. Unde este Angus? A rămas cumva singur în biroul meu? îl întrebă el, fixându-l pe om cu o privire aspră.

McNamara ştia că Angus ar fi fost în pericol dacă s-ar fi auzit în afara biroului ce ştia acesta.

— Nu, nu l-am lăsat singur, domnule, îşi scutură Josh capul. Tocmai voiam să vă trimit mesajul când a venit Claire MacKay. Vă căuta, aşa că am lăsat-o pe ea cu Angus să aibă grijă de el, îşi termină el raportul cu mai puţină încredere în sine decât înainte. Am făcut cumva o greşeală? se interesă el cu jumătate de voce.

— Nu, nu ai făcut. Claire este de încredere, îl linişti McNamara cu un zâmbet palid.

Dovada că ofiţerul de patrulă era în cârdăşie cu cei ce comiseseră crimele şi era probabil implicat şi în terorism îi răpise abilitatea de a zâmbi.

— În regulă, Josh. Întoarce-te la Angus şi terminaţi şi al doilea portret. Am nevoie şi de acela şi cât mai curând posibil, se asigură el să menţioneze, punându-i mâna omului pe umăr.

— Da, domnule, îl vom face rapid. Îl veţi avea în mai puţin de o oră. După cum am spus deja, Angus este bun la detalii, repetă Josh.

McNamara dădu din cap şi se reîntoarse în sala de interogatoriu. Două perechi de ochi îi urmăriră intrarea şi paşii săi lungi spre masă. În momentul în care ajunse la masă, DCI nu se mai obosi să se aşeze. Rămânând în picioare, spuse pe un ton dur:

— Bryce Fergusson, vei fi reţinut în custodie. Vei fi acuzat de crimă, complicitate la comiterea crimei şi terorism. Dacă decizi că vrei reprezentanţă legală, îl putem anunţa pe avocatul sau consilierul tău. Nu eşti obligat să spui absolut nimic, în afară de a-ţi declara numele, adresa, data şi locul naşterii şi naţionalitatea.

Atât ofiţerul de patrulă cât şi Sergentul se holbau la DCI cu expresii diferite în ochi. Sergentului nu-i venea să-şi creadă urechilor. Avusese el unele bănuieli că ofiţerul de patrulă va suferi unele consecinţe pentru obstrucţionarea justiţiei, dar cu toate acestea, nu se gândise defel că bărbatul va fi reţinut pentru interogare sub acuzaţiile de crimă şi terorism.

Ofiţerul păli imediat, iar buzele începură să îi tremure. Făcu o tentativă anemică să vorbească, dar cuvintele i se opriră în gât. Deşi încercă din greu, nu reuşi să le împingă dincolo de pragul buzelor. Braţele şi picioarele i se transformară în spaghetti şi, după câteva secunde, omul începu să respire superficial.

McNamara îl privea cu ochi reci şi nici măcar nu clipi când deveni clar că băbatul avea probleme de respiraţie. Se întoarse spre Sergent cu indiferenţă şi îi spuse:

— Pune-i cătuşele şi ia-l în custodie. Cere să fie percheziţionat, amprentat şi aşa mai departe. Ştii ce ai de făcut. Apoi, bagă-l într-o celulă. Dacă cere reprezentare legală, asigură-te că o primeşte, spuse McNamara pe un ton pragmatic.

DCI presupunea că după ce ofiţerul îşi va fi răcit picioarele într-o celulă pentru o vreme, acesta va fi mai dornic să dea la iveală detalii importante privind crimele şi planurile pe care Peter le văzuse, aşa că decise să lase interogarea lui pe mai târziu. În afară de aceasta, ar fi preferat să aibă mai multe dovezi înainte de a-l confrunta pe ofiţer.

Sergentul se ridică şi scoase cătuşele pe care le avea prinse de centură. Îi făcu semn ofiţerului de patrulă să se ridice şi el, iar Fergusson se supuse cu dificultate, clătinându-se pe picioare şi muşcându-şi buzele.

McNamara aşteptă până ce cătuşele încercuiră încheieturile ofiţerului. Acea întreprindere luă ceva timp pentru că mâinile lui Fergusson tremurau teribil.

Când Inspectorul Şef remarcă lacrimile mari curgând pe faţa acestuia, se încruntă. Se întoarse pe călcâie şi părăsi încăperea imediat.

McNamara nu putea suporta să vadă un bărbat atât de vânjos plângând. Colţurile gurii lui se întoarseră în sus cu dezgust şi acesta îşi înfipse mâinile în buzunare. Parcurse lungimea coridorului fără a mai arunca o altă privire spre ceilalţi doi.

LEGĂTURI RELATIVE

Aceştia îl urmau cu un pas mai lent pentru că Sergentul trebuia să îl susţină pe ofiţerul de patrulă. Bărbatul abia se mai ţinea pe picioare şi nu prea reuşea să pună un picior în faţa celuilalt. Se împiedica des, iar Sergentul se vedea nevoit să îl sprijine.

Când ajunse la celălalt capăt al coridorului, McNamara deschise uşa sălii de interogatoriu unde îşi amintea că-l văzuse pe Graham Fraser mai devreme. DCI nu privi în urmă să vadă ce mai făceau ceilalţi doi. Nu îi mai păsa de ei pe moment. Chipul Sergentului îl asigurase că Ferguson nu va pleca nicăieri prea curând.

CAPITOLUL NOUĂSPREZECE

JAMES ÎȘI RIDICĂ PRIVIREA când Inspectorul Șef pătrunse în încăpere. Graham Fraser își întoarse capul spre DCI cu curiozitate, iar McEwan numai se holbă la el. Acesta nu se aștepta să-l vadă pe McNamara acolo. Dacă Inspectorul Șef avea intenția să conducă un interogatoriu, în general, o făcea de la început.

McNamara îi salută cu o mișcare scurtă a capului, iar apoi se așeză alături de James. Ochii săi îi cercetară chipul lui Graham Fraser și remarcă doar curiozitatea și o îngrijorare vagă. Ceea ce nu văzu era teama, iar acel lucru îi spuse că fie omul nu avea nimic de-a face cu acea tărășenie, fie avea nervi de fier, nu ca amicul său. Inspectorul șef nu putea da la o parte și posibilitatea că Graham să fi avut un caracter mai puternic.

— Cât de departe ați ajuns cu interogarea? își mută McNamara privirea spre James.

— Graham tocmai ne spunea ce s-a întâmplat când au ajuns la apartamentul lui Peter, îi răspunse James liniștit.

— Și ce s-a întâmplat? se întoarse McNamara spre Fraser.

-Deja le-am spus detectivilor, domnule. Când am ajuns la apartament, ușa era deschisă, își repetă Graham Fraser declarația. Am intrat și l-am găsit pe flăcăul acela, James, pe podeaua din hol. Plângea în hohote. Ne-a luat ceva timp să-l calmăm suficient, atât numai cât să îl scoatem din apartament după ce ne-a îndreptat în direcția sălii de baie. Nu știam ce vom găsi în baie pentru că nu a fost în stare să ne spună, mai menționă Fraser și își schimbă poziția în scaun.

Fraser era un bărbat masiv, iar scaunul nu i se prea potrivea. După atât de mult timp petrecut în sala de interogatoriu, acesta devenise inconfortabil. Ofiţerul îşi încrucişă braţele pe tăblia zgâriată a mesei. Atitudinea lui nu trăda nici un fel de teamă, iar el nu părea să fi avut ceva de ascuns. Ofiţerul era doar necăjit pentru că ştia că făcuse o greşeală serioasă cu două nopţi în urmă la scena crimei, iar acum era dornic să facă tot ce putea pentru a îndrepta lucrurile.

— Când ai pătruns în baie, ce ai văzut? îl întrebă McNamara pe ofiţer.

Ochii detectivului străluceau cu curiozitate nerăbdătoare. Aşteptând răspunsul lui, Inspectorul Şef se lăsă pe spate în scaun şi îşi băgă una din mâini în buzunar.

— Doar doi dintre noi au intrat în baie, domnule. Nu ar fi fost suficient loc pentru noi toţi, îşi scutură Fraser capul, iar apoi îşi strânse buzele.

Ceva părea să îl zgândăre în felul cum evoluaseră evenimentele cu două nopţi în urmă, dar acum era prea târziu ca să mai reconsidere ce se întâmplase.

— Înţeleg. Atunci cine a intrat în baie? întrebă DCI.

— Bryce Fergusson şi Luther Dunbar au intrat, domnule. Nu cred că au zăbovit mai mult de un minut înăuntru. Când au ieşit, Bryce Fergusson ne-a spus că au găsit un flăcău în cada de baie şi că acesta îşi tăiase venele. Bryce a spus că arăta a sinucidere.

— Nu ai avut curiozitatea să vezi tu însuţi despre ce era vorba? se interesă McNamara pe un ton aspru.

— Ba da, domnule, recunoscu Graham Fraser dând din cap cu entuziasm. Toţi ne-am uitat în baie din uşă şi imediat am văzut tânărul care avea venele de la încheieturile mâinilor tăiate.

— Şi nu ai văzut nici un fel de urme pe corp? se miră Inspectorul Şef, iar sprâncenele i se încreţiră.

— Erau într-adevăr unele urme pe trupul puştiului, domnule. Dar, Bryce ne-a asigurat că s-a uitat mai îndeaproape şi că probabil flăcăul fusese implicat într-o bătaie înainte să-şi fi luat viaţa, raportă ofiţerul de patrulă, iar mai apoi buzele i se strânseră din nou şi întreaga faţă i se încreţi din cauza încruntării.

Graham părea să regrete acum că nu s-a uitat mai îndeaproape la cadavru. Nu ar fi trebuit să se bazeze pe evaluarea prietentului său.

— Deci l-ai crezut pe Fergusson pe cuvânt şi nu te-ai gândit să verifici tu însuţi? vocea aspră a detectivului îl biciui.

LEGĂTURI RELATIVE

Atitudinea ofițerului nu i se părea veridică. Nu era ceva ce ar fi făcut un ofițer de poliție. McNamara s-ar fi așteptat la mai mult de la el ca și de la ceilalți.

Graham se înroși și își coborî ochii pentru câteva clipe. După aceea, își ridică privirea și se uită direct în ochii Inspectorului Șef.

— Da, domnule, admise ofițerul cu regret. Nu aveam nici un motiv să pun la îndoială spusele colegului meu, preciză el. Am lucrat împreună cu Bryce încă de la începutul carierei. De fapt, am început să lucrăm împreună și am fost parteneri vreme îndelungată. Niciodată nu m-a mințit până în acea noapte și nu îmi amintesc ca el să fi făcut vreodată vreo greșeală, domnule, își explică Graham Fraser acțiunile.

— Înțeleg, murmură Inspectorul Șef. Și cine a venit cu ideea aceea inteligentă de a căuta prin apartament după o scrisoare care să explice sinuciderea? se interesă el.

— Bryce a spus că ar fi trebuit să se fie una în apartament și că ar trebui să o căutăm înainte ca detectivii și medicul legist să vină, replică Graham.

— Aceasta înseamnă că aveți obiceiul să alterați scenele crimelor? vocea aspră a lui McNamara îl făcu pe ofițer să tresară vizibil.

— Nu, domnule, replică el abia audibil și își scutură capul agitat. Dar vedeți dumneavoastră, Bryce ne-a spus că nu vom ajunge niciodată detectivi dacă nu arătăm ceva inițitivă, continuă el pe un ton mai puternic. Părea să fie o idee bună atunci, recunoscu omul după aceea mormăind. Dacă aș fi văzut dovezi că era vorba de o crimă, nu aș fi făcut așa ceva, domnule, dar nu am văzut decât un individ care și-a tăiat venele, recunoscu el cu regret.

— O ultimă întrebare, menționă Inspectorul Șef. Și gândește-te bine înainte de a mă minți, îl avertiză el pe ofițerul de patrulă, ai cărui ochi se lărgiră.

Gândul că inspectorul ar fi crezut că îl mințea nu îi trecuse prin minte lui Fraser deloc.

— Nu v-am mințit, domnule, îl asigură Fraser.

— Bine atunci. Ai vorbit cu Fergusson și ați decis ce să spuneți despre ce s-a întâmplat la locul crimei dacă ați fi interogați?

Fraser își scutură capul vehement și apoi răspunse:

— Am avut zi liberă ieri, domnule. Eu, unul, a trebuit să merg la Aberdeen să-mi vizitez socrii. Socrul meu este bolnav, iar nevasta mea își face multe griji așa că nu am vrut ca ea să conducă mașina. Știu că Leslie Whyte, unul dintre colegii mei, a fost de asemenea plecat. Oricum, nu ne-am revăzut unii cu ceilalți decât azi de dimineață și nu am avut timp să discutăm nimic, cu atât mai puțin cazul, înainte de a fi luați în sălile de interogatoriu, îl asigură el pe DCI.

— Vei face muncă de birou pentru moment, Inspectorul Șef îl informă și se ridică. Este liber să plece dacă nu mă întorc într-o oră, ordonă el privind fix spre McEwan. James, tu vii cu mine, adăugă McNamara pornind spre ușă.

James se grăbi să-l prindă din urmă și amândoi părăsiră sala. Ceilalți doi bărbați priviră după DCI cu uimire, iar apoi schimbară o privire confuză între ei.

CAPITOLUL DOUĂZECI

MCNAMARA ÎȘI ÎNFIPSE mâinile în buzunarele de la pantaloni și o porni spre biroul său. Pașii lui mari acoperiră distanța rapid.

James doar îl urmă, fără să spună nimic. Își păstră gândurile numai pentru sine însuși pentru că observase că Inspectorul Șef era pierdut în gânduri și nu considera că ar trebui să-l deranjeze. Avea destul timp după aceea să pună o parte dintre întrebările care i se învârteau în minte.

Când intrară în biroul lui McNamara, îl găsiră pe Josh punând ultimele tușe pe al doilea portret sub indicațiile precise ale lui Angus. McNamara surâse când auzi tonul autoritar al flăcăului. Angus îi dădea indicații lui Josh pe tonul unui general și era evident că tânărul se simțea important din cauza sarcinii sale.

Claire stătea tolănită lejer pe un scaun, mulțumindu-se să supravegheze procedura, fără a interveni în discuția celor doi tineri. Ea îi văzu pe detectivi prima și sări din scaun când intrară, dar McNamara îi făcu semn cu mâna să rămână unde era.

— Aproape că am terminat aici, domnule, spuse Josh întorcându-și capul spre cei doi bărbați când sunetul pașilor lor îi ajunse la urechi.

Angus își întoarse și el capul, iar când dădu cu ochii de DCI, mai că sări și el de pe scaun. McNamara îl opri cu un gest prietenesc.

— Nu este nevoie să fii atât de formal, flăcău. Rămâi acolo și termină-ți treaba, îi spuse McNamara, iar apoi îl bătu pe umăr.

Inspectorul Șef își aruncă privirea spre desen, dar nu-l recunoscu pe bărbatul înfățișat în portret. Ridică din umeri și îi făcu semn lui Josh să continue.

— Fac cafea pentru toată lumea, decretă el, iar James se strâmbă.

— Nu ați prefera să fac eu cafeaua, domnule? se interesă el.

James spera ca șeful să-i accepte oferta pentru că atunci ar fi putut și el să bea niște cafea în dimineața aceea. Chiar simțea nevoia să-și introducă niște cafeină în sistem, însă cafeaua pe care o pregătea McNamara în mod normal îi făcea părul de pe piept să cadă.

— Dacă vrei, James, ești invitatul meu, gesticulă McNamara cu mâna, invitându-l pe DS să preia acea sarcină.

Inspectorul Șef știa că nu va avea parte de o cafea destul de tare dacă o va pregăti James, dar putea trăi și cu una mai slabă.

DCI se îndreptă spre birou și luă loc cu un oftat abia auzit. Ziua abia îi începuse și el era deja obosit. De fapt, îngrijorarea era cea care îl obosea pentru că era prima dată în viață când se îngrijora pentru altcineva.

Îi păsa și de situația lui Deirdre, dar îngrijorarea pentru fată era mai mult abstractă. Lui îi păsa de toți martorii săi într-un fel, dar nu pierdea somn din cauza aceotora.

Îngrijorarea lui pentru Bryony, însă, depășea acea stare de lucruri. Lui nu-i prea surâdea că simțea astfel, dar aceasta nu însemna că ar fi putut face ceva ca să schimbe situația.

McNamara abia își mai stăpânea nerăbdarea așteptând ca Josh să termine portretul celui de-al doilea bărbat. DCI dorea să i-l trimită lui Bryony și să vadă dacă aceasta îl putea identifica pe bărbatul care o vizitase la librărie deunăzi. McNamara avea senzația că ajunsese la un punct de cotitură crucial în investigația sa.

Nerăbdarea îl determină să bată darabana cu degetele pe tăblia mesei, iar sunetul acela supărător opri toate activitățile din încăpere pentru câteva secunde. Toată lumea aruncă priviri furișe spre Inspectorul Șef, dar el nu remarcă absolut nimic, ci pur și simplu, continuă să se uite pe fereastră, cu o încruntare săpată între sprâncene.

Fără cuvinte, Josh își flutură mâna spre Angus cerându-i să se întoarcă la treaba lor. Bănuia că inspectorul reacționa astfel pentru că era nărăbdător să vadă portretul terminat, iar artistul nu prea avea chef să-l facă să aștepte mult timp.

Claire continuă să-l privească pe DCI pe sub gene, întrebându-se la ce se gândea omul. Avea sentimentul neliniștitor că Inspectorul Șef avea mult mai multe pe cap decât implicarea lui Fergusson în acel caz.

James observă că micuța Claire îi supraveghea dispoziția lui McNamara cu atenție și ridică din umeri. James lucrase cu DCI de câțiva ani deja și îi cunoștea toanele. Știa că nimeni nu putea face prea multe în legătură cu starea de spirit actuală a Inspectorului Șef.

Când omul reacționa astfel, singura soluție era să-i aduci rezultate. Din nefericire, nu prea se părea că un rezultat concret ar fi fost disponibil foarte curând.

MCNAMARA ÎȘI MUTĂ PRIVIREA spre James și își opri mișcarea degetelor când DS așeză o cană de cafea în fața sa. Toți respirară ușurați când acel staccato al degetelor sale se opri. Șeful dădu scurt din cap pentru a-i mulțumi lui James. Își luă cana și îl întrebă pe Josh:

— Cât va mai dura?

Un fior temător coborî pe șira spinării lui Josh la sunetul vocii neprietenoase a lui McNamara.

— Va fi gata acum, domnule, îl asigură Josh pe acesta, folosindu-și cel mai plăcut ton din arsenalul său, știind că trebuia să calmeze bestia înainte ca el să se transforme în prânzul ei. Aproape că am terminat aici. Mai avem doar câteva retușuri de făcut și aceasta ne va lua probabil câteva minute sau chiar mai puțin, îi promise Josh, iar DCI îi mulțumi cu o aplecare bruscă a capului.

McNamara începu să soarbă din cafeaua sa gânditor, continuând să întoarcă lucrurile știute în minte. Inspectorul Șef căuta cea mai plauzibilă explicație pentru tot ceea ce auzise și ce se întâmplase.

Un gând îi răsări brusc în minte și își scoase telefonul. Cu stângăcie, îi scrise un mesaj lui Jo, cerându-i să îl țină pe Dunbar sub supraveghere. McNamara ceru ca ofițerul de patrulă să fie reținut în sala de interogare până ce ajungea el acolo, indiferent de ce s-ar fi întâmplat.

I-ar fi plăcut lui să îi pună câteva întrebări și lui Claire ca să afle dacă aceasta avea mai multe informații pentru el, dar trebuia să aștepte până ce Josh și Angus părăseau biroul.

Vocea lui Josh îl trezi din gândurile lui.

— Am terminat, domnule. Acesta este celălalt bărbat, din ceea ce îmi spune Angus, îi zise el, întinzându-i desenul lui McNamara.

McNamara îşi aruncă ochii peste portret, dar nu îl recunoscu pe bărbat. Arăta destul de aproape de ceea ce îi spusese Bryony, dar trebuia să i-l arate şi ei pentru a se asigura că femeia era în siguranţă.

— Eşti sigur că acesta este cel de-al doilea individ? îl întrebă el pe Angus.

— Sută la sută, domnule, flăcăul dădu din cap cu entuziasm.

— În regulă, Angus. Eşti liber să pleci. James te va însoţi afară. Nu spune nimănui ce ai făcut aici astăzi. Cel puţin pentru câteva zile până ce închidem cazul, îl avertiză el pe băiat. James, ai grijă şi uită-te în jur când pleacă. Vezi dacă îl urmăreşte sau supraveghează careva.

Inima lui Angus se făcu mică cât un purice. Abia acum deveni el conştient că se afla în pericol, deşi McNamara îl avertizase şi mai înainte. Acum flăcăul nu se mai simţea la fel de sigur pe el precum înainte, mai ales când îşi aruncă ochii spre DCI, cu un zâmbet strâmb pe buze.

— Nu te teme, flăcău, îl asigură McNamara atunci când îi observă teama. Nu vom permite să ţi se întâmple nimic. Vom lua toate precauţiile, iar dacă îmi urmezi sfatul, totul va fi bine, o să vezi.

Angus dădu din cap, deşi nu prea era el sigur că îl puteau proteja. Cu un oftat adânc părăsi încăperea împreună cu James, iar Josh îi urmă.

După ce aceştia părăsiră camera, McNamara se întoarse spre Claire, care era tot tolănită în scaunul ei. Bărbatul îşi dădu seama că nu observase mai înainte că aceasta era o persoană atât de nonconformistă.

McNamara de asemenea îşi puse întrebări despre relaţia dintre ea şi James. DS era cel mai convenţional om pe care îl întâlnise vreodată, iar Inspectorul Şef nu îşi imaginase că pe acesta l-ar fi interesat o femeie atât de diferită de el.

— Deci, ce altceva ai pentru mine, Claire? o întrebă el, întorcându-şi gândurile spre probleme mai importante.

Claire se lăsă în faţă pe scaun şi îşi sprijini coatele de tăblia mesei.

— Cred că veţi considera acest lucru chiar foarte interesant, domnule, începu ea.

CAPITOLUL DOUĂZECI ȘI UNU

— ȘTIU CĂ MI-AȚI SPUS să mă întorc mai târziu după masă, domnule, după ce aș fi cercetat mai în profunzime atacul terorist din Glasgow precum și trecutul lui Declan Cameron. Cu toate acestea, am considerat că ar fi fost bine să încep cu verificarea mai îndeaproape a cumnatului lui Fergusson, mărturisi Claire trepidând.

Ochii femeii cercetară chipul lui McNamara pentru a vedea dacă apărea vreun semn care să-i spună că inițiativa ei îl supărase. Acesta îi observă teama și îi făcu semn să nu-și mai facă griji, ci să continue cu raportul ei.

— Tocmai am aflat că l-au adus pe Cameron la Infirmeria Regală din Edinburgh la începutul săptămânii trecute și sunt convinsă că ar trebui să știți despre aceasta. Cred că e cu totul altceva dacă acesta este reținut în HM Prison Shotts și cu totul altceva dacă este spitalizat în Edinburgh, atât de aproape de casă, explică ea de ce venise ea mai devreme decât ar fi trebuit ca să îi dea raportul privind lucrurile pe care le descoperise.

— Ai dreptate, Claire, o aprobă McNamara cu o aplecare a capului. Te-ai gândit bine. Aș fi vrut să știu imediat despre așa ceva. Spitalizarea lui Cameron în Edinburgh face o diferență deosebită. Variabilele ecuației s-au schimbat. Lucruri ce ar fi părut fantastice până acum, încep să pară posibile, dădu el din cap gânditor. Da, acum planurile pe care Peter le-a văzut pe masă în cârciumă înainte să fie ucis au o semnificație aparte, aprobă McNamara procesul ei de gândire. De ce a fost Cameron spitalizat? se interesă el cu curiozitate.

McNamara se aplecă în faţă, cu sprâncenele ridicate pe frunte, şi îşi împinse ceaşca de cafea deoparte cu un gest nervos. Brusc, omul nu mai simţea dorinţa să-şi bea cafeaua pentru că acum, începuse să se îngrijoreze. Ameninţarea unui atac terorist în oraşul său nu-i cădea prea bine.

Claire se aplecă spre el, ca şi cum ar fi vrut să-i împărtăşească un secret, şi îi răspunse pe un ton coborât:

— Am vorbit cu cineva de la închisoare, domnule. Am găsit acolo un flăcău care a fost destul de amabil să-mi dea detaliile a ceea ce s-a întâmplat. Mi-a spus că dosarul arată că omul nostru, Cameron, a fost implicat într-o bătaie acum o săptămână, domnule. În consecinţă, a fost rănit foarte sever în acea altercaţie. Dosarul spunea că cei doi indivizi cu care s-a luptat Cameron l-au înjunghiat de câteva ori. Erau înarmaţi cu obiecte ascuţite. De fapt, închisoarea se găseşte în mijlocul unei investigaţii chiar acum. Se încearcă să se afle cum au ajuns cei doi să aibă acele arme. Nu ar fi trebuit să fie posibil, doar ştiţi. Este o închisoare cu grad ridicat de securitate. Oricum, din câte înţeleg, doctorii au reuşit să-l stabilizeze pe Cameron. Este programat să fie trimis înapoi la HM Prison Shotts luni dimineaţă săptămâna viitoare, îi explică ea pe larg, gesticulând în acelaşi timp.

— Înţeleg, murmură McNamara. Cred că acum am o idee mai clară despre ce se petrece, remarcă el. Aşteaptă doar o secundă, ridică el un deget pentru a o opri pe Claire când observă că aceasta voia să mai adauge ceva.

McNamara îşi pescui telefonul şi fotografie desenul pe care Josh îl lăsase pe masa lui. Detectivul îi trimise poza lui Bryony cu un mesaj prin care îi cerea să-i confirme sau să nege că persoana din acel portret era bărbatul care zăbovise în librăria ei în după masa anterioară.

DCI puse telefonul deoparte pe masă după aceea, dar nu-şi putu lua ochii de la el. Clocotea de nerăbdare, iar tensiunea sa impregna întreaga încăpere.

Claire îi percepea teniunea lui McNamara de parcă ar fi fost un fir de înaltă tensiune neizolat. Prudentă, nu articulă nici un cuvânt, ci aşteptă.

Femeia bănuia că Inspectorul Şef era prins în propria sa lume şi nu ar fi fost prea încântat de intervenţia ei. De asemenea, ea simţea că acesta avea o povară serioasă pe suflet, chiar dacă ea nu prea ştia despre ce este vorba.

Două minute mai târziu, telefonul inspectorului bipui. Acesta smulse telefonul de pe masă şi verifică mesajul.

LEGĂTURI RELATIVE

O încruntătură îi apăru pe chip când citi răspunsul lui Bryony. Aceasta îi confirma că desenul îl reprezenta într-adevăr pe bărbatul care își pierduse vremea în magazinul ei cu o zi înainte.

Când îi citi răspunsul, chipul Inspectorului Şef se întunecă şi mai mult. Gura i se strânse într-o linie dură, iar bărbatul își strânse pumnul drept atât de tare încât i se albiră încheieturile de la degete.

McNamara îşi muşcă buza inferioară, în timp ce căuta cea mai bună cale de acţiune. Trebuia să facă planuri şi rapid dacă nu voia ca totul să-i explodeze în faţă. Când ajunse la o concluzie, îşi ridică privirea spre Claire, care îl privea pe sub gene cu teamă.

Aceasta bănuia că DCI tocmai primise o confirmare teribilă şi oftă în sinea ei. Ştia că acum viaţa sub comanda lui va deveni puţin mai dificilă decât înainte. Exigenţa lui McNamara în absolut orice reprezenta o adevărată problemă uneori.

— Poţi tu să-l chemi pe Sergent în biroul meu pentru o clipă? îi ceru McNamara lui Claire pe o voce încordată.

Claire imediat dădu din cap şi sări de pe scaun să plece, fericită să iasă din linia de foc a lui McNamara. Nu-i plăceau liniile ce se formaseră în jurul gurii Detectivului Inspector Şef, iar un tremur înfrigurat îi traversase şira spinării când percepuse încordarea din vocea lui. Claire nu-l văzuse niciodată pe acesta să reacţioneze astfel.

Imediat ce Claire părăsi încăperea, McNamara îşi luă telefonul şi o sună pe Bryony. Nu mai putea să stea pe loc, aşa că se ridică şi o porni spre fereastră, frecându-şi fruntea cu un gest absent.

— Buna, o salută el pe femeie când Bryony îi răspunse la apel.

McNamara îşi dădu seama că vocea îi suna la fel de tensionată ca şi cu câteva minute în urmă când îi vorbise lui Claire. Se strâmbă de necaz, dar continuă.

— Voi trimite doi ofiţeri de patrulă la magazin ca să te păzească, spuse el cu duritate, fără să-i mai dea femeii timp să îi mai răspundă la bineţe.

— Înţeleg, vocea calmă a lui Bryony se auzi pe linie. Nu ştiu dacă aceasta este o idee prea bună, Artair. Aş putea la fel de bine să închid librăria pentru că nimeni nu se va simţi confortabil să-mi intre în magazin cu ofiţerii aici. Îmi voi pierde toţi clienţii, îi explică ea pe un ton pragmatic.

— Cred că este de preferat să pierzi clienţi, dar să-ţi salvezi viaţa, replică McNamara pe un ton dur.

Bryony încercă să protesteze, rănită de răceala tonului său, dar el o întrerupse.

— În regulă, uite cum facem, spuse el pe un ton ce nu mai admitea nici un fel de argument, iar mai apoi începu să patruleze prin faţa ferestrei, frecându-şi fruntea. Ofiţerii mei vor purta haine obişnuite. Nu vor veni în uniformă. Cu toate acestea nu se vor mişca din magazinul tău până la ora închiderii seara. Te vor urma acasă dacă eu nu pot să vin să te iau. Multe afaceri au gărzi de securitate în ziua de azi aşa că nu ar trebui să te plângi. Magazinul tău va părea mai select, nu altfel, menţionă el, cu o urmă de sarcasm în voce.

— Dar..., începu Bryony să argumenteze, dar el o întrerupse încă o dată.

— Nu te certa cu mine pe tema asta, se răsti McNamara la ea, ridicându-şi vocea cu nerăbdare. Nu e vorba de o toană de-a mea. Oamenii aceştia nu au scrupule, Bryony, înţelegi? mai că strigă el la ea. Vorbim deja despre terorism. Foloseşte-ţi mintea aia afurisită, femeie, îşi pierdu el calmul, uitând să-şi mai măsoare cuvintele sau tonul vocii.

McNamara lovi cu pumnul în peretele de lângă pervazul ferestrei. Nu era furios din cauza tinerei, ci, de fapt, era furios pe el însuşi. Bănuia că depăşise o linie invizibilă, atât în relaţia sa cu Bryony cât şi în profesia sa, dar nu avea nici o altă cale de acţiune.

Inspectorul Şef tocmai îşi folosise poziţia pentru a-şi proteja iubita. Acela era adevărul, iar el trebuia să trăiască cu acel fapt. Şi cu toate acestea, bărbatul nu putea suporta gândul că ceva ar putea să i se întâmple femeii. Iar, până la urmă, nu era dificil să tragă concluzia că dacă aceasta se afla în pericol era din cauza legăturii ei cu el.

Mai mult decât atât, el nu credea că ar putea renunţa să o aibă în viaţa lui şi oricum era prea târziu ca să o lase în pace. Femeia devenise deja ţintă, iar el nu avea puterea să schimbe acel lucru.

McNamara ştia, de asemenea, că suna ca un dictator dându-i ordine, iar Bryony nu era femeia care să accepte acel tip de atitudine din partea nici unui bărbat. Se aştepta ca şi ea să se răstească la el, supărată de atitudinea lui dominatoare. Oricum, el deja depăşise punctul în care ar fi putut să-şi mai tempereze discursul. Teama de ce ar putea să i se întâmple ei îl împingea să meargă în continuare pe acelaşi drum.

LEGĂTURI RELATIVE

Inspectorul Şef își alungă toate acele gânduri din mintea sa. Consecințele profesionale și personale puteau aștepta. Detectivul știa că acum trebuia doar să o protejeze pe Bryony. Avea suficient timp să treacă toate acele gânduri prin sită mai târziu.

Din fericire, Bryony îi simțise agitația și decise să nu mai argumenteze. Îl știa pe McNamara destul de bine, iar el nu era omul care să se piardă cu firea la cea mai mică presiune, așa că presupuse că știa el ce făcea și avea un motiv valid pentru a-i cere să-i accepte pe ofiţerii de patrulă în magazinul ei și pentru a-i vorbi în acel fel.

— Foarte bine, Artair, acceptă ea pe un ton blând. Îi voi aştepta pe ofiţerii tăi.

— Îți voi trimite pozele lor pentru ca să-i poți identifica. Nu vreau să avem nici un fel de surprize neplăcute, mențiomă el.

Detectivul se întoarse la biroul său gândindu-se la diverse scenarii. McNamara își imagină că teroriştii ar putea trimite pe cineva la Bryony sub scuza că el i-a trimis ca să o păzească. Când acel gând îi trecu prin minte, McNamara se întrebă dacă nu cumva paranoia îi copleşise mintea și vorbea acum în locul lui, dar imediat înlătură și acea presupunere. Nu putea să nu ia în considere că oamenii aceia ar fi fost capabili și de așa ceva.

DCI era conștient că se găsea în căutarea unor indivizi care nu reprezentau tipul obișnuit de criminal. Deja demonstraseră o cruzime de neimaginat, iar el trebuia să analizeze totul și să fie mereu cu câțiva paşi înaintea lor dacă dorea să o păstreze pe fată în siguranţă și să îi prindă și pe criminali în acelaşi timp.

Un ciocănit la uşă îi tulbură gândurile, așa că se întoarse la discuţia cu Bryony. Nu avea nici cea mai mică idee de cât timp aştepta aceasta ca el să îi răspundă.

— Să îmi spui când ai primit pozele, Bryony. Probabil că îmi va lua cam cincisprezece minute să le trimit, o avertiză McNamara pe Bryony.

— Nu este nici o problemă. Ţin telefonul la mine, așa cum ţi-am promis, îl asigură Bryony pe detectiv, iar McNamara surâse.

— În regulă, atunci. Ai grijă de tine, mă auzi? insistă el. Fă-o doar ca să-mi dai peste nas, dacă nu pentru că este cel mai înţelept lucru de făcut, îi ceru bărbatul, iar vocea îi sună la fel de aspru ca mai înainte, și totuşi, Bryony îi simţi și zâmbetul din spatele asprimii.

— Desigur, Artair, râse ea cu veselie.

Femeia nu îi lua avertismentul ca fiind futil, dar se gândea să-i mai descreţească fruntea puţin.

McNamara surâse din nou, dar nu-i mai răspunse. Deconectă apelul şi se aşeză la birou, iar după aceea, lătră:

— Intră!

Claire şi Sergentul intrară în birou, iar chipurile lor trădau faptul că erau cam îngrijoraţi.

Fără îndoială pentru că latru ca un lunatec, se încruntă McNamara, furios pe el însuşi din nou, iar încruntătura lui îi făcu pe cei doi să ezite. Aceştia nu îndrăzniră să avanseze în încăpere, ci se opriră chiar în uşă.

— Luaţi loc, îi invită el cu un gest larg, încercând să sune calm şi liniştitor.

După ce se aşezară cu grijă pe scaunele din faţa biroului său, McNamara îşi aruncă privirea spre bărbatul îmbrăcat în uniformă şi spuse:

— Sergent, am nevoie de doi dintre ofiţerii tăi de patrulă să păzească o femeie care a devenit ţinta atacurilor teroriştilor implicaţi în acest caz. Ţine cont că am nevoie de ei pentru tot timpul zilei şi aceasta cel puţin câteva zile, menţionă el. Până ce cazul este închis.

La cuvintele lui, ochii Sergentului se rotunjiră şi mai că-i săriră din orbite. Picături de sudoare îi pătă fruntea şi omul îşi târşâi picioarele pe podea.

Investigaţia aceea, care-i implica pe câţiva dintre oamenii săi, devenea din ce în ce mai complicată pe secundă ce trecea şi nu-i plăcea acel lucru. După câteva momente tensionate, se trase pe marginea scaunului şi întrebă:

— Pe cine aţi vrea să vă trimit, Inspectore Şef?

— Oricine care nu a lucrat vreodată cu Fergusson şi Dunbar. Aş fi preferat ca cei doi oameni de care am nevoie să nu fi avut nici un fel de relaţie anterioară cu nici unul dintre ofiţerii implicaţi în această tărăşenie, dar înţeleg că acest lucru nu este posibil, totuşi. Cred că ar fi o provocare prea mare să-i verificăm pe toţi, spuse McNamara.

Sergentul aprobă dând din cap, iar buzele i se strânseră. Îl ameţea numai gândul de a încerca să determine cine nu a lucrat cu cei patru ofiţeri de patrulă.

— Apropo, Claire se va alătura şi ea detaliului de securitate mâine, îl avertiză McNamara.

Inspectorul Şef îşi aruncă ochii spre Claire, iar aceasta îşi aplecă capul în semn că era de acord. Poliţista cam avea ea o idee privind identitatea femeii pe care trebuiau să o protejeze şi abia aştepta să o întâlnească.

LEGĂTURI RELATIVE

— Femeia aceasta, pe care trebuie să o protejăm, a organizat un eveniment pentru semnarea unei cărți mâine. Voi încerca să fiu și eu acolo, dar nu știu dacă voi fi disponibil la ora aceea. Indiferent dacă eu sunt prezent sau nu, Claire tot va face parte din grupul menit să asigure securitatea femeii, sublinie Inspectorul Șef.

Sergentul își șterse din nou fruntea, copleșit de toate acele informații. Începu să se gândească intens, încercând să găsească cea mai bună soluție la cererea Inspectorului Șef.

Nu se grăbi defel, iar McNamara simți nevoia să îl înhațe pe om de guler și să-l scuture. DCI avea nevoie de un răspuns curând și nu putea să aștepte până ce ofițerul ar fi bifat cine știe ce lucruri în mintea lui.

— Cred că mai bine am trimite doi dintre cei mai tineri, domnule. Sunt un pic verzi, e adevărat, admise el cu reticență. Dar sunt sigur că aceștia doi nu au nici un fel de conexiune cu Fergusson sau Dunbar, explică Sergentul pe un ton ezitant.

Apoi, acesta clipi. Brusc, creierul său procesă informația că și Dunbar era implicat în acea situație și întrebă pe un ton uimit:

— Și Dunbar este implicat, domnule?

Nimeni nu se obosise să-i spună despre Dunbar, iar acel lucru reprezenta o lovitură dublă. Să afle că avea doi ofițeri pătați în subordinea sa era puțin cam mult de înghițit.

— Așa se pare, Sergent, replică McNamara pe un ton dur. Trimite-m-ii pe cei doi flăcăi acum, ordonă el scurt.

Sergentul înțelese imediat ce voia Inspectorul Șef să spună. Știa că fusese concediat și se ridică cu greutate. Acea zi nu se dovedise a fi prea bună pentru el și totul îi apăsa pe piept.

Ofițerul se îndreptă spre ușă cu pași grei, tot scuturându-și capul, de parcă nu ar fi putut înțelege cum de totul se înrăutățise atât de mult. Când a ajuns la ușă, Sergentul o deschise și se ciocni de David Stewart, care tocmai se pregătea să ciocănească.

— Scuze, doctore, mormăi Sergentul.

— Nici o problemă, bătrâne, își flutură Stewart mâna și intră în încăpere, ocolindu-l pe Sergent.

Bătrân pe naiba, înjură Sergentul pe sub barbă. *Ești mult mai bătrân decât sunt eu, individ plin de aere,* reflectă el cu amărăciune și apoi o porni pe coridor să îi cheme la el pe cei doi ofițeri de patrulă.

Acea zi îi mergea din ce în ce mai rău. Ofițerul nici măcar nu mai știa în care dintre subordonații săi să aibă încredere.

Sergentul de asemenea ura faptul că DCI îl prinsese cu pantalonii în vine. El era conștient că ar fi trebuit să fie capabil să mențină un grup de oameni curați. De aceea fusese promovat pe acea poziție.

CAPITOLUL DOUĂZECI ȘI DOI

MEDICUL EXAMINATOR se așeză pe un scaun în fața biroului Detectivului Inspector Șef și oftă adânc. Risipise multă energie de-a lungul ultimelor zile. Stresul și extenuarea își puseseră amprenta pe el și îi înrăutățiseră artrita, iar acum avea dureri ori de câte ori își îndoia genunchii. Doctorul cercetă chipul lui McNamara cu atenție.

— Arăți cam tensionat, flăcău, spuse doctorul cu nonșalanță, deoarece relația dintre ei îi permitea să facă anumite observații pe care ceilalți le evitau.

Oricum, doctorul nu era genul de om care să-și țină gura închisă.

DCI se mulțumi doar să ridice din umeri. Nu prea se simțea el dornic să intre în anumite amănunte legate de ancheta sa pe moment. Stewart era prietenul său, dar acel lucru nu însemna și că McNamara i-ar fi putut mărturisi ce avea pe suflet.

— Presupun că ai terminat autopsiile, îi replică Inspectorul Șef pe un ton grăbit pentru că voia să-l facă pe doctor să se întoarcă la anumite detalii ale cazului.

Nu avea nici un chef de discuții inutile. Spera ca omul să îi înțeleagă intențiile și să se rețină de la a mai face alte comentarii.

— Presupui corect, spuse medicul legist dând din cap. Ți-am trimis rapoartele autopsiilor prin email. Bun lucru și sistemul ăsta informațional din ziua de azi, menționă el. Nu trebuie să mai car dosare cu mine dacă nu am chef, vezi tu, adăugă doctorul, gesticulând cu nonșalanță.

Claire își coborî capul pentru a-și ascunde zâmbetul. Aparent, medicului legist nu prea îi păsa de dispoziția extrem de proastă a lui McNamara.

Deşi toată lumea era deja la curent cu legătura dintre Inspectorul Şef şi medicul legist, Claire tot trebui să-l admire pe cel din urmă pentru că, în fond, doctorul chiar arăta curaj. McNamara nu era omul cu care să te joci.

— Desigur, m-am gândit să vin eu însumi să-ţi dau un raport oral. Dacă ai chef să-l auzi, desigur, continuă medicul legist ridicându-şi sprâncenele.

— Deci? îl îmboldi McNamara să înceapă să vorbească pentru că explicaţia ocolitoare a medicului îl obosise.

David oftă şi strânse din buze. Se aşteptase la altă primire din partea detectivului. Medicul legist ştia că McNamara avea multe pe cap în acel moment, dar aceasta nu însemna că detectivul nu putea pierde o clipă sau două pentru a face ceva conversaţie mai întâi.

Doctorul niciodată nu încetase să îşi pună întrebări despre comportamentul social al detectivului. Avea el suspiciunile lui, dar nu putea să îl întrebe pe McNamara în mod direct pentru a-şi confirma teoriile.

— Ei bine, după cum am spus deja, flăcău, cel puţin trei bărbaţi au fost implicaţi în lupta cu Cullum. Am descoperit trei tipuri diferite de sânge şi alte urme de ADN pe hainele şi epiderma flăcăului, îl informă David pe McNamara. Atacatorii nu au reuşit să-l ucidă pe flăcău atât de repede pe cât au sperat. Băiatul a demonstrat multă vigoare şi voinţă. Am impresia că bătaia ar mai fi continuat pentru o vreme dacă puştiul nu ar fi căzut peste nenorocita aia de măsuţă de cafea, medicul examinator îşi scutură capul cu mâhnire, iar apoi îşi strânse buzele şi oftă din nou.

După ce îşi mai scutură capul o dată continuă:

— Am impresia că lovitura primită la cap l-a slăbit pe flăcău. Cred că şi-a pierdut cunoştinţa şi de aceea atacatorii au reuşit să-l înjunghie în inimă, observă doctorul.

Ochii lui McNamara se îngustară, iar omul îşi împleti degetele. Le strânse atât de puternic încât i se albiră încheieturile.

— Ar trebui de asemenea să remarc că Cullum a suferit mai multe răni şi a avut suficient de multe oase rupte, continuă Stewart să explice.

Medicul legist îşi opri explicaţiile pentru câteva secunde când McNamara se ridică şi se îndreptă spre filtrul de cafea. Stewart îl urmări din ochi. Detectivul îi umplu o ceaşcă doctorului şi o puse pe masă în faţa doctorului când se întoarse.

McNamara nu se obosi să-l mai întrebe dacă dorea zahăr sau lapte. Ştia deja că David prefera să bea cafeaua neagră.

David dădu din cap în semn de mulțumire și sorbi din cafea. Își înclină apoi din nou capul apreciativ când își dădu seama că McNamara nu avusese nimic de-a face cu pregătirea acelei cafele. Aceasta nu era la fel de tare precum o făcea detectivul, iar doctorul se simți ușurat. Apoi omul își continuă raportul ca și cum nu s-ar fi întâmplat nimic și nu ar fi fost întrerupt.

— Același lucru s-a întâmplat și cu celălalt flăcău, Neil Blair. Doamna Gordon a fost ucisă după aceea. Nu pot afirma cu certitudine, dar dovezile mă împing spre aceeași concluzie oricum, ridică el din umeri și mai sorbi din cafea.

Privirea lui Claire se plimbă de la doctor spre McNamara și înapoi, așteptându-se să audă o remarcă nerăbdătoare din partea Inspectorului Șef, dar McNamara doar așteptă cu răbdare ca doctorul să continue.

— Gordon, flăcăul pe care l-am găsit în râu, a suferit o lovitură la cap înainte de a fi aruncat de pe pod, explică medicul legist. Cu toate acestea, puștiul era viu când a ajuns în apă. Am găsit apă din râu în plămânii săi. Toate celelalte lovituri de pe trupul lui s-au datorat călătoriei de-a lungul albiei râului și, în mare parte, au fost cauzate post-mortem. Trupul a dat peste niște roci și crengi de copaci. Am găsit urmele lăsate de acestea pe pielea și hainele puștiului, încheie doctorul.

— Deci am mostre fie de sânge, fie de salivă, pe care tehnicienii criminaliști ar trebui să le poată compara cu materialul pe care aș putea să li-l dau, trase McNamara concluzia.

— Într-adevăr, ar trebui să poată, dădu Stewart din cap. Ai pe cineva în minte pentru a cere mostre de ADN?

— Da, vreo câțiva, dădu McNamara din cap, iar chipurile celor patru ofițeri de patrulă, care încă mai erau reținuți pentru interogare, îi apărură în minte. Ar mai fi altceva ce ar trebui să știu, David? îl întrebă el pe medicul legist, nerăbdător să se întoarcă la sălile de interogare pentru a cere material genetic de la toți ofițerii de patrulă.

Medicul examinator abia își deschisese gura să-i răspundă când se auzi un ciocănit scurt în ușa biroului. Își întoarseră capetele spre ușă tocmai la timp ca să-l vadă pe James intrând.

— A plecat Angus? se interesă McNamara.

— Da, domnule. L-am pus eu însumi întru-un taxi, îl aprobă James dând din cap. I-am dat şi bani pentru drum. M-am gândit că ar fi mai bine să se întoarcă acasă cu maşina. După tot ce i s-a întâmplat lui Deirdre, nu mă simţeam în largul meu să-l las să plece pe jos, îşi explică James motivele ridicând din umeri.

— Te-ai gândit bine, James, îl aprobă McNamara. Nu uita să depui chitanţa pentru decontarea cheltuielilor ca să fii rambursat, adăugă el, iar apoi se întoarse spre medicul examinator. Îţi mulţumesc, David. Voi citi şi rapoartele pe care mi le-ai trimis. Apropo, o să ajungem la tine acasă sâmbătă, Inspectorul Şef îl informă pe doctor. Evident, cu condiţia ca acest caz să nu evolueze de aşa manieră încât să facă imposibilă vizita, adăugă el.

— Înţeleg, flăcău, nici o grijă, dădu doctorul din cap. Te las cu problemele tale. Mă aşteaptă Martha în oraş. Mergem undeva să luăm prânzul, iar apoi ne îndreptăm spre casă, spuse David şi o porni spre uşă.

— Transmite-i Marthei salutările mele, strigă McNamara după el.

Doctorul îşi flutură mâna, semn că aşa va face, iar apoi părăsi încăperea.

Claire şi James schimbară o privire plină de înţeles, iar când simţiră ochii lui McNamara pe ei, se înroşiră. McNamara îi privi cu suspiciune, dar apoi ridică din umeri. Nu avea nici o importanţă ce gândeau ei.

— Claire, aşteaptă-l pe Sergent aici. Când vine, spune-i să coboare la sălile de interogatoriu. Cei doi ofiţeri de patrulă pe care i-a ales Sergentul trebuie să mă aştepte aici până ce mă întorc, îi ordonă ea poliţistei.

— Da, domnule, aştept aici, dădu ea din cap.

— Tu vii cu mine, James, adăugă McNamara şi o porni spre uşă, iar Detectivul Sergent îl urmă imediat, lungind pasul pentru a-l prinde din urmă.

MCNAMARA APRECIE FAPTUL că doi dintre ofiţerii de patrulă, Graham Fraser şi Leslie Whyte, nu făcură nici un fel de comentarii când le ceru să îi dea probe pentru ca să se facă testul ADN. Cei doi ofiţeri părură ofensaţi că se găseau sub suspiciune, dar acceptară să dea material genetic imediat.

LEGĂTURI RELATIVE

După ce tehnicienii terminară luarea probelor, Inspectorul Şef îi invită pe ofiţerii de patrulă să continue să aştepte în sala de interogatoriu până ce se terminau testele. Mai apoi, McNamara plecă, urmat de James şi de Sergent, care li se alăturase când Claire îi spusese că DCI lăsase ordin să i se alăture.

Luther Dunbar refuză să furnizeze orice probă de material genetic de bună voie. Sergentul de divizie icni când auzi refuzul ofiţerului de patrulă, iar chipul i se albi, neveninu-i să creadă că omul său îndrăznea să refuze ordinul direct al Detectivului Inspector Şef. Încercă să spună ceva, dar buzele îi tremurară şi nu reuşi să pronunţe un singur cuvânt.

McNamara îl privi pe ofiţerul de patrulă cu ochi reci, iar apoi spuse:

— În regulă, Dunbar. Mi-ai forţat mâna. Din acest moment eşti arestat pentru terorism, omucid şi conspiraţie pentru comiterea omucidului. Eşti reţinut în custodie pentru moment. Desigur, dacă doreşti, putem chema un avocat să te asiste. Indiferent de ce decizi, am dreptul să îţi cer mostrele de ADN acum, iar tu trebuie să te supui, îşi încheie McNamara discursul pe un ton aspru, iar apoi îi făcu semn tehnicianului criminalist să se apropie şi să ia o probă de salivă de la Dunbar.

Luther îngheţase pe loc. Se holba la Inspectorul Şef cu ochii mari şi înspăimântaţi, iar protestele îi murirã pe buze. Ofiţerul nu crezuse că Inspectorul Şef îl va aresta pentru că ştia că, de obicei, DCI aştepta să deţină dovezi ferme înainte de a face orice arestare, iar el, unul, se bazase pe acel fapt.

McNamara privi procedurile cu ochi duri, iar când tehnicianul termină de luat mostra de salivă, detectivul se întoarse spre Sergent:

— Ia-l pe Dunbar în custodie şi pune-l într-o celulă. Nu este obligat să spună absolut nimic dacă nu doreşte, dar dacă doreşte, poţi să-l aduci într-o sală de interogare şi îi anunţi pe Jo şi Mike. Ei se vor ocupa de interogatoriu, spuse el.

Cum termină de împărţit ordinele, McNamara părăsi încăperea fără să mai privească în urmă. Nu îl interesa nici chipul cenuşiu al lui Dunbar, nici uluirea ce se putea citi pe trăsăturile sergentului atunci când îi ceruse să-l aresteze pe Dunbar. DCI le făcu semn lui Jo, James şi Mike să-l urmeze şi îl lăsă pe Sergeant să se ocupe de neplăcuta afacere de a îl încătuşa pe subordonatul său.

Detectivii erau la jumătatea drumului spre biroul detectivului inspector şef când telefonul celular al lui McNamara bipui. Toţi se opriră din mers.

Inspectorul Şef verifică ecranul şi citi mesajul pe care i-l trimisese Steven Gilchrist, şeful echipei criminalistice. DCI dădu din cap cu satisfacţie şi îşi ridică privirea spre ceilalţi:

— Au luat probele de la Bryce Fergusson. Înţeleg că Ferguson s-ar putea să vorbească curând. Este apatic şi arată semne de înfrângere, adăugă el.

— Asta este bine, domnule, observă Jo. Dacă măcar unul dintre ei vorbeşte, am putea avea o imagine mai clară a întregii poveşti.

McNamara se mulţumi numai să dea din cap, iar apoi se întoarse şi îşi continuă drumul spre biroul său. Voia să-i vadă pe cei doi ofiţeri de patrulă, pe care îi alesese Sergentul şi să-i trimită apoi pozele lui Bryony.

Cu fiecare secundă care trecea, McNamara era tot mai îngrijorat din cauza lui Bryony. Se temea că i s-ar putea întâmpla ceva şi abia aştepta să-şi vadă oamenii postaţi în magazinul ei. Ştiind că fata ar fi fost protejată, sub pază, l-ar fi ajutat să se concentreze pe investigaţia sa şi să îi prindă pe vinovaţi.

DCI îşi lungi pasul, iar ceilalţi trei detectivi îi urmară exemplul după ce mai întâi schimbară o privire întrebătoare între ei. McNamara nu reacţionase niciodată astfel, iar atitudinea sa spunea multe.

CAPITOLUL DOUĂZECI ȘI TREI

MCNAMARA ÎȘI OPRI MAȘINA în fața casei lui Bryony și oftă cu exasperare pentru că știa ce urma să găsească înăuntru. Bryony îl sunase înainte de a părăsi magazinul urmată de cei doi ofițeri de patrulă și îi reamintise de vizita doamnei Stevens. Inspectorului Șef i-ar fi plăcut să se poată fofila și să renunțe la acel aranjament, dar nu avea inima să-i spună așa ceva lui Bryony.

McNamara se încruntă și își strânse buzele cu neplăcere. Nu înțelegea de ce dorințele lui Bryony deveniseră atât de importante în viața sa, dar deveniseră, iar el descoperise că era dornic să-și ajusteze atitudinea pentru a le lua în considerare.

Inspectorul Șef își lăsase cazul deoparte pentru ca să vină în vizită la Bryony deși avea alte priorități. Jo îi promisese că ea și Mike se vor ocupa de absolut tot în absența lui, însă aceasta nu îl liniștise defel. McNamara simțea nevoia să fie prezent la fiecare pas atunci când era vorba de o anchetă de asemenea amplitudine. Acel caz depășea cu mult un simplu caz de crimă.

Detectivul abia urcase scările, că ușa de la intrare a lui Bryony se și deschise, iar tânăra apăru în prag cu un zâmbet larg pe buze. Unul dintre tinerii ofițeri pe care McNamara îi desemnase să o protejeze pe Bryony, se găsea în spatele ei.

Flăcăul încerca să o convingă să nu iasă din casă, dar ea nu îl ascultă deloc. Femeia îi ignoră cuvintele, iar McNamara observă că aceasta reușise să o facă chiar foarte diplomatic.

McNamara recunoscu moţul de păr blond al lui Colin Kerr. Inspectorul şef îi întâlnise pe Colin Kerr şi pe partenerul său, Douglas Grant, în biroul său mai devreme în acea zi atunci când îi fotografiase pentru a-i trimite pozele lor lui Bryony. DCI remarcase că cei doi flăcăi nu aveau nimic în comun, chiar dacă erau parteneri. Până şi înfăţişarea lor era complet diferită.

McNamara îşi scutură capul în semn de înfrângere când observă atitudinea lui Bryony. Ordinele şi rugăminţile ofiţerului îi trecuseră pe lângă urechi.

— Ar fi trebuit să ştiu că nimeni nu-ţi poate da ordine, spuse McNamara, iar Bryony izbucni în râs la cuvintele lui.

— Desigur că nu, îi aprobă ea cuvintele. Şi oricum, nu era ca şi cum nu te văzusem prin fereastră. Feciorii aceştia nu trebuie să mă protejeze de tine, replică ea, luându-l pe McNamara de mână şi trăgându-l în casă, astfel lăsând uşa larg deschisă în urma lor.

Tânărul ofiţer închise uşa după ei cu un oftat. Îşi scutură şi el capul, deşi motivele lui erau diferite de ale lui McNamara.

Colin Kerr auzise multe lucruri despre DCI de la colegii mai vechi. El unul nu avusese norocul să lucreze cu Inspectorul Şef înainte şi îl ştia numai din vedere. Cu toate acestea, ceea ce i se spusese nu se prea potrivea cu ceea ce avea în faţa ochilor.

Tânărul nu ar fi crezut că ochii albaştri ai lui Bryony ar putea să-l înmoaie pe DCI atât de mult încât acesta să nu mai fie capabil să-i spună vreun cuvânt aspru tinerei.

— E bine că ai venit, îi şopti Bryony lui McNamara. Doamna Stevens reacţionează un pic cam nervos din cauza celor doi tineri care mă păzesc, mărturisi ea cu un surâs obraznic. Iar nici ei nu se simt deloc confortabil cu ea, adaugă ea.

— Sper că nu a început scorpia să îţi ţină predici din nou, îşi regăsi McNamara vocea, în sfârşit, oprindu-se şi privind-o pe tânăra femeie.

Îşi amintea foarte bine cât de insuportabilă era uneori atitudinea bătrânei femei şi îi displăcea foarte mult faptul că cotoroanţa ar fi hărţuit-o pe Bryony.

— Nu-ţi fă tu griji în legătură cu asta, îşi scutură tânăra capul. Ea este doar îngrijorată pentru mine, doar ştii, ridică ea din umeri. Oricum, i-am spus că tu ai foarte mare grijă de mine, spuse ea, iar apoi îşi mişcă sprâncenele în sus şi în jos şi un surâs obraznic i se urcă pe buzele arcuite.

LEGĂTURI RELATIVE

McNamara se încruntă drept răspuns la cuvintele ei. Nici nu dorea să-şi imagineze la ce s-o fi gândit bătrâna harpie când i-a auzit cuvintele lui Bryony.

Tânăra ridică iar din umeri şi se ridică pe vârfuri pentru a-l săruta pe buze. Atingerea trecătoare a buzelor ei trezi unii dintre fluturii ce îşi făcuseră casă în stomacul bărbatului. El nici măcar nu fusese conştient înainte că acei fluturi existau acolo.

— Dă-mi haina şi du-te în bucătărie, McNamara, îl invită ea. Deja am pus ceaiul pe masă şi am pregătit şi nişte sandvişuri şi prăjituri. Nu cred că ai avut timp să mănânci azi, observă ea, aplecându-şi capul într-o parte interogativ.

— Aceasta este adevărat, McNamara dădu din cap când îşi regăsi vocea. Cu toate acestea, mi-e teamă că mâncarea pe care ai pregătit-o nu m-ar ajuta prea mult. Nu dacă trebuie să mănânc sub ochii Cerberului, se strâmbă el cu neplăcere.

— Tu ai invitat-o la ceai, dacă îţi aminteşti, îi spuse Bryony, punându-i haina pe umeraş. Ţi-am spus că nu era necesar să faci aşa ceva, continuă ea, întorcându-şi privirea spre el din nou.

— Ba da, era necesar, o contrazise McNamara. Hai să mergem în bucătărie, adăugă el, luându-i mâna într-a lui, nedorind să intre într-o discuţie privind motivele sale.

Înainte de a o porni spre bucătărie, DCI se întoarse spre ofiţerul de patrulă.

— Tu şi partenerul tău sunteţi liberi până mâine dimineaţă când trebuie să veniţi aici şi să o urmaţi pe Bryony spre muncă. Nu o părăsiţi toată ziua, îi ordonă el pe un ton aspru. O ţineţi sub ochi în fiecare clipă, specifică el.

Anxietatea lui Colin crescu sub ochii reci ai detectivului. Flăcăului oricum îi era deja teamă pentru că se afla în compania lui McNamara.

— Da, domnule, se grăbi tânărul să răspundă şi trecu pe lângă ei cu intenţia de a-şi chema partenerul care îi ţinea companie doamnei Stevens în bucătărie.

McNamara aprecie viteza cu care ofiţerul i-a urmat ordinul, dar Bryony îl înghionti cu cotul. Detectivul îşi coborî privirea sprea ea cu uimire.

— Acum ce mai e? întrebă el, iar una dintre sprâncene i se urcă pe frunte.

— Nu ar fi trebuit să îi dai afară atât de repede, îl muştrului ea. Ar fi putut să-şi termine ceaiul mai întâi.

Detectivul ridică din umeri.

— Îşi pot bea ceaiul şi în altă parte. Este destul că trebuie să te împart cu doamna Stevens în seara aceasta. Nu am nevoie şi de prezenţa lor, îi explică el.

McNamara mai vru să spună ceva, dar observă că cei doi ofiţeri tocmai ieşeau din bucătărie şi se opri.

— Vă mulţumesc, domnilor, le zâmbi Bryony celor doi tineri.

— A fost plăcerea noastră, domană, replică celălalt ofiţer, Douglas Grant, iar ochii săi verzi îi scânteiară.

Când îşi coborî capul, o şuviţă de păr ruginiu îi căzu peste sprânceana stângă, făcându-l să arate ca un ştrengar, iar Bryony râse.

Pentru prima dată în viaţă, McNamara simţi muşcătura geloziei şi nu-i plăcu deloc. Se încruntă la Douglas şi le ordonă celor doi ofiţeri să plece cu un semn al capului.

Tinerii se grăbiră să îşi ia hainele din garderoba unde le agăţase Bryony mai devreme pe umeraşe. Nu se mai obosiră să se şi încheie la nasturi. Se gândiră că era mai sănătos să o facă afară unde ochii Detectivului Inspector Şef nu îi străpungea cu asprime.

DOAMNA STEVENS ERA într-o formă de zile mari în seara aceea, iar comentariile ei acide îl făceau pe McNamara să scrâşnească din dinţi la fiecare două sau trei minute. Femeia părea să fie mai rea decât îşi amintea el.

Vizita nu progresa foarte bine. Bătrânei nu îi plăcea ideea că Bryony trebuia păzită şi nu se abţinu să nu remarce că fata se găsea în acea situaţie numai din cauza relaţiei ei cu McNamara. Nu pierdu ocazia să sublinieze şi faptul că legătura cu un ofiţer de poliţie nu era niciodată un lucru prea înţelept.

DCI se abţinu să îi răspundă, deşi ochii i se îngustaseră în două fante subţiri. Nu ar fi ştiut, însă, ce să spună pentru că bătrâna cotoroanţă avea dreptate. Prezenţa lui în viaţa tinerei o pusese pe Bryony în pericol.

Cu toate acestea, Bryony nu-şi ţinu gura închisă şi sublinie, chiar dacă pe un ton politicos, că pericole pot exista oriunde.

— Ce ar fi fost dacă aş fi înfiripat o relaţie cu un bărbat care m-ar fi abuzat? Atunci ce ai mai fi spus? o întrebă ea pe femeia mai în vârstă. Cel puţin poţi fi sigură că McNamara nu va ridica mâna la mine, explică ea.

— Eu nu aş fi atât de sigură, mormăi cotoroanţa, dar cuvintele ei tot ajunseră la urechile lui McNamara, iar acesta mai că mârâi.

— Ce vrei să spui? se răsti el la bătrână, iar ochii săi aruncară pumnale în direcția ei.

Nu o fi fost el bărbatul visurilor nici unei femei, dar cel puțin nu o abuzase pe tânăra femeie. Nu că ar fi abuzat el vreo femeie în viața lui.

Bryony își puse mâna pe brațul lui să-l calmeze. Simțise tensiunea bărbatului și își dăduse seama că furia lui vizavi de bătrâna ei prietenă atinsese noi culmi de-a lungul acelei vizite.

Tânăra știa și că acesta avea multe pe cap în acel moment. Nu era ea la curent cu detaliile, dar ghicise că acel caz pe care îl ancheta îi ridica multe probleme. Dar, mai mult decât atât, ea nu dorea să îl vadă pe McNamara și mai necăjit din cauza cuvintelor doamnei Stevens.

— Eu sunt foarte sigură, îi răspunse Bryony acesteia cu un glas blând, ochii ei fixându-se pe chipul încăpățânat al prietenei sale. Iar dacă te-ai opri doar o clipă să reflectezi și ai renunța să fi atât de îngustă la minte și nu ai mai fi prinsă în secolul trecut, ai vedea-o și tu, continuă ea, pe o voce fermă acum, iar de data aceasta, vocea ei nu mai invita la nici un fel de contraziceri.

Atât doamna Stevens cât și McNamara se holbară la ea deși fiecare avea propriile sale motive.

Doamnei Stevens nu-i venea să creadă că tânăra sa prietenă era capabilă să îi vorbească pe un ton atât de obraznic. Bătrâna vrăjitoare nu-și găsea cuvintele, și începu să își scuture capul.

McNamara se întinse și luă mâna lui Bryony într-a sa. Îi sărută încheieturile degetelor cu recunoștință și șopti doar pentru urechile ei:

— Îți mulțumesc pentru încrederea ta în mine.

Fără să dea glas la ceea ce gândea, își promise să nu îi trădeze femeii încrederea în el și să facă tot ce îi stătea în puteri pentru a o proteja de orice.

Bryony îi zâmbi și îi mângâie muchia palmei cu degetul ei mare. Ochii lui McNamara coborâră și îi urmară degetul cu atenție.

Doamna Stevens urmări interacțiunea dintre Bryony și McNamara pentru câteva clipe, iar apoi se ridică în picioare. Când cei doi tineri o priviră, ușor confuzi, ea spuse:

— Mă duc acasă acum. Este târziu. Vremea pentru ceai a fost acum câteva ore, nu acum, mai aruncă ea o ultimă replică tăioasă, privind fix spre McNamara care venise cu două ore și jumătate mai târziu decât se așteptase ea.

Polițist! La ce ai putea să te aștepți? reflectă ea.

Detectivul se mulţumi să dea din cap, extrem de fericit să o vadă plecând, dar Bryony îşi părăsi scaunul să o conducă pe prietena ei.

BRYONY ŞI MCNAMARA îşi terminaseră cina şi se tolăniseră pe sofaua din camera de zi a lui Bryony. Femeia îl convinsese să se întindă şi să-şi pună capul în poala ei, iar apoi petrecură cam jumătate de oră vorbind despre evenimentul pe care Bryony îl organizase pentru ziua următoare. Bryony îi mângâia părul şi chipul bărbatului, iar acesta se simţea mulţumit şi relaxat.

— Chiar vreau să iau parte la organizarea acelei semnări de carte mâine, oftă el profund. Să sperăm că voi găsi timpul să vin, spuse el, deşi nu prea avea prea multe speranţe că ar fi reuşit.

— Poate că o să vii, Artair, murmură ea, iar McNamara îi prinse mâna şi îşi trecu buzele peste palma ei.

Soneria telefonului lui celular deranjă pacea din încăpere, iar McNamara mârâi.

Acum ce mai e? se întrebă el, întinzându-se pentru a lua telefonul pe care îl lăsase pe măsuţa de cafea. Când văzu numele lui Mike pe ecran, oftă din nou.

— Trebuie să răspund la acest apel, spuse el pe un ton apologetic şi îşi ridică capul din poala lui Bryony, aşezându-se în şezut cu regret.

— McNamara, lătră el, iar vocea sa îi transmise frustrarea lui interlocutorului.

— Îmi cer scuze, şeful, dar ar trebui să ştii că am avut o situaţie la spital. Cineva a încercat să intre în salonul lui Deirdre şi a pus-o la pământ pe Donna.

— De ce era singură? împinse McNamara cuvintele cu greutate printre dinţii strânşi.

— Îl trimisese pe Jay să ia nişte cafea, domnule, explică Mike. Cu toate acestea, Jay s-a întors la timp. Când a dat peste Donna pe podea în afara salonului, s-a grăbit să intre înăuntru şi a găsit un bărbat care încerca să o sufoce pe fată. Jay a ajuns la limită, domnule. Doar câteva minute mai mult şi Deirdre ar fi fost moartă, menţionă Mike.

— Cum se simte acum? se interesă McNamara.

— Am chemat un doctor să o examineze şi este bine. Are ceva probleme cu gâtul acum, dar se va face bine curând.

— Și atacatorul ei? întrebă McNamara.

— Jay nu l-a putut opri, domnule. Omul avea un cuțit și l-a înjunghiat pe ofițer. Donna are de asemenea o contuzie și se pare că individul a adormit-o cu cloroform.

— Deci acum avem doi detectivi și un ofițer de patrulă spitalizați, își frecă McNamara fruntea.

— Da, domnule, se arătă Mike de acord cu evaluarea lui. Am mai adus trei ofițeri să o păzească pe Deirdre, domnule.

— Ai făcut bine, spuse McNamara. Mai ai vești de la Dunbar și Ferguson?

McNamara le dăduse drumul lui Graham Fraser și Leslie Whyte să plece acasă. ADN-ul lor nu se regăsise în probele pe care poliția le avea, în timp ce cel al lui Dunbar și Ferguson testaseră pozitiv. De altfel, DCI se și așteptase la acel rezultat pentru că-și amintea de tăieturile și vânătăile ofițerilor din noaptea primei crime foarte bine, chiar dacă acum acestea începuseră să se estompeze.

— Dunbar a început să vorbească, domnule. Jo și un alt ofițer de patrulă i-au luat declarația în timp ce eu am venit la spital. Dunbar nu cunoaște toate detaliile, dar a declarat că el, Fergusson și patru alți bărbați au pus la cale un plan pentru a-l ajuta pe Cameron să evadeze din spital. Dunbar s-a implicat pentru că îi este dator lui Fergusson. Cu câțiva ani în urmă, Dunbar a avut niște ghinioane la jocurile de noroc, iar Fergusson i-a dat banii să se pună din nou pe picioare. Ceilalți patru indivizi implicați în plan par să fie niște teroriști din grupul lui Cameron, din ceea ce spune Dunbar, explică Mike.

— Suspectam așa ceva, admise McNamara. În regulă, când ați terminat cu Dunbar, mergeți acasă. Am nevoie de voi doi odihniți mâine, specifică McNamara.

— Da, domnule, îi răspunse Mike și închise.

McNamara își băgă telefonul în buzunarul de la pantaloni și se întoarse spre fată cu ochi gânditori.

— Și tu ar trebui să te odihnești, observă ea. Vrei să rămâi peste noapte? îl întrebă ea.

— Dar tu vrei să rămân? o întrebă McNamara privind-o cu atenție.

CAPITOLUL DOUĂZECI ȘI PATRU

McNamara părăsi casa lui Bryony numai când Kerr și Grant veniră să o escorteze la librărie. Polițistul privi după mașina lor până ce aceasta dispăru după colțul străzii spre drumul principal și numai după aceea îi urmă.

Pe drumul spre secție, Inspectorul Șef pregăti un plan de operațiuni în minte. Intenționa să înceapă cu interogarea lui Fergusson din nou, sperând că omul va ceda atunci când va fi pus în fața confesiunii lui Dunbar.

McNamara vorbise cu Jo și Mike înainte să ia micul dejun cu Bryony. Dunbar deja îi spusese lui Jo că Fergusson luase activ parte în uciderea lui Gordon precum și în ce se întâmplase în apartamentul lui Cullum. Ofițerul deja mărturisise că și el fusese implicat în ceea ce li se întâmplase lui Cullum și Blair.

Așa cum McNamara și medicul legist bănuiseră, atât Cullum cât și Neil luptaseră din greu pentru viața lor, iar Cullum chiar încercase și să-i salveze viața doamnei Gordon.

Dunbar le mărturisise detectivilor că unul dintre teroriști îl înjunghiase pe Cullum în inimă, dar faptul că lovitura finală fusese dată de altcineva nu îi absolvea pe cei doi ofițeri de patrulă de acuzația de crimă și complicitate la crimă. Era posibil ca Dunbar să nu fi fost cel care înfipsese cuțitul în pieptul flăcăului, dar acesta se dusese în apartamentul băieților cu intenția să îi ucidă.

Ceea ce îl măcina pe McNamara era implicarea celorlalți patru bărbați. Se presupunea că aceștia aparțineau unui grup terorist, dar Dunbar nu le cunoștea numele în întregime. Dunbar nici măcar nu era sigur că le știa adevăratele prenume. Bănuia că aceștia folosiseră niște nume de cod în fața lui pentru ca el să nu poată îndrepta poliția spre ei dacă s-ar fi întâmplat ceva și el ar fi fost prins.

Doi dintre acei doi indivizi îl uciseseră pe Peter. Unul dintre ei îl imobilizase în cada de baie în timp ce al doilea îi tăiase puștiului venele.

Dunbar nu știa ce i se întâmplase lui Deirdre, dar îi informase că grupul terorist considera că toți tinerii care se aflau la masa lui Peter trebuiau reduși la tăcere. Nu puteau să aibă siguranța că Peter nu le spusese nimic despre planurile pe care le zărise pe masă în tavernă.

Când McNamara intră în biroul diviziei, toată lumea muncea sârguincios. Îi privi pe toți cu suspiciune la început, dar apoi ridică din umeri.

Am devenit paranoic în ultima vreme, reflectă el.

Jo, Mike și James i se alăturară când ajunse la ușa biroului său.

— Unde este Claire? se interesă McNamara privind direct spre James.

— La librăria lui Bryony, cum ați cerut, îi reaminti James.

— Aceasta este bine, spuse McNamara. Hai să revizuim declarația lui Dunbar. Vom vorbi cu Fergusson mai târziu, decise el și îi conduse în biroul său după ce își aruncă haina spre cuier.

James oftă, dar se simți ușurat când haina ateriză în cuier. Îi urmă pe colegii săi în biroul lui McNamara, dar se opri brusc când observă că acesta se și apucase de făcut cafeaua.

DS își aruncă ochii spre ceilalți doi detectivi și atât Jo cât și Mike ridicară din umeri. Nu era ca și cum ar fi fost prima oară când ar fi băut fiertura explozivă a lui McNamara.

După ce pregăti cafeaua și o lăsă să fiarbă, McNamara se întoarse spre ei.

— Hai să discutăm despre ce știm.

ÎNTREAGA DIMINEAȚĂ și jumătate din după-masă trecură într-o activitate febrilă. Fergusson refuză să vorbească până ce o aduseră pe soția sa la interogatoriu. În acel moment, ofițerul de patrulă se hotărî să depună mărturie că fusese ideea lui să îl elibereze pe Cameron atunci când teroriștii se deciseseră să-l contacteze.

McNamara se văzu pus în situația de a o elibera pe doamna Fergusson când soțul ei își asumă toată responsabilitatea pentru ceea ce se întâmplase.

Inspectorul Șef privi spre ceas și se strâmbă. Începuse deja sesiunea de semnare a cărții la librăria lui Bryony, iar el nu ajunsese. Omul își dădu regretele la o parte și reveni la ancheta lui. Ochii i se întoarseră spre cei trei detectivi care așteptau ca el să vorbească.

— Jo, tu și Mike mergeți să îl interogați pe Cameron la spital. Consider că a venit vremea să avem o mică discuție și cu el, decise McNamara. S-ar putea ca el să ne spună pe cine ar trebui să căutăm, deși mă cam îndoiesc. Nu a dezvăluit nici un nume în timpul propriei sale anchete, așa că probabil nu va spune nimic nici acum, trase el concluzia.

Jo și Mike se ridicară, gata să părăsească încăperea, când telefonul lui McNamara sună. DCI le făcu semn cu mâna să ia din nou loc, iar apoi răspunse la apel când observă numele lui Bryony pe ecran.

— Bună, Bryony, spuse el, întrebându-se de ce îl suna aceasta când era atât de ocupată cu evenimentul ei.

— Cineva vrea să îţi vorbească, se auzi vocea tremurândă a lui Bryony pe linie, iar stomacul lui McNamara se încordă când teama pentru ea îl copleşi.

— Dă-mi-l la telefon, reuşi el să spună pe un ton straniu de calm, iar chipul îi împietri.

Cei trei oameni din încăpere îl priveau cu nelinişte. Lipsa de expresie de pe faţa Detectivului Inspector Şef îi şocase.

McNamara puse telefonul pe speaker şi îl aşeză pe masă.

— Dacă vrei să-ţi mai vezi mândruţa într-o singură bucată din nou, îl vei elibera pe Cameron, spuse o voce rece. Ai două ore. Dacă nu îl am pe Cameron la telefon în două ore, anunţându-mă că se află deja la locul stabilit, încep să ucid oamenii de aici. Voi începe cu iubita ta, vocea continuă. După aceea, îţi voi mai da numai cincisprezece minute, nu mai mult. Apoi îi voi ucide şi pe ofiţerii tăi, spuse bărbatul şi închise.

Tăcerea domni în încăpere timp de câteva momente. Jo şi Mike se holbau la Inspectorul Şef cu ochii mari, în timp ce James îşi puse pumnul încleştat la gură, iar ochii săi îi reflectau teroarea.

McNamara nu trădă nici un sentiment şi nici un gând. Secundele trecură una după alta, însă nimeni nu îndrăzni să spună nimic. Brusc, McNamara smulse telefonul celular de pe masă şi îl azvârli în peretele din stânga sa cu un urlet care îi îngheţă pe toţi din birou. Îşi închise ochii şi strânse din pumni pentru o clipă, iar apoi lătră:

— Mike, fă-mi rost de alt telefon mobil.

Mike părăsi încăperea imediat, iar Jo îl urmări cu privirea, regretând că nu putea să-l însţească. Când uşa se închise în spatele lui Mike, James se foi în scaun şi spuse:

— Domnule, ar trebui să...

McNamara îşi ridică mâna şi îl opri. DCI îşi scutură capul şi spuse:

— Nu te îngrijora, James. Le vom scoate pe fete de acolo, spuse Inspectorul Şef, după care închise ochii din nou şi îşi frecă bărbia. Am nevoie de un pistol, murmură el după aceea.

Ochii lui Jo şi James mai că săriră din orbite când cuvintele lui McNamara le ajunse la urechi.

— Nu ar trebui să chemăm unitatea specializată în armele de foc să vină cu vehiculele blindate, domnule? îl întrebă Jo temătoare.

McNamara ridică din umeri şi spuse:

— De ce nu? S-ar putea să avem nevoie şi de ei, observă el cu neglijenţă şi se vedea clar că mintea lui era la cu totul altceva.

Apoi DCI descuie unul din sertarele de la biroul său, de unde scoase un Glock. Verifică încărcătorul sub ochii şocaţi ai celor doi detectivi.

— Hai să mergem, James, spuse el vârându-şi pistolul în buzunar. Jo, cheamă unitatea de arme de foc. Aceasta este adresa unde ar trebui să vină, notă el adresa librăriei lui Bryony pe o bucată de hârtie.

Îi întinse hârtia detectivei, iar apoi părăsi biroul cu paşi uriaşi. James îl urmă imediat, deşi avea unele dubii privind starea mentală a lui McNamara din acel moment.

CAPITOLUL DOUĂZECI ȘI CINCI

CÂND MCNAMARA ÎȘI OPRI mașina în fața magazinului lui Bryony, vehiculele armate tocmai ajungeau acolo. De data aceasta, James nu se mai plânse de viteza cu care a condus Inspectorul Șef, ba era chiar recunoscător pentru că McNamara avea reflexe atât de bune și era capabil să conducă atât de rapid.

DCI coborî din mașină și fu întâmpinat de ofițerul ce conducea unitatea armată.

— Detectiva dumneavoastră mi-a spus că sunteți pe drum încoace, domnule. Eu sunt Liam McGuire, îi scutură el mâna lui McNamara mai întâi, iar apoi pe a Detectivului Sergent. Cred că avem nevoie de un negociator aici ca să îi putem elibera pe oamenii dinăuntru, îi spuse ofițerul lui McNamara.

— Nu vei reuși, indiferent de câți negociatori ai aduce aici, își scutură McNamara capul. Aceștia sunt teroriști și deja au ucis mai mulți oameni și au atacat un ofițer de poliție. Nu vor asculta cuvintele nimănui, iar noi oricum nu le putem da ceea ce vor.

Ofițerul îl privi cu scepticism, iar apoi se întoarse spre James. DS dădu din cap, confirmând că era de acord cu evaluarea făcută de DCI.

McGuire oftă și întrebă:

— Atunci ce facem, domnule?

— Voi intra în magazin, replică McNamara cu hotărâre, iar sprâncenele lui McGuire săriră sus pe frunte.

— Credeți că este... înțelept, domnule? se interesă el.

— Este pentru mine, ridică McNamara din umeri, nedorind să dea nici un fel de explicații suplimentare ofițerului.

— Dar nici măcar nu știm câți sunt înăuntru, domnule. Ar trebui cel puțin să așteptați până evaluăm situația, îi ceru ofițerul.

McNamara își aruncă privirea spre ceas, iar apoi își îndreptă ochii spre McGuire.

— Ai zece minute și nici un minut în plus, îl avertiză el pe un ton sever. Oricum, după zece minute eu voi intra înăuntru.

Liam McGuire oftă din nou și se întoarse la oamenii săi unde începu să discute situația cu trei dintre ei. James privi în urma lui, dar ochii lui McNamara erau fixați pe librărie. Inima Detectivului Sergent se făcuse mică cât un purice când auzise cuvintele teroristului și nu se mai întorsese la normal.

James își întoarse ochii spre DCI, iar apoi întrebă:

— Ce vom face, domnule?

— Nu știu ce vrei tu să faci, James, îi răspunse McNamara, care nu îi putea ordona Detectivului Sergent să îl urmeze în librărie.

Aceea nu era o misiune obișnuită și avea un accent suicidal deosebit.

— Eu voi intra acolo oricum, declară DCI foarte pragmatic.

James se uită fix la el preț de câteva clipe, iar apoi își întoarse ochii spre magazin. Știa că Claire era înăuntru și era îngrijorat pentru ea.

— Voi veni cu dumneavoastră, domnule, declară el după aceea.

— OAMENII MEI AU VĂZUT trei indivizi cu arme în librărie, domnule, se întoarse McGuire după numai nouă minute.

McNamara deja se pregătea să intre în magazin. Când auzi cuvintele omului, Inspectorul Șef dădu din cap. Aparent, cel de-al patrulea terorist fusese rănit sever când se luptase cu Jay.

— Ar mai putea fi și alții, domnule, ofițerul îl avertiză pe DCI. Nu am avut suficient timp să ne asigurăm.

— Ai locația lor? întrebă McNamara pe o voce de un calm straniu.

LEGĂTURI RELATIVE

— Unul se găseşte lângă grupul de oameni adunaţi în colţul estic al magazinului, domnule. Acesta pare să păzească două femei. Una este blondă, cealaltă are un păr blond roşcat. Un alt terorist este în colţul vestic, iar altul este aproape de uşă, pe jumătate ascuns în spatele unei biblioteci.

-În regulă, replică McNamara. Mulţumesc, McGuire, spuse el, iar apoi se întoarse spre James. Vei veni în spatele meu şi îl vei face pe omul din spatele rafturilor inoperabil. Nu este nevoie să îl ucizi, doar să-l împuşti în aşa fel încât să nu mai fie capabil să tragă cu arma. Eu mă voi ocupa de cel care le păzeşte pe Bryony şi Claire. Voi încerca să-l anihilez şi pe al treilea, dar dacă nu am timp să o fac, te vei ocupa tu de el, îi explică el planul lui James.

McGuire îşi drese vocea şi spuse:

— Poate vă pot ajuta, domnule. Este o misiune de sinucidere, ştiu, dar nu vă pot lăsa singur înăuntru, domnule, sublinie el.

McNamara îl măsură şi apoi spuse:

— Ştii că poţi fi chemat la raport şi poţi suferi consecinţe din cauza aceasta.

McGuire dădu din cap, dar nu dădu nici un pas înapoi.

— În regulă, atunci, acceptă McNamara. Te vei ocupa de al treilea. Vom merge în şir, unul în spatele celuilalt. Voi intra primul pentru că ei nu pot vedea că sunt înarmat. James mă va urma, iar apoi vii tu.

Atât James cât şi McGuire îi aprobară planul şi îl urmară când DCI o porni spre librărie. Când ajunseră la uşă, gloanţe măturară trotuarul în faţa lui McNamara, dar el nu se opri. Împinse uşa cu mâna stângă, ţinând-o pe cealaltă în buzunar. Degetele i se încleştaseră pe patul pistolului.

Lui McNamara îi era teamă că femeile ar putea fi împuşcate înainte ca el să poată reacţiona. Îşi determină corpul să se relaxeze şi îşi flexă degetele pe pistol.

Imediat după ce a pătruns în librărie, Inspectorul Şef avu timp doar să înregistreze ochii rotunjiţi de uimire ai lui Bryony. Un glonte îi muşcă braţul, dar acel lucru nu îl opri din ţelul său. McNamara trase prin buzunar, iar glontele său trecu prin braţul bărbatului care ţinea o armă în mână în apropierea lui Bryony. O secundă mai târziu, James şi McGuire traseră şi ei, iar împuşcăturile reverberară în micul magazin.

Oamenii începură să ţipe şi să plângă. Paşii rapizi ai oamenilor din echipa lui McGuire răsunară pe podelele de lemn. Aceştia se grăbiră să îi încătuşeze pe cei trei terorişti şi să îi ia cu ei.

Bryony veni la McNamara și îi atinse brațul rănit cu gentilețe. Numai atunci își dădu el seama că nu își mai simțea deloc brațul.

— Te voi duce la spital, oh, tu bărbat drag și nebun, spuse Bryony printre lacrimi. Apoi te duc acasă și stau cu ochii pe tine.

Bryony se ridică pe vârfuri și îi sărută buzele. Îi alintă chipul cu trandețe, iar apoi șopti:

— Hai să mergem.

-Mă iei acasă la tine ori acasă la apartamentul meu stupid și insipid? o întrebă el tot șoptit.

— Locul tău este lângă mine, spuse ea pe un ton îndrăzneț, privindu-l drept în ochi.

— Așa credeam și eu, o aprobă McNamara și îi permise femeii să-l îndrepte spre ușă.

Îl observă pe James care o strângea pe Claire tare în brațe și surâse. Când trecu pe lângă Jo și Mike, se opri și le spuse:

— Arestați-i pe aceștia trei. Cred că vor trebui să vadă un doctor, dar nu-i pierdeți din ochi. Voi discuta cu voi mâine, spuse McNamara și se întoarse spre Bryony. O semnare de carte dată naibii, iubito. Evenimentul tău va ajunge la știri.

Bryony râse tremurător și își scutură capul. Îl trase după ea, iar el o urmă ascultător. Detectivii rămaseră pe loc, privind cu uimire după Inspectorul lor Șef.

-Ăsta e cu adevărat un flăcău nebun, observă McGuire urmându-l cu privirea pe McNamara, care ieșea din magazin.

McNamara își petrecuse brațul sănătos în jurul umerilor lui Bryony și o trase lângă el posesiv.

LEGĂTURI RELATIVE

EXTRAS DIN ROMANUL UN IMIGRANT

BRUSC, ÎI AJUNSE LA urechi ecoul unor pași iuți venind din direcția grădinii Gigue. Trepidând, Victor își ridică capul și se uită fix, fără să clipească, în noapte.

Anxietatea și teama îl încolțiră, iar el împinse cu putere în palmele proptite pe pământ pentru ca să se poată mișca. Instantaneu, durerea îi radie peste tot spatele, dar, cu determinare, scrâșnind din dinți, bărbatul continuă să se târască sub un copac. Se simțea de parcă s-ar fi mișcat prin molasă. Fiecare centimetru cucerit îi aducea din ce în ce mai multă sudoare și durere.

Cel puțin sunt încă în viață, reflectă Victor. *Dar nu pentru multă vreme dacă nu mă mișc de pe nenorocita asta de cărare,* mormăi el și împinse mai tare în brațe, strângând din dinți pentru a-și amuți gemetele.

— A căzut undeva pe aici, o voce puternică de bărbat străpunse liniștea.

— Ești sigur? Nu văd pe nimeni, îi replică o voce joasă, dar care, clar, aparținea unei femei.

Îndoiala era evidentă în vocea ei.

Victor se opri și încercă să se facă una cu pământul. Știa că acum se găsea în umbră și ei nu-l puteau vedea.

— Îl aud, spuse femeia cu entuziasm, iar Victor se strâmbă.

Cum naiba mă poți auzi? se întrebă el, iar ochii i se măriră de uluire. Degetele-i săpară în solul dumbravei, ca și cum ar fi vrut să se ancoreze acolo.

Nu spun nici o iotă, gândi el cu febrilitate. *Doar nu mi-am pierdut mințile într-atât încât să vorbesc fără să îmi dau seama, nu-i așa?*

— Da, îl aud şi eu, se făcu auzită şi vocea bărbatului. Şi-a păstrat umorul aşa că probabil starea lui nu e foarte proastă, remarcă el ironic.

Sprâncenele lui Victor i se ridicară pe frunte. *Cine naiba sunt oamenii aştia? Mai mult decât atât, ce naiba vor de la mine?*

— Nu aud pe nimeni altcineva în jur, observă femeia. Scoate-ţi lanterna, spuse ea poruncitor.

Parcă ar fi un sergent major, mustăci Victor, ascultând cu mare atenţie la fiecare sunet pe care cei doi îl făceau.

VICTOR RENUNŢĂ SĂ MAI facă pe mortul în păpuşoi când lumina lanternei mătură peste el. Nu-i cunoştea pe cei doi oameni, dar oricum nu existau decât două opţiuni viabile — aceştia fie veniseră să-l salveze, fie să-l termine. Nu mai exista o a treia posibilitate.

Bărbatul îşi ridică capul şi, scrâşnind din dinţi, se întoarse spre lumină. Lanterna îl orbi si de data aceasta nu-şi mai putu opri un geamăt.

— E acolo, spuse bărbatul, care se grăbi spre Victor pentru a îngenunchea lângă el. Hei, amice, mai eşti cu noi? întrebă el, iar Victor îi simţi zâmbetul din voce.

Victor mârâi şi dădu din cap scurt. Nu ştia dacă mai avea voce sau nu. Ochii lui cercetară chipul bărbatului şi, satisfăcut că nu l-a mai văzut niciodată înainte, îşi lăsă fruntea să-i cadă din nou pe braţele îndoite şi închise ochii.

— Este încă în viaţă? se auzi vocea femeii.

— Da, este. Ce ar trebui să facem acum? o întrebă bărbatul, iscând astfel curiozitatea lui Victor.

De ce oare îi cere ei părerea? se miră el, iar câteva clipe după aceea, râsul celuilalt bărbat umplu aerul.

— Pentru că ea este şefa acum, îi răspunse acesta cu umor.

Cuvintele lui îl şocară pe Victor şi acesta pur şi simplu îngheţă, ochii lui fixându-se pe Axel. Nici măcar nu mai reuşea să clipească.

— Uite ce-ai făcut acum, Axel, îşi admonestă femeia însoţitorul. L-ai înspăimântat.

— Va supravieţui, răspunse Axel pe o voce pragmatică, iar Victor avu impresia distinctă că bărbatul a ridicat din umeri cu nonşalanţă.

LEGĂTURI RELATIVE

— Cine sunteți voi, oameni buni? mormăi Victor, incapabil să-și mai țină gura închisă nici măcar pentru un moment.

Avea senzația că a aterizat într-o dimensiune bizară. De data aceasta, era sigur că nu a spus nimic cu voce tare.

Mâna rece a femeii îi îndepărtă părul de pe frunte, alinându-i febra care îi creștea.

— Eu sunt Leah MacKay. Sunt detectiv, iar acesta este prietenul meu, Axel Arnett, replică ea pe o voce blândă. Voi chema o ambulanță pentru tine, continuă ea.

Femeia încercă să se ridice, dar degetele lui Victor i se încleștară pe încheietura mâinii cu o putere surprinzătoare.

— Nu chema poliția, mormăi Victor, iar mai apoi își mușcă buzele.

Mișcarea bruscă îi eliberase mii de săgeți dureroase de-a lungul șirei spinării și bazinului.

Arnett izbucni într-un râs viguros, al cărui sunet îl zgârie pe Victor pe nervi. Dacă acesta ar fi avut suficientă putere, l-ar fi pus pe bărbat la pământ cu un pumn bine plasat.

— Îmi pare rău, amice, dar poliția e deja aici, îi explică Axel vesel, ceea ce îl făcu pe Victor să strângă din dinți din nou.

Cu blândețe, Leah îi desprinse degetele de pe încheietura mâinii ei și își scoase telefonul celular din buzunar. Formă 911 și îi explică operatorului cine era și că avea nevoie de o ambulanță și de echipa sa specială la grădina Sarabanda.

Învins, Victor oftă și-și puse capul pe brațe din nou. O dată, vazuse la televizor o reclamă cu un mic hârciog care tot încerca să iasă dintr-o gaură din pământ numai pentru ca să fie lovit cu un ciocan în cap de fiecare dată. Acum, el era acel hârciog. Pierduse complet controlul asupra vieții lui.

Eh, nu e ca și cum ar fi pentru prima dată, mustăci el.

Axel Arnett se aplecă de-asupra lui și îi șopti:

— Totul va fi bine, nu-ți fă griji. Ea e cea mai bună.

— De-asta mi-era și teamă, mormăi Victor, făcându-l pe Axel să râdă pe înfundate.

Lui Axel îi plăcea bărbatul și era satisfăcut că ajuseseră la el în timp util. Spera că acesta va supraviețui.

BIOGRAFIA AUTOAREI

ROXANEI NĂSTASE ÎI place să scrie și să facă prăjituri – aceste două pasiuni se potrivesc foarte bine. De asemenea, îi place să petreacă timp cu câinele ei – sau cel puțin marea parte a timpului, pentru că, de fapt, acesta este un drăcușor.

O călătorie în Scoția a făcut-o să-și dăruiască inima unei țări minunate și unor oameni extraordinari. De aceea a ales un detectiv scoțian pentru marea parte a romanelor sale polițiste.

CĂRȚI SCRISE DE ROXANA NĂSTASE

NEBUNIE PE STRADA PRIVIGHETORII – Seria McNamara – Cartea Întâi

Mirosuri și Umbre – Seria McNamara – Cartea A Doua

Legături Relative – Seria McNamara – Cartea A Treia

Seria McNamara – Box set (Carteal I și II)

Un Epitaf Potrivit – Seria MacKay – Detectiv Canadian (Cartea Întâi)

O Femeie Bisericoasă

Un Imigrant – Seria MacKay – Detectiv Canadian (Cartea A Doua)

Bărbatul din lift

Team-building cu ponoase

Răzbunarea nu e întotdeauna dulce – Seria Josh Aldridge detectiv particular – Cartea 0

În curând va apărea:

O Schimbare de Inimă – Seria MacKay – Detectiv Canadian - Cartea A Treia

Pentru a afla despre lansări noi de carte, vă rog să subscrieți la buletinul meu informativ de pe:

www.roxananastase.weebly.com.

Did you love *Legături Relative*? Then you should read *Crăciunul lui McNamara*[1] by Roxana Nastase!

[2]

Mai sunt doar două zile până la Crăciun, iar McNamara are parte de surpriză după surpriză, cea mai mare parte dintre ele neplăcute.

El nu crede că lucrurile se vor complica în seara de Ajun, dar se înşală. O nouă surpriză îi ia răsuflarea, iar durul detectiv scoţian nu crede că şi-o va mai putea regăsi prea curând.

Întoarceţi o nouă pagină din viaţa faimosului Detectiv Inspector Şef şi lăsaţi-o să vă amuze, să vă înfurie sau să vă uluiască, trăind, în acelaşi timp magia Crăciunului.

Read more at roxananastase.weebly.com.

---

1. https://books2read.com/u/31RlMl

2. https://books2read.com/u/31RlMl

www.ingramcontent.com/pod-product-compliance
Lightning Source LLC
Chambersburg PA
CBHW071237250626
47163CB00001B/216